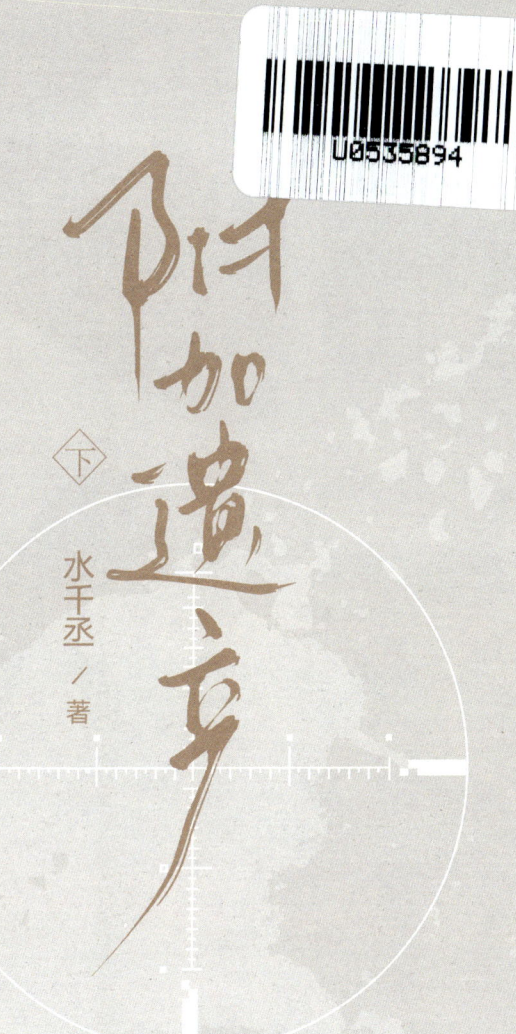

〈下〉

水千丞 ／著

中国·广州

不，不要想万一，不要想那个可能，
这世界上最能击溃人的，未必是绝望，
而是绝望之中的那一点希望。
就像浩瀚星空中的小小一枚星辰，
最亮，却最能杀人不见血。

目录

001　第一章　真相
　　　——他相识相知了三年的人，是个怪物

016　第二章　可笑
　　　——全世界最没资格问他好不好的，就是洛羿

032　第三章　生病
　　　——你愿不愿意跟真正的我，重新相识一次

047　第四章　收手
　　　——我答应你，给你一次机会

062　第五章　人质
　　　——他的心，被洛羿彻底杀死了

079　第六章　毁容
　　　——他是我最喜欢的一个玩具，但也只是玩具罢了

094　第七章　毒蛇
　　　——所有人都怕我，你不可以怕我

111　第八章　逃离
　　　——我说过很多谎，但我对你是真的

140　第九章　发疯
　　　——我人生中唯一正常过的时光，
　　　就是温小辉在我身边的时候

153 第十章　　下车
　　——我知道我错了，从你不再对我笑的那一刻起

165 第十一章　　回家
　　——永远别妄想他们会回到从前，没有什么东西，能够"重新开始"

176 第十二章　　伪装
　　——有谁会不喜欢这样一个完美的人呢？如果他是真的

187 第十三章　　危险
　　——你给予我的，还有活着的希望

201 第十四章　　绑架
　　——我们这样的人，留一个就够了

216 第十五章　　爆炸
　　——我说了我会保护你，无论如何都会做到

230 第十六章　　保重
　　——我的人生中不能没有你，但你的人生中不该再有我

247 第十七章　　活着
　　——这个世界上不会有人像洛羿这样伤他，但也一定不会有人像洛羿这样依赖他

261 第十八章　　养病
　　——小舅舅，你是真的回来了吗

269 第十九章　　快乐
　　——我们还有很长很长的时间，去看不同的风景

279 番外
　　——那道光

✵
第一章
真相

——他相识相知了三年的人，是个怪物

那是一个很特别的新年。

温小辉看到 Ian 的公寓被他打造成完美的求婚场地，看到自己母亲穿着 Ian 送的 Elie Saad 小礼服，惊喜地接受了 Ian 的求婚，在两方家人的祝福下，伴随着新年的钟声和烟花，两人幸福地拥吻。

这样美好的时刻，温小辉却像是被抽空了灵魂一般，半点都融不进去。Ian 的家人都开朗善良，温小辉很喜欢他们。他觉得他妈跟 Ian 在一起非常完美，他很高兴，机械地笑着、祝福着，然而大脑一片空白，一整个晚上都心不在焉。

那天晚上，他们住在了 Ian 家，温小辉在客厅的沙发床上坐了一整晚，以至于大年初一，他一整天都精神恍惚。

下午回到家，冯月华还沉溺在幸福中，没察觉到温小辉的异状，只当他是累了。他回到房间后，把自己重重地摔在床上，看着天花板，眼里充满了血丝。

"你想知道的，自己去求证吧。"

保镖的话一遍遍回荡在他脑海中。

他当然可以去求证，去问曹海，或者直接去问洛羿，看他们会如何回答。可当他问出这个问题的时候，恐怕有什么东西已经变了。

可他必须去求证，有时候人就是这样，一定要去知道一些可能并不让人满意的答案，只为了活个明白或者死个痛快。

电话响了起来，他几乎不用看也能猜到是洛羿打来的。果然，正是洛羿打来的。

他接了电话，手机贴着耳朵，没有说话。

"小舅舅，新年快乐。"洛羿的声音还是那么好听，比起两年多前那略带青涩悦耳的少年音，如今洛羿的声音平添了几分属于男人的力量，显得沉稳了不少。当这把嗓音在耳边低喃笑语时，真是十分动听。

可温小辉现在只觉得浑身发冷，他回道："新年快乐。"

"怎么没精打采的，昨天熬夜了？"

"嗯，昨天 Ian 叔叔向我妈求婚了，闹到很晚。"

洛羿笑道："恭喜恭喜，这下阿姨有人照顾了，你也可以轻松不少了。"

"是啊。"

"什么时候过来？我好想见你。"洛羿柔声说，"我以前从来不在乎过年，这一天无非就是全国放假的日子，可是现在我也想跟你一起过了。"

"明天，我明天过去。"

"好。"洛羿高兴地说，"我会努力把你喂胖点。"

"洛羿，曹海是本地人吗？"

"是啊，怎么了？"

"工作室发了些年货，我想给他拿一些，这段时间不是好多事都挺麻烦他的。"

"不用，这是他的工作，应该的。"

"给他拿一些吧，不然家里也吃不完，他确实也帮了不少忙。"

"好吧，你自己联系他就行。"

挂了电话，温小辉翻身从床上坐了起来，呼吸变得越来越急促，他捏紧了手机，捏到手心出汗。挣扎了一番，他拨通了曹海的电话。

"喂，温先生，新年快乐。"

"曹律师，新年快乐。"温小辉听着自己的声音毫无起伏，就像机器发出来的。

沉默了一下，曹海有些尴尬地说："这两天可够冷的。"

"是啊……"温小辉做出决定，"曹律师，这段时间麻烦你了，合同的事、房子的事，你都挺尽心的，我想给你送点儿年货，你今天方便吗？"

"哎哟，太客气了，大冷天的就别麻烦了。"

"不麻烦，反正我今天也要出门的，你家住哪儿？我给你送过去吧。"

曹海推托了几句，见温小辉很坚持，就把自己家地址给了温小辉。

温小辉换上衣服，随便提上一些茶叶和大米，跟他妈说送个礼，就出门了。

大年初一，街上人很少，他还记得前年的这个时候，他也曾以送礼的借口跑出去，是为了见洛羿。那时候他们之间的关系多么单纯，他只希望洛羿有一天能真正成为他的家人，大大方方地跟他过每一个年。

等了好半天，他才打到车，往曹海家驶去。

曹海家是栋很洋气的别墅，别墅外墙围了一圈彩灯，透出浓浓的节日气氛。

按下门铃，里面传来一阵噔噔噔的奔跑声，一个小女孩儿欢快地叫着："我开门、我开门！"

大门下一秒被打开了，小姑娘好奇地看着温小辉："叔叔，你找谁？"

"我找你爸爸。"温小辉笑着说。

曹海从里屋出来了："温先生，里边请。"

温小辉提着年货进了门，曹海的妻子也在，热情地招呼他喝茶。屋里还有一对老人，看上去很热闹，这时候识相的该直接告辞，但温小辉进屋了。

两人寒暄了几句，温小辉就道："曹律师，我有事想和你私下谈谈。"

曹海并不意外："好，那咱们进书房。"

两人进了书房，把电视声和小女孩的笑闹声关在了门外。

曹海坐在椅子里，表情有几分严肃："温先生大过年的来找我，肯定是有什么重要的事吧？"

"对。"温小辉十指交叠，暗暗握紧了，"很重要的事。"

曹海不动声色地说："请说。"

温小辉感觉心脏扑通扑通激烈地跳动起来，他沉声道："你口才好，又聪明，我不跟你绕弯子，直说了，我姐留下的遗产，详情到底是怎么样的？"

曹海眯起了眼睛："温先生，这话我没听懂，你是想问什么？"

"我姐留下的遗产，到底是怎么分配的？"

曹海失笑："你怎么会现在才问这个问题？再过两个月，当初那个遗产合同，咱们就签满三年了，你不会这么健忘吧？"

温小辉直勾勾地看着他："我当然记得我们的合同是怎么样的，但是有人告诉我，我被骗了。"

"谁？"曹海的背脊绷直了。

"常会长。"

曹海脸色一变。

"看来你对这个名字不陌生，但我很陌生。如果不是和他见了面，我不可能知道他姓什么。他单独见了我，问我要我姐遗产里的一样东西，我压根儿不知道是什么，然后他告诉我，一栋房子加三百万遗产是留给洛羿的，而那总价三亿美元的遗产，才是留给我的！"

曹海冷静了下来，他摇摇头："你相信吗？小辉，你相信一个母亲会把自己毕生积蓄，留给一个没有血缘关系的人吗？"

"我不相信，所以我来找你求证。我要看合同，当初你让我签的每一份合同，我都要看。"温小辉目光如炬，恨不得在曹海脑袋上盯出一个洞，看看那里面到底有几分真、几分假。

曹海皱眉道："小辉，你签过的合同，要么在我事务所，要么在洛羿那里，我怎么会放在家呢？"

"那么现在去事务所。"温小辉咬牙道，"我今天一定要知道真相。"

"你想知道什么真相？"

"我想知道洛羿是不是从三年前就在骗我！"温小辉猛地站了起来，双目血红，神情狠戾。

曹海的胸膛上下起伏着，他闭了闭眼睛："小辉，你冷静一点，你应该相信洛羿，而不是相信一个素未谋面的人。"

温小辉用手捂住了脸，眉头深锁，脑子乱得像糨糊一样。

曹海继续道："小辉，你还是太年轻了。如果常会长随便几句话就能让你和洛羿反目，那你们这近三年的感情算什么呢？洛羿和常会长之间的关系很复杂，有些话我不能告诉你，但是我劝你千万不要相信常会长的一面之词。"

温小辉把手放了下来，疲倦地说："你说得对，我不能随便怀疑洛羿，但是这件事不弄明白，我没法安心。我就是一个憋不住事儿的人，我还是要看合同，你现在跟我去事务所拿合同。等公证处上班了，我要做公证。"

曹海的手有点颤抖："小辉，你知道我做过伪合同吗？伪合同怎么能用来公证呢？"

"就是因为你做过伪合同，我才没法相信你。"温小辉瞪着他，"连我姐的遗书，我也要公证。"

曹海脸色有些苍白："小辉，这件事你先和洛羿商量一下吧。你这么做太伤人了。"

"对，我知道，所以为了不伤害他，我们不告诉他。"温小辉站了起来，一步步逼近曹海，他脸色阴沉得吓人，"这件事暂时只有我们知道，如果证实了当初的合同是真的，那么我们就当什么也没发生。"

曹海不甘受温小辉的威胁，语气也强硬了起来："我不可能答应这种要求，温小辉，你有点无理取闹了。如果你真的怀疑整件事的真实性，你可以去向洛羿求证，你为难我一个律师干什么？"

"因为不管洛羿做了什么，都有你参与！"温小辉狠狠一拍桌子，他双目赤红，已经被这件事逼得要发狂了，"曹海，你听着，我手里有你做伪合同的证据，我随时可以举报你，你要是这辈子不想再当律师，我可以帮你一把！"

曹海猛地站了起来，气势汹汹地瞪着温小辉。

温小辉毫不畏惧地看着他，一字一顿地说："我、要、真、相。"

曹海在那灼灼目光之下，颓然地坐回了椅子里，脸色苍白如纸。

温小辉的心跌到了谷底，他看着曹海，渴望曹海否定他所有的不安和猜测。

曹海抱住了脑袋，小声说："是洛羿逼我的。"

温小辉如遭雷击，他听到那只大手捏碎了他心脏的声音，他哑声道："洛羿真的在骗我？从当初……到……现在？"

曹海颤声重复着那句话："是他逼我的。"

"我姐留给我的，到底是多少？"

"是现在洛羿手里那份。"

温小辉的声音抖得不成样子："就是我签了合同，赠予他的那份？"

"对。"

"为什么？为什么我姐要把那么大笔钱留给我？这不合理啊！"

"为了不让洛羿有实力去对抗常会长，洛总给洛羿留下一套安身的房子和三百万元现金，足够他衣食无忧。"

温小辉感到阵阵眩晕："洛羿……把我和他的遗产调换了。"

曹海沉重地点点头。

"他一开始就知道……"温小辉的声音已然哽咽，"他一开始就全知道，知道雅雅把大部分遗产留给了我，他是为了遗产才接近我的。"

曹海再次点点头。

"那……那我姐的遗书呢？监护合同呢？当初我签的合同呢？"

曹海用低得听不见的声音说："遗书是伪造的，你当初签的所有合同都是真的，后来签的也是真的，只是我做合同的时候，玩了文字游戏，你没认真看，也没发现。"

"那监护合同……我姐到底有没有让我照顾洛羿？"

曹海叹了口气："没有，是洛羿想出来的。"

温小辉只觉得天旋地转，他双腿发软，一屁股坐回了椅子上，仿佛整个世界都在自己面前分崩离析，他近三年来所坚信的一切，在他面前摔了个粉碎。

怎么会这样？为什么一夜之间，所有东西都变了？！

"你……伪造我姐的遗书，帮助洛羿获取我的信任，骗走属于我的遗产……"温小辉艰涩地数着曹海的罪状。

曹海颤抖着说："是洛羿逼我的，一切都是他策划的，他就是个怪物！"

怪物……

这是温小辉从不同的人嘴里第二次听到有人这样形容洛羿。

怪物……他相识相知了三年的人，是个怪物？

曹海的头发被自己搓得凌乱不已，他双目赤红，神情狼狈："我当初不同意做这些，你知道他做了什么吗？"他握紧了拳头，接着说，"有一天我从床上醒来，发现我放在书房的全家福照片，被撕碎了洒在我脚边，那是我拒绝他的第二天。你根本不知道他有多可怕，雅雅怕他，但也爱他，不得已做出了那样的决定。"

温小辉感觉浑身发冷，身体止不住地战栗。

怪物……怪物……怪物……

他脑海中反复回荡着这两个字，他恐惧不已。

他很早就疑惑，什么样的人会干出洛羿那样的事，Luca、雪梨前夫、Raven、罗总，一件又一件事摆在他面前，他选择谅解洛羿——因为洛羿还小，因为洛羿至少对他好。

没错，他用"洛羿对他好"这一点，麻痹了自己三年，到头来发现洛羿对他的好，是一场骗局！

真实的洛羿，其实他从来没有看清过，他喜欢洛羿的温柔体贴，又怎么会相信洛羿那副美好的皮囊下，藏着的可能是个魔鬼？！

曹海说着就哽咽了起来："求你不要举报我，我知道从当初我走出那一步起，就已经错了。可我只能错下去，他威逼利诱，我……我还有家，我不想被这件事毁了……"

温小辉喃喃道："怎么会这样……洛羿……怎么会这样？"

这两天发生的事，可以说颠覆了他的整个世界。他所信赖的一切，都被无情地击碎了。

他想起他和洛羿的点滴往事，那些欢乐、幸福、甜蜜，现在不仅变成了莫大的讽刺，还成了一幅幅令他甚为恐惧的画面。因为洛羿的笑、洛羿的好、洛羿的感情，都蒙上了一层让他喘不过气来的阴影。

曹海走了过来，这个平素成熟冷静的精英律师，竟然扑通给温小辉跪下了："小辉，我今天向你坦白的事，洛羿如果知道了，不会放过我的，求你不要告诉他，就让他以为是常会长说的，求你了。"

温小辉看着曹海满脸恐惧的样子，身体僵硬得像石头一样。

"洛羿……很早就监听了你的电话，你在电话里说的每一句，他都能知道。如果洛羿问起今天的事，我求你，你就说你只是来送年货的，我求你了。"

看着曹海狼狈卑微的样子，温小辉只觉得身体直往下坠，心脏疼痛难当，无形的压力让他几乎无法顺畅呼吸。

太可怕了！所有的一切都太可怕了，洛羿……太可怕了！

那就是他熟识了三年的亲人吗？

为了一笔遗产，洛羿从十五岁开始就别有用心地接近他，取得他的信任，最后让他毫无怀疑地将巨额遗产转赠给了自己。

洛羿啊，那是永远为他着想、与他朝夕相处的洛羿啊！

温小辉头一次体会到了什么叫作肝肠寸断。

恍惚着从曹海家中离开，温小辉有气无力地漫步在街道上。

正月初一的京城，萧瑟而阴冷，街上空无一人，往来车辆稀疏，灰蒙蒙的天像是随时会从头顶落下来，给人以窒息般的压抑，让温小辉产生一种世界末日的错觉。

这两天的经历，对他来说确实就像一场末日浩劫。

他所信任的、依赖的、喜爱的人，是一个欺骗利用他的"怪物"。

过去的近三年里,他的生活中无时无刻不充斥着洛羿,如果洛羿是假的,他们共同走过的时光是假的,那还有什么是真的?他的三年时光,还剩下什么?!

也许是因为太过震惊,他甚至眼泪都流不出来,只觉得身体被掏空了。

他现在很想躲起来,找一个没人的地方待着,理一理乱麻般的思绪。可他知道,无论他现在做什么,都好不了,他有一种强烈的冲动,想要当着洛羿的面把事情问清楚。

可是他不敢,他害怕洛羿亲口承认这从头到尾是一场骗局,到时候他该怎么办呢?

在街上晃荡了几个小时,他最后还是回家了。

一进屋,他恍惚的神情和冻得通红的耳朵引起了他妈的注意。

冯月华走过来摸摸他的脸:"儿子你怎么了?怎么跟丢了魂儿似的?"

"累了。"温小辉拍拍她的肩膀,"我去睡一觉。"

"一会儿要吃饭了。"

"我不吃了,我想睡觉。"温小辉脱下外套回了自己房间,把门反锁上了。

当他倒在床上的时候,他感觉力气如抽丝一般离开自己的身体,他在床上翻滚着,无所适从、不知所措,他看着四周,只有毫无生命的家具和孤独的空气。

谁能帮帮他?谁能告诉他该怎么办?他觉得自己的世界被颠覆、崩塌了,而他一点反抗之力都没有。

他从床上跳了起来,翻箱倒柜,找出了放在带锁铁盒里的一个信封,里面放着的,是雅雅的遗书。

他摊开遗书,曾经让他觉得沉重不已的一张纸,如今充满了讽刺的味道,因为它是假的,从来就没有什么监护、抚养。雅雅是否真的给他留了遗书?如果有,真正的遗书又会是什么呢?会不会是告诉他远离洛羿?

"求你照顾我的儿子,他在这个世界上比我还孤独。"这句话,又是谁写出来的呢?

温小辉在逐渐暗下来的房间里发着呆,他仿佛听到了灵魂被灼烤的声音。

这时,冯月华敲了敲他的房门:"小辉,Ian要带我们出去吃,你起来洗把脸吧。"

温小辉低声道:"你去吧,我想睡觉。"

"你真的不去?吃海鲜啊!"

"不去,你们去吧。"

"行吧,你要是不舒服就告诉我。"

"我真的就是困。"

"嗯,那你睡吧。"

不一会儿,大门被带上了,屋子里又恢复死一般的安静。

温小辉又呆坐了良久,接着猛地跳下床,披上外套,揣上那封遗书,冲出了家门。

难道就这样坐到天明吗?他恐怕一刻也忍不下去了。

上了车,他直奔洛翚家。也许他心里还抱着一点微弱的期待,是常会长在离间他们,是曹海在骗他……

路上,跟家人在澳洲度假的罗睿,突然打了电话过来,温小辉拿着手机的手直颤,最后还是接了。

"Baby。"罗睿的声音听上去喜气洋洋,充满了年轻的活力,"想我没有呀?我今天给你买了很棒的礼物,我还在海边被搭讪了呢!"

"哦,好哇。"温小辉勉强想笑一下,可话一出口,尾音一抖,竟带上了哭腔。

罗睿愣了愣:"Baby?"

温小辉压抑了一天,在听到罗睿声音的一瞬间,突然控制不住了,哽咽道:"小妈……"

"怎么了、怎么了?"罗睿吓了一跳,硬着头皮开玩笑,"不至于这么想我吧?我很快就回去了。"

温小辉用力揪着头发,闷声哭了起来。

罗睿急道:"小辉,你怎么了?怎么了?"

温小辉的眼泪如开闸泄洪一般,止也止不住,安静的车厢里充满了他压抑的哭声。

出租车司机几次从后视镜里看他,也没敢开口。

罗睿急坏了："你是不是出什么事了？我马上飞回去好不好，你别哭了。"罗睿长这么大没见温小辉这样哭过，不，应该说就没见他哭过。他在罗睿眼里总是特别要强、特别彪悍，只有他把别人整哭的份儿。

温小辉可以说是罗睿的"精神领袖"，这个记忆中永远强悍的朋友就像一张高高扬起的帆，带领他乘风破浪，穿越傲慢与偏见的海洋，让他能挺起腰板活着，所以温小辉一哭，把他都哭乱了。

"不，你不用……回来。"温小辉抽泣着说，"我心情不……不好，哭一哭就好了。"

"是跟阿姨有关吗，还是……洛羿？"

"不说了……"温小辉深吸一口气，"你好好玩，回来再说吧。"他快速挂断了电话，并关了机。因为他突然想起来，曹海说洛羿监听了他的电话。

其实这一点在很多事情上都能反映出来，比如他家遭贼后洛羿第一时间打来电话，他在罗睿那儿，洛羿也准确无误地找来了。可洛羿为什么要监听他的电话？难道跟……常会长想要的东西有关？

他很快到了洛羿家，远远看着那栋熟悉的别墅，灯还亮着。若是往常，他进了屋，等待他的就是那个让他温暖喜悦的少年。两人不常出去，而是喜欢在家做做饭、聊聊天、看看电影、打打游戏，和洛羿在一起的时光，即使不做什么特别的事，也让他打从心底里感到开心。

一想到他推开这扇门，可能所有的东西都要毁于一旦，他就生出了转身离开的冲动。

他真的要进去吗？真的要戳破所有的谎言，面对冰冷的真相吗？如果他假装什么也不知道，一切是不是就不会变？

他站在别墅外面，看着这栋承载了无数美好回忆的房子，就好像面对着一个缤纷美丽的泡泡，他只要往前一步，就能残酷地戳破。

他握紧了口袋里的那封信，后槽牙咬得生痛，用一种自虐般的意志，催动了双腿，走了进去。

由于走得太急，他忘了带钥匙，于是按响了门铃。

很快，大门打开了，伴随着一室温暖扑面而来的，还有洛羿毫不掩饰的惊喜笑容。

温小辉看着那俊颜上的欣喜表情，生出了拔腿就跑的冲动。

洛羿的笑容很快就僵住了，眼睛里浮现出一丝担忧："你眼睛怎么红了？你哭了？是不是又和阿姨吵架了？"他不由分说地把温小辉拽进了屋。

温小辉低着头，抓住洛羿的手，慢慢地、慢慢地推开了。

洛羿愣了愣："你怎么了？"

温小辉生怕自己软弱，毫不犹豫地说："我见到常会长了。"

洛羿僵住了，表情瞬间变得阴冷，就连声音都沉了下来："你说什么？"

"我见了常会长，你的父亲。"温小辉从兜里掏出那封被他捏得皱巴巴的信，声音抖得不成样子，"这是我姐留给我的遗书，它是真的吗？"

"你进来，我们坐下说。"他伸手要去抓温小辉。

温小辉恶狠狠地打开他的手，因为过度悲愤，漂亮的五官都扭曲了："他说价值三亿美元的遗产是雅雅留给我的，他说你把遗产调包了。他说……洛羿，我们认识快三年了，你告诉我，你从一开始就在……骗我吗？"温小辉如垂死之人，用力喘了一口气。

洛羿的目光沉静如水，看不出一丝波澜，他缓声道："你相信他说的话？"

"我不想相信！"温小辉抓着信，因为用力过猛，骨节都泛起青白，他的声音已经听不出原来的样子，"我把……遗书带来了，我要对雅雅的笔迹，我还要……还要看合同，或者，我们简单一点，你把实话告诉我。"

洛羿垂下了眼帘，羽睫微颤，看上去那么年轻、那么无辜，他沉默了一下，然后嘴角微扬，露出一个轻巧的笑容："你想听什么实话？"

温小辉看着洛羿那漫不经心的笑容，一颗心如坠谷底，他克制不住地把那封信扔在了洛羿脸上，嘶吼道："你是不是从一开始就在骗我！"

洛羿轻叹一声："小舅舅，你还是跟以前一样，那么傻。你如果什么都不知道，或者装作什么都不知道，我可以对你很好的。"

"洛羿！"温小辉怒喊一声，猛地扑了上去，一拳挥向了洛羿的脸。

洛羿没有躲，硬生生挨下了这一记重拳，身体倒退数步，直到抓住沙发，才稳住了身体。他伸出舌头，舔了舔刺痛的嘴角，尝到了一丝血腥味儿。他看着双目赤红的温小辉，眼中是浓浓的阴鸷。这一拳打得真够疼，但是跟心脏那种无法形容的不适比起来，根本不算什么。

温小辉只觉得心脏剧痛,眼泪汹涌而出:"你就为了钱?就为了钱!你以为给我那么多钱我会要吗?我敢要吗?你为什么不直说?为什么要骗我!?"

洛羿淡淡地说:"我观察过你一段时间,虚荣、肤浅、爱炫耀,我不认为你会放弃继承权。"

温小辉的声音发颤,洛羿的一字一句,像刀子一样捅进了他心里:"所以……你伪造遗书,用抚养关系接近我,就为了让我相信你,把遗产……给你。"

洛羿沉默着。

"就算你一开始不认为我会放弃遗产,那三年的相处,你也没有相信过我,你依然骗我签合同。你如果向我要,我会给你,我一定会给你!"他全心全意地信任着洛羿,他以为洛羿就算行为方式跟普通人不同,可至少也是全心全意对他,到头来一切都是假的,甚至洛羿到最后都还在防着他,让他在不知情的情况下签了赠予合同。这是怎样深的心机?为了获取他完全的信任,不惜花费这么长的时间,直到确定他不会侵吞遗产,才把计划的最后一步走完。

他不敢相信,三年的感情,他就是陪人玩了一局棋,最后发现他还不是对手,而是用过即弃的棋子!

洛羿抬头看着温小辉,神色染上疲倦:"你并没有什么错,但妈妈把我需要的东西留给了你。不过,我依然愿意把它们还给你,但不是现在,有一天……"

"谁要你还!"温小辉吼道,"就当我瞎了!我温小辉瞎了!"他痛得不知所措,他甚至不知道自己该怎么走出这里,该怎么迎接明天。当他所相信的一切都崩塌的时候,他要怎么把自己扶起来?

洛羿上前一步:"小舅舅……"

温小辉后退了一步:"为什么要帮我?Luca、Raven、罗总,这些人,为什么你要做那些事?"就是因为洛羿为他做出的一件又一件扭曲的保护事情,他才一步步走入了洛羿布下的陷阱。现在想想,他一再用洛羿对他好来美化洛羿所有不正常的行为,还为洛羿辩解,根本就是自作自受!

"为了让你衣食无忧,淡薄对钱的渴求。"

温小辉压抑不住悲愤，红着脸低吼一声："洛羿，你浑蛋！"他实在无法再在这个地方待下去了。这个屋子里任何一样东西，都承载着他和洛羿曾拥有过的幸福快乐的点滴。那些笑声还回荡在他耳边，那些回忆的画面还色彩艳丽，现在所有曾经令他喜悦的东西，都成了莫大的讽刺，像刀子一样毫不留情地切割着他的神经，他转身往门口冲去。

洛羿看着温小辉仓皇的背影，心脏一紧，一个箭步跨了上去，将温小辉打开的大门又重重地推了回去。

砰的一声巨响，那扇实木大门就好像关在了两人的心上，在他们之间竖起了一道屏障。

温小辉恶狠狠地转过身，洛羿一把抱住了他。

温小辉震惊过后，疯了一般用力挣扎："洛羿，你浑蛋！"他双眼血红，恨不能掐死眼前这个人。

洛羿一手抓着他两只手腕，抵在胸前，牢牢固定着，胸膛剧烈起伏："你冷静一点。"

"放开我！"

"你冷静一点！"洛羿厉声叫道。

温小辉被震住了，僵硬地看着洛羿。

洛羿仔细端详着温小辉狼狈的面容，轻声道："常会长找你，是不是想要妈妈留下来的某样东西？"

温小辉只觉得有种心脏骤停的错觉。

洛羿伸出手指，指尖轻轻滑过温小辉的脸："那样东西我已经在你家找到了，如果他再来找你，告诉他，在我手里。"

温小辉瞪起眼睛："我家……是……是你干的？小偷……放火……是你干的？"

"小偷不是我。"洛羿平静地说，"是常会长派人干的。"

"我妈当时在家……"温小辉的眼神中掺杂着痛恨与恐惧，"你想烧死她吗？"

"我没有伤害她的打算，所以把她引出去了。"

温小辉一口咬在洛羿的肩膀上，发狠地咬着，恨不得咬下一块肉来。

洛羿皱起眉，额上冒出细汗，他没有阻止温小辉。

温小辉用尽全身力气推开了洛羿，他感觉自己的灵魂被抽空了，内心深处有什么东西彻底消失了。他的背抵着大门，喃喃道："怪物。"

洛羿看了看自己肩膀上的血牙印，沉默不语。

"怪物，洛羿，你这个怪物。"

洛羿歪着脖子看着他："怪物，我吗？没错，是我。"

温小辉再次打开了大门。

"小舅舅。"洛羿的声音在他背后响起，异常空洞，"你可不可以当作什么都没发生？"

温小辉夺门而出。

他在黑夜里狂奔，一口气跑出了整整一条街，才像濒死一般倒在路边，靠着电线杆，痛哭出声。

疯了，所有人都疯了。

他最深信不疑的人设下了最冷酷的骗局，这世界还有什么可以相信的？

温小辉觉得自己要疯了，他不知道该如何消化这一切，在两天之内，他好像失去了所有——一个温暖的亲人、一个值得信赖的朋友、一个精心编织的美梦。

他恨不能时间就此停止，因为他不知道下一秒该怎么办，明天该怎么办，以后该怎么办？他经历的不是一次简单的背叛，也不是一场简单的骗局，洛羿所做的一切，摧毁了他的一部分，那个名为爱与信任的一部分。

✢ 第二章

可笑

——全世界最没资格问他好不好的,就是洛羿温小辉不知道自己那天是怎么回家的,他把自己关在了房间里,不吃不喝,他妈差点破门而入。最后,他是听到了一个熟悉的声音,才打开了门。

罗睿顶着两个青黑的眼圈出现在他面前,开门的一瞬间,罗睿给了他一个有力的拥抱。

他抱住罗睿单薄的身体,好暖啊,就像在雪地里走得久了,浑身冻僵,靠近火的一瞬间,感受到的只是疼,于是他觉得疼,头疼、身体疼、心疼。

疼得他难以呼吸。

罗睿关上了门,捧着他的脸,哽咽着问道:"怎么了,小辉?你别吓唬我,你怎么了?我从来没见过你这样。"

温小辉看着他,眼睛却没有焦距,他小声说:"他骗我。"

"谁?是洛羿吗?"

"他骗我,从三年前开始骗我。"温小辉深吸一口气,"你相信吗,他从三年前开始骗我,一切都是假的,没有遗书,没有抚养关系,什么都没有,是他编的。"

罗睿满脸震惊,颤抖道:"为……为什么?小辉,你知道自己在说什么吗?"

温小辉哑声道:"为了遗产。我姐把大部分遗产留给了我,他接近我,是为了拿回这笔遗产。"

罗睿双腿发软,眼泪跟着滑了下来,他一把抱住了温小辉,心痛不已,却一时找不出话来安慰。

见证了他和洛羿从相识至如今的一切,罗睿无法想象那些都是假的,为什么要这样糟蹋人心?就为了钱?

温小辉抱住了罗睿的腰,眼泪夺眶而出:"都是假的……都是假的。"

罗睿咬紧了嘴唇,一句话都说不出来。

两人相拥着哭了起来,无助的感觉就像一层无形的空气包裹着,让他们窒息。

温小辉不知道自己那天在罗睿怀里哭了多久,他睡着了,然后醒了,被罗睿喂了点东西,又睡着了。这样反复数日,他记不起日夜更替,时间慢得像空气中流动的浓雾，又快得像掌心快速流走的沙。

直到有一天，一觉醒来，他睁着眼睛感觉再也睡不着了，他才觉得自己的灵魂好像归位了。他开始能感觉到自己的手脚，开始能看到、听到、感觉到。

罗睿一直在他家守着他、照顾他，几天时间，人就瘦了一圈。

温小辉看着他在自己旁边熟睡的样子，轻轻摸了摸他的脸。

罗睿立刻惊醒了："小辉。"

温小辉看着他："初几了？"

"初六。"罗睿瞪大眼睛看着他，"你好点了吗？"

"初六。"温小辉想了想，"那不是该上班了？"

"我给你请假了，你不用急着去。"

温小辉翻身下了床："为什么不去？我有工作呀！"

罗睿也跟着下了床，紧张地说："小辉，你别去了，你好点再去好不好？"

温小辉拿衣服的手顿住了："罗睿，我得多赚点钱。"

"啊？"

"我家要装修，不能没有钱，我要早点搬回去。"温小辉的眼圈渐渐红了起来，"我要把这栋房子，还有那三百万元还给洛羿，这些东西现在让我觉得非常恶心。"

罗睿哽咽道："好。"

"真恶心……"温小辉颤声道，"一切都很恶心。"

他好像睡了很长的一觉，晚上睡白天睡，吃了就睡，今天他实在睡不着了，也许，是时候该醒了。

罗睿看着他，眼中充满了担忧："这个咱们先不考虑，你要不要再休息两天啊？"

温小辉摇摇头："休息好几天了，再休息要吐了。自从在聚星工作后，我就没这么闲过。"他回头冲罗睿笑了笑，那笑容僵硬得就像在哭。

罗睿皱起眉："那……那我送你去。"

"你送我去干吗呀？我又不是不会走路。"

"我爸给我买了辆车，我送你吧。"

温小辉笑道："富二代，好吧。"

走出房间，冯月华正在看书，一见他出来，就站了起来。

"妈……"温小辉惭愧地低下头，"让你担心了。"

冯月华扭过了脸去，愤愤地说："我说过什么？让你不要接近他，我不知道你们之间出什么事了，但我直觉就没好事儿。你现在反应过来也不晚，以后不准再和他联系。"

温小辉胸口胀痛，连呼吸都觉得疼，他轻声道："好，放心，我再也不和他联系。"

冯月华走了过来，心疼地摸了摸他的脸："你看你脸色这么差，就别去上班了。"

温小辉摇摇头："不能请这么久的假，我晚上就回来了，没事儿的。"

冯月华对罗睿道："罗睿啊，就麻烦你了。"

"放心吧，阿姨。"

两人下了楼。

罗睿的爸爸给他买了辆Mini Countryman，大红色的骚气外形。

温小辉笑着说："你一直喜欢这车。"

"是啊，好不容易拿到驾照了。"罗睿把他推上了车，"走走走，你是第一个坐我副驾驶座的。"

"你这么说谁敢坐？"

"没事儿的。"

上了车，温小辉深吸一口气，身体放松地靠在椅背上，轻声说："罗睿，其实也没什么大不了的，对吧？谁这辈子没被坑过，对吧？"

"对，谁这辈子没吃几回亏？"

温小辉点点头，胸口一抽一抽地疼："我就感觉我像是……像是失恋了，对，就当是失恋了，开始难受，时间久了就忘了，对吧？"

"对，最多俩星期，你就缓过来了。现在都过去一个星期了，你很快就好了，真的。"

"俩星期可能不够。"他和洛羿相知相处了三年。

"那就久一点，三个星期，不行就一个月，足够了。"

温小辉点点头："那是快了。"

罗睿一路歪歪斜斜，路上还差点追尾，总算是把温小辉送到了工作室。

019

由于路上太惊险,温小辉的注意力都被转移了,胸口堵着的那股气似乎消散了一半,他下车之后说:"小妈,坐过你车的,跟你都是生死之交。"

罗睿朝他抛了个媚眼:"咱们俩本来就是。"

温小辉摆摆手:"回去吧,我走了。"

"你下班我来接你,带你去吃好吃的。"

温小辉笑了笑:"好啊。"

年后上班的那一周,是最让人没精打采的,一进工作室,客人几乎没几个,员工个个都懒洋洋地找地方坐着。

温小辉一进去就吆喝道:"哎哟,这干什么呢?上班还晒咸鱼啊!"

"Adi 哥,你来啦。"刚进工作室的实习生恭敬地站起来跟他问好。

温小辉停下来看着他。

那是个 18 岁的男孩儿,唇红齿白,眼睛又圆又亮,透出一股不加修饰的天真,看他的眼神充满了敬畏和崇拜,戴着一条高仿的蒂芙尼项链,穿着件一百来块钱的 Gucci 衬衫,Nike 的限量版球鞋是前年的款,妆上得一点都不熟练,但胜在年轻水嫩。

四年前的自己,是不是也是这个样子?虚荣、肤浅、年轻、单纯,出身平凡,空有一颗想要飞黄腾达的心,却根本不知道成功需要付出什么,也不知道往哪儿付出、怎么付出。这时候只要有一个 Raven 那样的人引导一下,两人就很容易一拍即合,走上一条表面光鲜、背地却很龌龊的路。

不怪洛羿说他当时虚荣、肤浅、爱炫耀,当年的他真的是这个样子,现在其实也没怎么变,只是有点底子了,不会闹笑话。可无论什么样的自己,他都喜欢,没别的原因,他乐意,轮不到洛羿这样的浑蛋评价他。

温小辉现在回想过去,其实挺感谢那些曾经深深恶心、硌硬他的人,比如 Luca、Raven,是他们让他成长,看清他的底线。

如果按照这个举一反三,他是不是有一天也会感谢洛羿让他成长,让他耗光了这辈子对陌生人的全部信任?他知道他再也不可能轻信别人,再也不可能毫无保留地呈现自己。他可能会无差别地怀疑每一个接近他的人都别有目的,可能会在自己心里筑起一道墙,唯恐再次受到伤害。这都是洛羿给他的,他也不知道这是不是好事。

实习生紧张起来:"Adi 哥,怎……怎么了?"

温小辉拍拍他的胳膊:"回去多试几种眉形,这种太粗了,不适合你。"

"是。"

琉星正好进门:"Adi,身体好点没有?"

"好多了,不好意思啊,这几天让你受累了。"

"没事儿,年后没什么生意。"琉星按了按他的肩膀,"你脸色很差,下午没什么事儿你早点回去就行。后天有个杂志的采访,你别肿着脸上去。"

"放心吧。"

琉星进办公室后,小艾噔噔噔过来,小声说:"Adi,你现在越来越有范儿了!"

温小辉眨了眨眼睛:"人家本来就有范儿啊,长得美就是范儿。"

小艾笑道:"我是说你刚才跟小实习生说话的样子,真有老师的感觉了。"

温小辉笑了笑:"媳妇儿总要熬成婆吧。我都熬了四年。"

"本来今晚想叫你吃饭的,见见我新男朋友,但看你脸色这么差,你还是早点回去休息吧。"

温小辉摸了摸自己的脸:"真有那么差吗?不就是没化妆吗?我皮肤多嫩呀,肌龄十六好不好。"

"不要脸,你自己照镜子去。"小艾把他拽到镜子面前,"你看看,整个人跟丢了魂儿似的,不知道你感冒的,还以为你失恋了。"

温小辉看着镜子里的自己,短短一周的时间,他瘦了 5 斤,颧骨都出来了,整个人看上去苍白无力。人生中第一次他决定要增肥,177 厘米的个子 113 斤,他自己都觉得有点过分了,至少得把流失的胶原蛋白补回来。

小艾见他看着镜子一动不动,也不说话,敏感地察觉到了什么,小声说:"亲爱的,你不会真的……"

温小辉对着镜子笑了笑,那笑容他自己都觉得惨淡:"怎么可能?就是身体不舒服。"

小艾松了口气:"那就好。"

温小辉脱下外套，给实习生上课去了。他现在需要找点事做，这样就不会一直关注那些让他难受的事，还有那些明明不该问、不该想，但他偏偏想知道的问题。比如，洛羿对他有没有过真心？

下午，他提前下班了，罗睿依约来接他，还带来了从澳洲给他买的各种礼物。

路上，两人聊起罗睿在澳洲的见闻。

突然，温小辉想起什么："罗睿，你在前面拐一下，我想回趟家。"

"啊？原来的房子吗？不是在装修吗？"

"我要去看一下。"温小辉猛然想起洛羿说过的话，洛羿说，他已经拿到自己想要的东西了，而那样东西，真的在常会长和洛羿都翻天覆地地找过的他的家里吗？

罗睿把车开回了那个小区。

温小辉上了楼，发现今天还有工人在干活，他进屋一看，傻眼了。

他家几乎所有的非承重墙都被打掉了，整个屋子的格局都被改了，贴了一看就很高档的地砖，刷了几乎没有味道的漆，装修工程已经进行了大半。

张工从里面走出来："哟，温老师，您回来了。"

温小辉环顾四周："为什么把墙打了？"

"您外甥让打的呀，我们俩商量过，原来的格局不够好，这样改一下，空间能大一些。您放心，用的全都是最好的料。"

温小辉走了进去，慢腾腾地参观了每一个房间。这套房子让他觉得很陌生，连一点从前的家的影子都找不到了。洛羿为什么要把他家的墙打掉？难道那样东西藏在墙里？如果真的藏在墙里，那只有可能是他爸藏的，他记得小时候家里确实装修过一次，中学的时候，具体哪一年忘了。常会长和洛羿究竟想要什么？

如果按照时间推算，那次装修肯定在洛羿放火烧车之后，莫非，跟那件事有关？

温小辉脑子乱糟糟的，根本毫无头绪。

罗睿跟在他后面："这样改一下挺好的，空间看着确实大了。"

温小辉点点头，沉声道："不好能怎么样？墙都砸了。"

张工也献宝似的说："装完之后保证您满意，咱们过年几乎都没休息,下个月肯定能装完。到时候进了家具什么的,你们就可以搬回来了。"

温小辉心事重重,那件常会长派小偷上门、洛羿不惜放火烧房子也要找到的东西,究竟是什么?难道真如孙影所说的那样,雅雅握有常会长的把柄?让洛羿得到之后,又会发生什么?

东西已经不在他家了,这件事好像跟他没关系了,可他总感觉还有更大的阴谋在前方等着,而他真的能跟整件事再无瓜葛吗?

离开他家后,两人在车上沉默了很久。

罗睿突然说:"Baby,我今天还叫了个人一起吃饭。"

"谁呀?"

"黎朔。"

温小辉扭头瞪着他:"我现在哪有心情见他。"他和黎朔自洛羿生日之后,就没再见过,甚至联系都很少。因为洛羿似乎十分介怀黎朔的存在,他也懒得为这事起争执。罗睿耸耸肩:"吃个饭而已有什么关系?"

温小辉莫名有些恼怒:"我不想让全世界都看到自己这副失魂落魄的德行。"

罗睿这才意识到自己自作主张了——温小辉这么要面子的人,自然不想让外人看到自己的狼狈。他把车停在路边,像做错事的孩子一样低着头,不敢说话。

温小辉看着罗睿可怜的样子,有火也发不出来了。罗睿和他的性格正好相反,软得一塌糊涂,也正是因为这样,两人这么多年从来没吵过架,偶尔生气了,罗睿要么沉默要么认错,不管是谁不对。

温小辉叹了口气,浑身充满了无力感:"我谁也不想见,我现在都有被害妄想症了,觉得所有人都不值得信任。"

罗睿小声说:"那我呢?"

"你不一样。"

"也不是所有人都跟洛羿一样的。"

"洛羿是……洛羿不是……"

洛羿是什么,不是什么?

洛羿是他视为至亲的人,是他曾全心信赖的人,也是伤他最深、将他的信赖全盘摧毁的人。

洛羿把他的心掏空了。

罗睿偷瞄了温小辉一眼："你要生气就骂我吧，我这就打电话给黎朔，说今天有事不去了……"

温小辉叹了口气："算了，总不能放人家鸽子……走吧。"

到了餐厅，黎朔早已经等在了那里，一见他们，就露出优雅绅士的笑容，一如往昔。

"好久不见了。"黎朔笑着说。

温小辉也笑了笑："是啊，好几个月了，最近忙什么呢？"

三人若无其事地寒暄起来，好像只是老朋友见面。

可温小辉觉得黎朔肯定是察觉出什么了，黎朔那么聪明，不会看不出他状态不好。

果然，趁着罗睿上厕所的时候，黎朔轻声道："这几天没休息好吗？你脸色很差。"

"前几天感冒了。"

"恐怕不是感冒那么简单吧？"黎朔道，"是不是跟洛羿吵架了？"

温小辉尽量若无其事地说："真的是感冒了，不太舒服。我和洛羿也没吵架，只是……他长大了，我太忙了，逐渐交集少了。"

黎朔笑了笑："这很正常，慢慢地，大家都会将精力倾注到自己的生活，只要彼此还互相关心，随时出来聚一聚，始终是朋友。"他眨了眨眼睛，"就像我们。"看着黎朔那熟悉的成熟得体的笑容，温小辉紧绷的心也放松不少，他笑道："黎大哥说得是。"

黎朔把菜单递给他："来。"

温小辉摆摆手："你点吧，我随意。"

黎朔深深看着他："现在说这个可能不太是时候，但你好像比以前成熟了不少，从我认识你到现在，你不断刷新我对你的印象，真的很有趣。"

温小辉勉强笑了笑："吃一堑长一智。"

黎朔合上菜单，长臂越过桌子，轻轻揉了揉温小辉的头发："小辉，你是个非常好的孩子，所有不开心的事都会过去，你要相信自己会有福报。"

温小辉双掌合十，眨了眨眼睛："阿弥陀佛。"黎朔信佛，他时不时就能从黎朔这里喝一碗清心静欲的鸡汤，非常舒适。

黎朔笑了起来。

三人吃了一顿很和谐的饭,他们聊着一些无关痛痒的话题,温小辉发现有人陪着真好,至少在聊天、回答问题、找话题的时候,他不会想着洛羿。

吃完饭,罗睿送他回家,温小辉在经过手机店的时候,去买了部新手机,把号码也换了。

罗睿不解地看着他:"你不想联系,把他拉黑就好了呀。"

温小辉不敢告诉罗睿,洛羿在监听他的电话,他晃了晃新手机:"小爷有钱烧得慌。"

回到家,他准备把自己的新号码告知给同事、朋友。

正写短信呢,突然一条信息跳了出来,温小辉打开一看,心脏像是受到一阵猛击,他不自觉地弯下了腰。

"还好吗?"洛羿发来短短三个字。

温小辉立刻把他的电话拉黑了。

这是自那晚之后,洛羿第一次联系温小辉。

还好吗?

哈哈,多可笑的三个字。全世界最没资格问他好不好的,就是洛羿。

他把新号码发出去后,就把旧手机卡拿出来,扔进了水杯里。

年后,工作室迎来了第一轮忙碌,不少人挤着在年后改变型,迎接新的一年。温小辉也换了个发型,他把头发留长了,剪到下颌的长度,刘海改成了中分,平添几分妩媚,乍一眼看过去像个女人。

由于交际面越来越广,接触的人越来越多,他也学会了像 Raven 那样见人说人话,见鬼说鬼话。有时候想想过去,那么蠢那么愣的自己,能取得现在的一点成就,也许还真多亏了洛羿。

天气回暖了,他家的旧房子也装修完了。他带着他妈验收的时候,他妈对改了格局这一点不是很满意,但房子焕然一新,她还是欣然接受了。两人决定再等一个月释放一些甲醛,就尽快搬回去。

温小辉整理好房子的资料和存款,直接去了曹海的律所。

曹海见到他跟见了鬼一样,那紧张掩都掩不住。

温小辉想起第一次见曹海的时候,还深深佩服曹海的精英范儿。三年过后,他觉得曹海也不过如此。

"曹律师，我想委托你把房子和钱还给洛羿。"温小辉把文件放在曹海面前。

曹海沉默了一下："这有必要吗？"

"有。"温小辉笑了笑，"要是我很缺钱，我大概就不还了，但我现在收入还可以，有这些东西，就是更好一点罢了，也不会让我变身大富翁，没有也不影响什么，关键是拿着它们让我恶心。"

曹海叹了口气："这个我没法办，我觉得洛羿不会同意。"

"他同不同意我管不着，当初我的那份遗产他怎么处理的，不也没问过我同不同意？拿着这些东西，总让我想到他那招狸猫换太子，硌硬我吃不下饭。"

曹海摇了摇头："你为什么不把这些当作一点补偿呢？何必跟钱过不去？"

"99%的损失，用1%来补偿？这不是埋汰人吗？我不是跟钱过不去，我是怕跟他过不去，这点钱不够买我的好心情的，我就是不想再和他有瓜葛。"

"温先生，如果你有什么要求，可以尽管提出来，我相信洛羿会满足你。"

温小辉只觉得一股躁郁的气直冲脑门儿，他咬牙道："要求？我要求他三年前从来没有出现在我面前，他能满足吗？！"

"温先生……"

"我要求他没有骗过我，他能满足吗？！"温小辉猛地从椅子里站了起来。

曹海叹了口气，不知道该说什么好。

温小辉把资料推到他面前："把这些还给洛羿，从今往后我和他老死不相往来。"他踢开椅子，转身往外走去。

"温先生。"曹海的声音在他背后响起，"谢谢你给我留了余地，整件事我也是帮凶，我也觉得挺对不起你的，所以，作为补偿，我想跟你说一句实话。"

温小辉顿住了脚步。

"你做得对，你该离洛羿越远越好，否则你会被拉扯进一个旋涡，搅得粉身碎骨，希望你走出这扇门，真的能跟洛羿再没有瓜葛。"

温小辉冷声道："我跟他再没有瓜葛。"他摔门离去。

曹海看着紧闭的门扉，深沉地摇了摇头。

走出曹海的事务所，温小辉看着京城难得的蓝天，用力换了一口气。

他是个挺爱钱的人，没有钱怎么打扮？没有钱怎么买好东西？没有钱怎么孝敬母亲？如果他还是那个每月工资一千五百元的小实习生，他不会把钱还回去，但现在他已经有能力养活自己。在他三十岁之前，他有希望赚到属于自己的三百万，想着留着那笔钱会深深地恶心，于是他做出了一个不知道以后会不会后悔的决定。可至少现在，他感到解脱，感到自己终于摒除了一片名为"洛羿"的阴云，哪怕只是一小块。

春暖花开的时节，温小辉迎来了自己事业上的另一次攀升，他被邀请出席股东会议，参与公司未来战略的讨论。公司提出希望以赠予股份的方式，让他去管理外地的新工作室和学校。以他的年纪和资历，要不是有邵群的提拔，以及聚星分家后走了一批元老，是怎么都轮不到他的。如果他同意这个决策，很快就能有百万年薪，但他很犹豫，因为这意味着他要去外地，他从小在皇城根儿下长大，除了旅游就没离开过家，他主要是不能放心他妈一个人。

由于具体计划还没有落实，他有足够的时间考虑，他打算回去和他妈商量商量，如果他妈和Ian有在两年内结婚的打算，他就能放心走了。

想着想着，他又忍不住想起了洛羿。放在以前，他肯定还要考虑离开了洛羿怎么办，因为洛羿好像根本离不开他，结果都是他一厢情愿。洛羿全是装的，可笑他曾经以为自己对洛羿来说有多么重要，重要到洛羿不能忍受失去他。这种被人强烈需要的感觉让他又满足又感动，恨不能掏心挖肺地去回报这份依赖。

这三年的一切都像是一场闹剧，洛羿只要时不时给他一点无关痛痒的掌声，他就能像个小丑一样不知疲倦地逗乐。

股东会上的事，他先跟罗睿说了，罗睿虽然舍不得他，但也鼓励他去发展。两人还开玩笑地说，让罗睿把Lory's tea time的分店开在聚星分店隔壁。

回家之后，温小辉没立刻把这件事告诉他妈，而是先问了她和Ian有没有结婚的打算，但他们似乎并不急着结婚，温小辉决定过段时间再说。

由于这段时间睡眠不好、食欲不振，温小辉的增肥计划没成功，反而又瘦了两斤。一次给客人做头发的时候，吹风机太靠近客人的脖子，把客人烫得叫了起来，他被琉星训了两句，被打发回家休息了。

那天下午他回到家就开始睡，醒来之后看着外面黑漆漆的天，不知道是几点，明明一天没吃东西，也依然没有胃口。他在恍惚间，开始细数他和洛羿自摊牌到现在过去了几天，结果发现已经一个月了。

不是说好一个月他就会好转吗……看来这个推测不准啊。

他一动不动地躺在床上，看着昏暗的天花板，像一具没有灵魂的空壳儿。不知道是不是当人太过悲伤的时候都会生起一个疑问，那就是自己究竟还会不会再快乐起来。万一，他永远这样呢？万一，他再也无法爱上别人呢？万一，他无法过得更好呢？因为谁也无法给他担保，所以那无法预测的未来就变得格外让人恐惧。

手机响了起来，响了很久，温小辉才反应过来，他拿过来一看，是个陌生号码："喂，哪位？"

电话那头传来了让他心神震荡的声音："小舅舅，是我。"

温小辉抓着手机的手直抖，他本能地就想挂电话。

"我在你家楼下。"

温小辉的手指顿住了，他咬着牙："你想干什么？"

"你下来或者我上去。"

"滚！"

"五分钟。"洛羿率先挂掉了电话。

温小辉猛地从床上坐了起来，在空荡荡的房间里发出一声咒骂。他跳到窗前，掀开窗帘一看，果然在楼下看到了一个黑洞洞的影子，再一看表，已经快凌晨一点了。温小辉真想寻块砖头扔下去。

他当然不会下楼。哪怕两人之间相距了十六层楼的距离，只要想到他和洛羿身处一个小区，他也觉得空气变得黏稠，呼吸变得困难。

自那晚之后，他第一次见到洛羿，哪怕只是一个黑影；第一次听到洛羿的声音，哪怕只是短短几个字，可已经足够让他一个月以来砌起来的防线濒临瓦解。他感觉外面有洪水猛兽，只有这钢筋水泥的砖墙能稍微保护他，所以他决不离开。

他缩在被窝里，阵阵心慌，洛羿想干什么？为什么大半夜来找他？

他拼命告诉自己冷静,他凭什么为洛羿心慌?!

过了没多久,他突然听到了开门的声音,他腾地从床上跳了起来,大骂了一声,朝门口冲去。

他为什么没想到洛羿会有钥匙?!

当他跑到楼下的时候,已经来不及了。洛羿打开门,出现在了他面前。

当两人四目相对的时候,仿佛时间、空间都被扭曲了,他们看着彼此,明明只有几米的距离,中间却似乎隔着银河。

温小辉再次体会到了那种心脏被挤压的疼痛,光是和洛羿呼吸同一片空气,就让他无法忍受。他颤抖着说:"你怎么有钥匙?谁让你进来的?我妈在家,你滚出去!"

洛羿从进门开始就目不转睛地看着温小辉,好像生怕漏看一眼,他淡声道:"冯女士去她男朋友家了。你不是要把房子还给我吗?我不能进自己的房子吗?"

"别扯犊子,滚、出、去!"温小辉握紧了拳头,他后悔当初没多揍洛羿几拳,完全不解恨。

"你最近还好吗?"洛羿轻声道,他的目光从温小辉青黑的眼圈看到微突的颧骨,再看到他衬衫下隐隐透出的单薄的腰线,"你瘦了,我早就说过你不能再瘦下去了。"

温小辉恶心坏了。洛羿怎么还有脸跟他说这些状似关心备至的话?他恶狠狠地说:"你到底要干什么?!"

"来看看你。"洛羿不自觉地垂下了眼帘,生平第一次,他感到难以面对一个人的眼神,即使是那样明显落了下风的、狼狈的眼神。

"滚——"温小辉恨不能扑上去咬死他。

洛羿抿了抿嘴唇,拿出一份文件,放在一进门的小吧台上:"这是这房子的房产证,那三百万确实太少了,我在后面添了个零,你留下吧,这是你应得的。"

温小辉的身体因愤怒而剧烈颤抖着:"什么意思?"

"就当抚养费吧,谢谢你三年来对我的照顾。"

温小辉的眼中充满了血丝,简直目眦尽裂,胸口就像被捅了一刀那么疼:"抚养费?照顾?你觉得我嫌少?"这就是洛羿对他们三年的总结?

洛羿看着温小辉摇摇欲坠的样子，心中一片烦乱，简直干扰了他的思考，他道："你没必要跟钱过不去，如果你恨我，更不该便宜了我，留着吧，我希望看到你过得好。"

温小辉咬牙切齿："如果你不来恶心我，我就能过得很好。"

"你还是这么幼稚，爱感情用事。"

"我说滚！"温小辉抓起一个水晶摆件朝他扔了过去。

洛羿偏头躲过，低声说："我有点想你，你都没好好吃饭吧。"

温小辉抄起椅子冲了过去，洛羿单手抓住了椅子的脚，慢慢地将它压到了地上。温小辉松开椅子，挥拳朝他脸上招呼了过去。

洛羿的手掌直接包住了温小辉的拳头，明亮的眼睛一眨不眨地盯着温小辉，胸膛起伏的幅度明显变大了。

温小辉既打不出去，也收不回手，反而因为太靠近洛羿，毛孔都奓开了，头皮蹿过一阵阵电流，让他出现短暂的眩晕。

洛羿轻轻把他的手也压了下去，看着他的眼睛，小声说："对不起。"

温小辉愣住了。

洛羿在为骗了他而道歉吗？他感到又可恨又可笑，眼前都模糊了。

洛羿克制着想把温小辉抱在怀里的冲动，松开了他的手："收下吧，总有一天你会需要的。"

温小辉怒极反笑："三千万的抚养费，我一定是京城把自己卖得最高价的傻子了吧。"

洛羿轻声道："我开始并没有想要……"

"想要什么？想要和我走得这么近？你当初突然跑到美国来，是因为看我和黎朔走得太近，脱离你的控制吧？"现在回想起来，洛羿做的很多事都充满了目的性，只是他回过头去才看透，可已经晚了。

洛羿没有说话，算是默认了。

"你拿到遗产之后，本来想把我甩开，可是你发现雅雅留下的某样东西不在遗产里，可能还在我手里，所以你才回头找我吧？我还纳闷为什么你拿了钱就对我那么冷淡，我还以为我想多了……"温小辉发现自己的大脑变得无比清晰，清晰到终于能把洛羿的所作所为看个透彻，"你窃听我的电话，监视我的一举一动，让我所有的行为都按照你的计划走，让你做的一切都天衣无缝！"那些曾经他以为美好的回忆，现在看起来都血淋淋的。

他无法相信世界上有洛羿这样的人,可以装出最完美的样子,冷血地利用和践踏别人,而温小辉偏偏遇到了。

洛羿喃喃道:"如果你什么都不知道就好了。"

温小辉狠狠推了他一把:"东西我收下了,你滚吧,以后你再也没有理由出现在我面前了。"

洛羿心脏微颤,手反握着门把手,却迟迟没有动。

温小辉讽刺地笑了笑:"你说得对,我突然想通了,陪你演了三年过家家,得到三千万的酬劳,我一辈子都赚不来这些钱,再没有比这更划算的工作了。大明星都没我卖得贵,我还有什么不满意的?"

洛羿目光如炬,静静凝视了他几秒,拳头在背后握紧了,他转身打算离开。

"洛羿。"温小辉颤声道,"就当我无聊,就当我犯贱,我对你只剩下这一个问题。"他如濒死之人在呼吸生命尽头的最后一口气,"这三年里,你有没有一次,哪怕片刻把我当作家人?"他鄙视自己问出如此卑微的问题,显得他好像在乎。可他一定要问,他不想再被这个问题化作的梦魇纠缠,整夜整夜地难以入眠,他想要一刀痛快地斩断。

洛羿没有回头,只是沉默半晌后,说:"我不知道。"

温小辉瞪大眼睛,瞳孔涣散再找不到一点力气。

洛羿打开门,走了。

温小辉扶着椅子坐了下来,他沉默半晌,发出了一阵低笑,耗尽了撕裂灵魂之后残存下来的最后一丝尊严。

"我不知道。"

这个答案很好,三年来,至少这句话是真的。

黑暗的屋子沉寂很久,才响起了压抑的哭声。

✳ 第三章

生病

——你愿不愿意跟真正的我,重新相识一次

"三千万！"罗睿眼珠子差点瞪出来。

温小辉笑嘻嘻地说："厉害吧，我突然觉得我赚大发了！你说我买辆什么车好？兰博基尼是不是太招摇了？法拉利怎么样？不行，我得买两辆，一辆跑车、一辆SUV，适合不同的场合。"

罗睿看着他浮肿的眼皮和浓重的黑眼圈，勉强跟着笑了笑："都好，想买什么买什么。"

"就是，想买什么买什么。"温小辉笑道，"你说我是不是赚了？谁的抚养费有我高啊？我突然觉得豁然开朗，我难受什么啊！有了这笔钱，洛羿算什么啊。"

罗睿含笑着摸了摸他的头发。

"等我再锻炼两年，积累一下人脉，我就拿着这笔钱自己开个工作室。哦，不行，我和聚星的合约还没到期呢。我先准备准备，反正我现在不差钱了。"

"好呀，把工作室开在我的蛋糕店隔壁。"

"必须的。"温小辉笑得腮帮子都僵了。

这时，电话响了起来，温小辉拿出来一看，是邵群打来的，上次他们在股东会上见了一面，但人太多，没说几句话。他就猜到邵群还会私下找他，因为几个股东对战略计划的意见不太统一，这时候琉星和他的态度就能起到一定作用。

果然，电话接通后，邵群找他吃饭。他跟罗睿又闲聊了一会儿，到了时间就走了。

不过一个星期不见，邵群就晒黑了一些。

"哟，邵公子，您这是去哪儿度假了？"温小辉一看到邵群就不自觉地谄媚，就跟形成了惯性似的，不只是因为邵群是他的大老板，还因为他始终害怕邵群。

"去了沿海一带，不是去度假的，而是去考察的。"邵群瞥了他一眼，"你能不能别一天到晚扭那个腰？这么细，我都怕你扭断了。"

温小辉还以为邵群喜欢这样呢，他立刻挺直了腰，正常了不少："您去考察什么呀？"

"沿海一带商机很多,在京城家里人总限制我,烦得要命,我打算去那边发展发展。"

"您不会是打算把聚星的股份转出去吧？"

邵群挑了挑眉："怎么今天突然开智了？挺敏锐啊！"

"看您在股东会上的态度,我就有点预感。"大概是因为邵群给他的印象就是太无情,所以捞够了走人很像是邵群会干的事儿。不过,这也是很正常的商业投资行为。

"不错,跟你说话终于没么累人了。"邵群漫不经心道,"想跟我干活吗？"

温小辉戒备地说："您说哪方面的？"

邵群眯起眼睛："你觉得我是违法乱纪的人,还是你是违法乱纪的料子？"

温小辉摸了摸鼻子："我开开玩笑。"

"我到了南方主要还是做地产方面的投资,聚星本来就是试水,试完之后我发现,也没多少油水,没意思。我看你还算会来事儿,可以去给我当个公关。不过,你现在发展得不错,没必要转行,我就随口问问。"

"谢谢邵公子看得起,以后我要是混不下去了,就去找您讨口饭吃。"

邵群捏了捏他的下巴,笑道："我喜欢你识时务这一点。"

温小辉讨好地笑着。

"对了,你那小外甥怎么样了？"

温小辉心头一紧,强装镇定："挺好的,最近太忙,没怎么联系。"

邵群斜睨着他："不联系也挺好的。"

温小辉假装随意地问："怎么了？"

"不告诉你。"邵群低头看着手机。

温小辉恨不得扇他。

邵群头也不抬地说："我听说了一些事情,不过不方便说,看在你是我的员工的情分上,我只能奉劝你离他远点儿。你们毕竟没有血缘关系,就别掺和了。"

"您说什么呀,我都没听懂。"

"装傻套我话？你还嫩了点儿。"邵群道,"我今天找你不是为了你家的事儿,是想跟你说说聚星的问题。"

温小辉见他确实不会说，只好作罢，尽管心里七上八下的，特别不安，也只能装作不在意："我听您的。"

"下次股东会议，你按照我的意思表态，然后我教你怎么不着痕迹地劝琉星。这笔投资分配好了，我就打算转让股份了，我一定要卖个让我满意的价格。"

"您请说。"

邵群跟他说了半天，突然道："你怎么心不在焉的？"

温小辉一愣："没呀，我都听着呢。"

"还在想你外甥的事儿？"

"没有。"

邵群鄙视地看着他："我认识你也有两年了，你想什么都写在脸上这一点，还真没怎么变。"

温小辉尴尬地笑了笑："那您满足一下我的好奇心呗。"

"你一看就嘴不严，跟我没关系的事，我说了给自己惹麻烦，我最多就是提醒你离他远点。"

温小辉干笑道："他不是我外甥吗？能怎么远？"

"那是你自己的事了，你要真想知道更多，关注一下常红集团的股票，但我估计你也看不懂。"

"股票……怎么样？"他至少知道常会长的身份了。

邵群瞪着他，明显不耐烦了。

"您说……说聚星的正事。"

那天和邵群吃完饭，温小辉走出饭店就开始上网搜常红集团，但是查到的都是常规信息，股票代码、公司介绍之类的，他还看了股价走势，也看不懂。他想了想，给黎朔发了条短信，黎朔也炒股，应该能看出点他看不懂的东西。

过了一会儿，黎朔回了一条："没关注过这支股票，明天跟朋友打听一下，你怎么突然对股票感兴趣了？"

温小辉说他妈想炒股，糊弄过去了。

发完短信，温小辉突然站在人来人往的大街上，愣住了。

他在干什么？

不是已经下定决心跟洛羿以及与洛羿有关的东西彻底告别吗？他打

听常会长的上市公司和股票干什么?有什么用?为什么一听到跟洛羿有关的消息,他全部的注意力就都被吸引过去了?

他抓着手机,因为自己的行为气得浑身发抖,真恨不得把短信撤回来。他在心里把邵群骂了一遍,都怪邵群,吊人胃口。

他叹了口气,心里又难受了起来。

几天之后,黎朔约温小辉吃饭,温小辉想起上次问他的事情,犹豫过后,还是去了。他给自己找的借口是不好白麻烦黎朔,怎么也得请人家吃个饭。

黎朔依旧意气风发、英俊潇洒,好像全天下没有能让他皱眉头的事,和他站在一起,都会被他身上散发出来的光彩照亮。温小辉忍不住问自己后不后悔。如果当初没有疏远黎朔,或许黎朔这样明智的人,能早点发现洛羿的不对劲儿。其实他和罗睿都早有察觉,但两人都涉世未深,又从不随便以恶意揣测别人,所以才被骗得晕头转向。错付了三年的时间,换来洛羿一句"我不知道"。

可惜这样的假设没有意义,只是庸人自扰。

黎朔一看到他就摇头:"小辉,你的状态让我很担心,你比上次还要瘦。"

"其实我吃得挺多的。"温小辉摸了摸脸颊,"我最近健身呢,看着瘦了,其实没轻几斤。"

黎朔不赞同地看着他:"你这话骗不过我。"

温小辉轻轻笑了笑,低下了头。

"你是不是真的碰到了什么麻烦事儿?难道是炒股赔钱了?"黎朔打趣道。

"哈哈,不是,我妈倒是赔了点儿,不过不影响什么。"

"那就好,如果碰到什么麻烦就跟我说,或许我可以帮你。"黎朔眨了眨眼睛,"至少可以给你一些有用的建议。"

温小辉不无羡慕地说:"黎大哥,你真潇洒,好像从来没什么烦恼。"

"谁说的?工作上烦恼的事情多着呢,但是一件一件去解决,是很有挑战性,也很有成就感的。"

温小辉低下头:"不好意思啊,其实我嘴挺损的,刚才有点没忍住。"

"没事。"黎朔笑了笑,"我刚才回想了一下,也许你说的是对的,继续说下去。我一直觉得自己活得很清醒，可在你眼里，是不是显得很无情？"

温小辉沉默片刻，点了点头："你不是无情，是没对谁动过真情。你能对人很好，但恐怕让人体会不到。"

"是吗？"黎朔陷入了沉思，"我想给彼此最大限度的自由和舒适，我觉得这样的感情才没有负担。但你这个观点很有趣，我应该好好思考一下，这难道就是我感情不太顺利的原因吗？"

"说不定是呢！"

黎朔笑了起来："不说这个了，你上次托我帮你打听的事，我打听到了。"

"哦，怎么样？"温小辉顿时心脏有点发紧。

"常红集团新开发的楼盘卖得很好，连带的股票最近也涨势特别快，是这段时间比较受推崇的一支优质股，我也买了一点儿玩玩。"

温小辉愣了愣，这么听起来好像是好事儿啊，他不懂股票，但涨了不就是好事儿吗？

"不过还得观望，我一般不喜欢购入这种突然之间涨势良好的股票，我看过太多从顶峰坠落或者做假账疯狂敛财的例子。美国因为是自由市场，没有政府直接干预，金融行业几乎每年都会发生各种各样惊险的事情。资本是很残酷的，一家市值几千亿的公司，可以在一夜之间土崩瓦解。国内市场相对稳定一些，但我已经养成了谨慎的习惯了，反正股票我就是玩玩。如果你母亲已经买了这支股票，逢高减持吧。"

温小辉听得一愣一愣的，他装傻道："股票涨了不是好事儿吗？大家不都是买涨不买跌吗？"

"买涨不买跌是房地产行业的规矩，股市未必，还是要看具体情况。股票涨了大部分还是好事的，只是我看过太多血腥的案例，所以一般规避这种股票，你母亲如果也只是玩票性质，其实不用太在意。"

"那股票持续涨，有可能是什么原因？我是说，背后可能有什么隐情？"

"那就太多了，正常的自然是整个行业有利好消息，或者是公司效益好。不正常的，比如公司作假哄抬股价，圈了钱之后老板变现跑路；或者是公司正在进行并购、收购，抬高股价就是抬高身价；抑或是这个公司被人盯上了,不断往里砸钱炒高股价,等炒到顶峰的时候撤出,股价大跌,网民倒霉了,公司也完蛋了。

"不过,常红集团发生这三种情况的可能性都很小,常红集团运营状况良好,也没有被收购、并购的消息。最后一种可能性最小,没有个几十、上百亿根本玩不起,这种玩法就是比谁有钱,比谁胆子大敢往里砸钱,一旦赌输了,有一方一定血本无归。"

温小辉听着心脏怦怦直跳,他觉得洛羿不可能有那么多钱,所以黎朔说的这些,应该只是猜测吧。

黎朔看他脸色不太对,问道:"怎么了?你放心吧,如果真的出现我说的这些情况,小股民跟着买,都能小赚一笔,只要别太贪,及时止盈就行。"

温小辉笑了笑:"好,我回去跟我妈说,免得她成天咋呼。"

开始上菜了,两人聊起了别的,而温小辉反复回想着黎朔说的话,心中隐隐有一些不祥的预感。

邵群让他关注常红的股票,一定是知道了什么,只是不肯告诉他……

洛羿跟这件事有关吗?他会……怎么样呢?

温小辉带着自我厌弃的心理,忍不住有些担心。

装修过的房子晾好了,温小辉置办起了新的家具家电,软装也陆续到位了,他和他妈搬了回来。

雅雅的那套房子他暂时没想好怎么办,就先放着。搬回来之后,他想起来一件让他很郁闷的事——这房子还在洛羿名下。他得想办法在他妈知道之前,把房子过户回来。

他给曹海打了个电话,把这件事说了,曹海说证件都在洛羿那里,明天去问问。

温小辉一想到他和洛羿曾经无话不谈,如今办个事还得找人转达,心里就难受得不行。现在已经比刚开始好多了,他不会一天到晚脑子里全是洛羿,想着想着就觉得全身空了。早晚有一天,他想起洛羿的时候,会波澜不惊吧。

过了两天,他接到了洛羿的电话,尽管那个电话号码没有被保存为联系人,但他一眼就能认出来。

他犹豫到第一遍铃声停止后第二遍铃声响起时,才按下了通话键。

"小舅舅。"洛羿沙哑沉重的嗓音在电话那头响起。

温小辉皱起眉,这声音……是生病了吧?他忍住没问,而是冷淡地说:"干什么?"

"你要办过户?"

"嗯。"

"证件在家,你过来拿吧。"

"你交给曹海,我去找曹海拿。"

"何必那么麻烦?过来拿吧。"

"到时候去过户我还不是要跟曹海去?"

"不,我亲自去。"

"你……"

"好想见你……"洛羿声音虚弱,"现在就想。"

温小辉直接挂断了电话,他第一反应就是想摔手机,可想想这手机是他的,干吗要跟自己过不去。他怒骂了洛羿一句,气得心肺都要炸开了。

洛羿的电话又追了过来,而且响个不停,大有打到温小辉接为止的架势。

温小辉想想房子,还是接了电话:"你再废话,我绝对不会再接。"

"你来家里吧,顺便给我带点药。"

温小辉斩钉截铁地说:"我不去,你病死拉倒。"

"你不来,房子我不给你。"

"洛羿你浑蛋!"温小辉低吼道,"你到底想干吗!"

"我想见你。"

"见了能干什么你个蠢货!"

"就是想见你。"洛羿喘了口气,"屋子里好像都是你的味道,好难受。"

温小辉眼眶一热,心脏又开始抽痛起来:"洛羿,你逗狗呢?想起来的时候撩拨我两句,看我难受你心里挺得意的吧?你、滚、吧!"

电话那头沉默了一下,洛羿的呼吸变得有些急促,他小声说:"只是想见你,来看看我吧。今天你如果不来,房子我就不给你了。"

"洛羿!"温小辉气得额上青筋都暴出来了。

挂了电话,温小辉对着路边的垃圾桶狠狠踹了几脚,恨不得那是洛羿的脑袋。

洛羿究竟想干什么?虽然从来没真心待过他,虽然他已经没有利用价值了,可多少还惦记着他的好?除了这个可能,他想不出别的来了。

下班之后,他先回了家,见他妈拿着图册正在挑窗帘。

"妈,咱们窗帘不是装上了吗?"

"我帮 Ian 挑,他想换一批窗帘,正好这家刚刚给咱们做过,能打折。"冯月华站起来,摸着客厅的窗帘,笑着说,"质量多好,价格还便宜,你看咱们的房子重新装修过,是真漂亮,感觉空间都大了很多,绝对是整栋楼里最新的了。"

"那是啊,这都多少年前的老房子了,能翻新成这样真是很不错了。"

"说实话,这房子现在这么漂亮,再有大房子我也不太想搬了。这里都是老街坊邻居,生活什么的也方便,都习惯了。"

"等我赚了钱还是要住大房子嘛。"

"算了,京城房价这么贵,买了干吗?有套能住的就行了。咱们要是不买房子,生活质量能好很多。"冯月华笑着说,"有一套属于自己的房子,就是感觉安心。"

温小辉心里一紧,如果他妈知道房子不在自己名下……

他犹豫了大半个晚上,最后还是出门了,去那个他曾经以为再也不会去的地方。

来到小区的时候,保安惊奇地走了出来:"哎哟,你怎么这么长时间没来啊,又出国学习了?"

温小辉笑了笑,没说什么。

拖着沉重的脚步,他来到洛羿家门前,整栋别墅黑乎乎的没开灯。他摸了摸口袋,掏出了钥匙,他竟然还留着洛羿家的钥匙。

推开门,他走了进去,打开了灯,巨大的水晶吊灯把客厅映照得亮如白昼。他环顾四周,回忆纷乱地扑面而来,这栋房子里的每一处,疯狂地弹出他和洛羿在一起时的画面,温馨的、快乐的。也许是因为这栋房子承载了太多美好的回忆,也许是因为他太想忘记,以至于最后他们决裂的那一晚,反而拼凑不起一张完整的图像。

他靠着门板,感觉腿脚发软。他深吸一口气,叫道:"洛羿。"

叫了两声,房子里只有他的回声。

他犹豫了片刻，上了楼，推开卧室的门，就见床上躺着一个黑影。他打开灯，洛羿抬起手遮住了眼睛，轻哼了一声，带着浓重的鼻音。

温小辉看着他烧得发红的皮肤，暗自握紧了拳头。

洛羿身体素质很好，三年多以来总共也就感冒了两次，一次是在美国，一次就是现在。洛羿非常讨厌医院，如果温小辉不来，洛羿可能就会一直这么躺着，烧死或者等自己好起来。

"小舅舅，"洛羿微微撑起身子，用水汪汪的眼睛看着他，"你来了。"

温小辉面无表情地说："房产证在哪儿？"

"我想喝水。"洛羿咳嗽了两声。

温小辉在床边居高临下地看了洛羿片刻，看着洛羿像垂死之人一般渴求地看着他，心里有些痛快。他转身去倒了杯水，然后从柜子里拿出了退烧药，放在了床头柜上。

洛羿费力地撑起身体，就着水把药吃了。

温小辉道："房产证在哪儿？"

洛羿躺回了床上，喘了几口气，才睁开眼睛看着温小辉："一下子想不起来了。"

温小辉恨不得扑上去掐死洛羿，他恶狠狠地说："房产证在哪儿？！"

"你怎么还没有吃胖点？每次见你的时候，都觉得你太瘦了，现在更瘦了。"

温小辉抓起枕头朝洛羿砸了过去："你浑蛋！你说不说人话？房产证在哪儿？！"

洛羿推开枕头，从床上爬了起来，用那湿润的眼睛深深地看着温小辉："小舅舅，对不起，我骗了你。我一开始很讨厌你，我们素未谋面，可妈妈总是提起你，甚至把钱全都留给你，我接受不了，我想拿回来，然后我……可是，我在很早的时候就后悔了，你对我那么好，无条件地相信我……好几次我都想坦白，可拖得越久，我就越不敢，你可不可以原谅我？"

温小辉浑身发抖，洛羿那湿润的眼睛和泛红的鼻头，看上去就像在哭，那么可怜，一如每次向他道歉时那般可怜，有那么一瞬间，他差点就信了。

他怒极反笑："装得真好，有时候我觉得被你耍了三年，是因为我智商不高，其实不是，是你太会演了。每次我拆穿你在背后做的那些不正常的事，你只要装装可怜，说说自己的童年多么不幸，对我有多么重视，我就立刻心疼了。所以我像个傻子似的被你玩得团团转，要不是常会长把事情点破，你肯定还能继续骗下去，一直骗到你腻歪为止。因为在那之前，我还对你没有半点怀疑。洛羿，世界上怎么会有你这么可怕的人，每次我觉得我已经了解你了，你都能刷新我的底线。"

洛羿静静看着温小辉，眼中水雾氤氲，好像下一秒就会哭出来。

温小辉呼吸停滞。

"在你眼里，我也是怪物吧。"洛羿轻扯嘴角，"妈妈就这么叫过我，在我八岁那年想烧死那个人的时候。"

温小辉直直地看着他，尽管已经从他妈嘴里听过这件事，但洛羿亲口承认，还是让温小辉心尖发颤。温小辉忍不住问道："为什么？"

"因为我怕他。"洛羿咳嗽了两声，轻声说，"妈妈以为我想杀他是因为恨他，恨当然是一部分原因，但最重要的原因是我怕他。我觉得他威胁到了我，我想杀了他，是为了保护自己和妈妈。"

"他到底做了什么？"

"他打过妈妈，给她注射药，用枪指着她的头，还有我的……"洛羿湿润的睫毛微微颤抖着，"他是个控制欲极强的人，不能忍受妈妈想要离开他。他越是这样，妈妈就越是害怕，我从小看着他如何折磨妈妈，我觉得我们有一天会死在他手里，所以我想先杀了他。"

温小辉身体有些发抖，洛羿在诉说这些的时候，表情很冷静，唯一的一点情绪波动，可能都是高烧所致，而他听到这番话，反而比洛羿更忐忑。一个几岁的孩子，通常情况下可能连恨是什么都不清楚，就能生出了为自保杀死威胁者的念头，这本质上比恨意驱使的杀意还可怕，因为后者有很大的感情冲动成分存在，而前者给人的感觉，更冷静、更冷酷。

"你知道我小时候，他是怎么教育我的吗？"洛羿冷冷一笑，"我的保姆是个哑巴，妈妈时常不在家，没有人跟我说话，所以我养了一只鹦鹉，一只特别漂亮的鹦鹉。我花了一年多的时间教它说话，它最后学会说'你好'以及叫我的名字。"洛羿目光游离，仿佛陷入了回忆，"然后，他发现了。隔天，我的餐桌上就多了一道炖鹦鹉，他笑着看我吃完之后才告诉我。我吐了三天，高烧不退，从那以后我轻易不感冒，只要感冒，一定会发高烧。"

温小辉嘴唇微微发抖，看着洛羿的眼神相当复杂。

"你好奇他为什么这么做是吗？就跟他送我的生日礼物一样，他说他的儿子要保持狼性，他做得很成功。"

温小辉被洛羿浑身散发出来的黑暗气息震慑住了，不自觉地后退了一步。

"你也害怕我是吗？"洛羿湿润的眼睛美得像盛着一弯秋水，可他吐出的字句却如寒冬般冰冷，"我第一次尝试，是在七岁的时候，我把漂白水倒进了他的咖啡里，但因为味道太大了，被妈妈发现了。后来我想买老鼠药，但没人卖给小孩子。我还在电影里看到某些相克的食物一起吃会中毒，我也试过，可完全是骗人的。那个时候的我还是太小了，成不了事，其实我有数不清的机会，因为他那时候并不防备我。"说完，洛羿露出令人颤抖的笑容。

"那纵火是怎么回事？"温小辉咽了咽口水，他不知道自己问这个干什么，理智告诉他，他根本不该知道，这些与他无关。

"我为了能杀了他，看了很多书，通过很多渠道获取知识。结合各种条件，我发现点燃发动机引起汽车自燃是我可以做到的，我给他喝了有安眠药的水，然后把他骗到了车上。但我还是太小了，计划欠妥，发动机着火之后，控制车锁的程序产生了故障，我自己也被困在了车里。"

"所以你的背……"

洛羿露出讽刺的笑容："本来那次真的可以杀了他，他睡得不省人事，可是妈妈突然回来了，她看到了我，我让她不用管我，她却去找了人……很愚蠢吧？那是最好的一次机会，她却浪费掉了。从那以后，她开始怕我。"

温小辉握紧拳头："她是你母亲，难道她会不救你？"洛羿这个浑蛋，可知道雅雅曾为了他跪地求过自己的父亲？！

"她从来没欢迎过我的出生，也没尽过母亲的责任，何必为了传统道德的约束，做违背自己心意的事？她应该很期待我和那个人一起死了，这样她就能彻底解脱了。因为她，我没能杀了那个人，而那个人从那之后就开始防备了，我再也没找到好机会。"

"你简直是疯子，你怎么能这么想？我姐不把遗产留给你，也是担心你去报复,说到底还是为了你好!"

"我不需要她用愚昧的智商来判断什么是对我好的,她活着的时候没对我好,死了之后白费什么力气?我只知道,只要那个人在,我永远不能顺畅地呼吸。"

温小辉怒道:"那你就抱着炸药包和他同归于尽去!你跟我说这些话干什么?指望我同情你还是认同你?"

洛羿的眼上染上一丝哀伤:"不,我只是想让你认识真正的我,不是从前那个伪装过的洛羿。你愿不愿意跟真正的我,重新相识一次?我既不会再骗你,也不会伤害你。"他定定地看着温小辉。

温小辉瞪着洛羿,眼神充满戒备,他的拳头松了又握。听完洛羿的阐述,一个孤独的、无助的、绝望的孩子的背影在他脑海中挥之不去,他强迫自己摒除这些没用的情绪,咬牙道:"我不想,我不相信你。"

洛羿眼中的水光盈盈一闪,竟滚下了几颗泪珠:"你是唯一关心、陪伴我的人,可我辜负了你……也许我已经没有像正常人一样生活的能力了,我会把他一起拉进地狱。"

温小辉厉声道:"我姐为你做了那么多,不是让你去飞蛾扑火的!"

"那又如何?我未必不能除掉他。"洛羿看着温小辉,目光明亮,"难道你不希望为我妈妈报仇吗?"

温小辉心脏一紧,问出了那个他长久以来想问却不敢问的问题:"我姐到底是怎么死的?"

"被那个人逼得自杀的,妈妈掌握了能扳倒他的证据,他拿我和你们全家威胁她,所以她自杀了,想永远摆脱他。"

"我……我们……"温小辉脑袋闪过一阵尖锐的疼痛,常会长曾拿他们威胁雅雅?

"对,我从小到大,都在为除掉他而做准备。我不会和他呼吸同一片地区的空气,那让我时时都感觉到死亡的威胁,所以他要么去监狱,要么下地狱。"洛羿目光坚毅,令人不寒而栗。

温小辉深吸口气,他又何尝不希望害死他姐的凶手能下地狱?可他什么都做不了,而洛羿真的斗得过那个人吗,洛羿会不会步自己母亲的后尘?一想到这里,温小辉感到一股恐惧直蹿头顶。

洛羿会不会为了这场复仇,把自己也搭进去?

洛羿看着温小辉的目光透出温柔："如果有一天我成功了，我们可不可以重新开始？我想让你认识真正的我，我们能够成为真正的家人。"

"真正的你……"温小辉的气息不稳，"谁知道哪个是真正的你？每次我以为我挺了解你的时候，你都能用行动扇我的耳光。就算……就算现在的你是真实的你，我也不会喜欢这个你。我认识的洛羿，他温柔细腻、聪明阳光，虽然做了些出格的事，但愿意认错改正，最重要的是他重视我、依赖我。那个洛羿在我心里已经死了。你？我不认识。"温小辉说完这席话，感觉心都在往下滴血，尾音发颤。

"我重视你、依赖你，没错，你是唯一让我想要陪伴的人，并不是所有的感情都必须有一个特定的词来形容，我确定我对你的感情胜过任何人。"

"你重视一个人就是利用、欺骗？"温小辉目眦尽裂。

洛羿神色黯然："有一天，我一定会把那些钱都还给你。"

"我不要钱！从来跟钱就没什么关系！"温小辉感到体内一股股的火气无处发泄，他转身把高尔夫球杆踢翻在地，吼道，"我不想跟你废话了，把房产证给我！"他不能在这里待下去听洛羿说更多蛊惑性的话，洛羿本来就极其能言善辩，这三年来他体会颇深，几次对洛羿的指责，到最后都变成了自己的内疚。这诡异的转折他竟然从来都没有怀疑过，现在也是，他竟然又开始有些同情洛羿。他必须走，离洛羿远远的，既然他无法相信自己的判断力，他宁愿躲开来保护自己。

洛羿深深看了温小辉半晌，然后撑起虚弱的身体，摇摇晃晃地下了床，从抽屉里拿出了一个文件袋。

温小辉三步并作两步地走了过去，一把抢过了文件袋。这时，洛羿的身体好像一下子失去了重心，朝着温小辉倒了下去。

温小辉来不及闪躲，被洛羿大了他一圈的身体直接压倒在了地上。

厚厚的地毯缓解了触地的撞击，但依然把温小辉摔得头晕眼花，洛羿沉重的身体更是压得他差点喘不上气来。

在贴上洛羿滚烫的皮肤时，温小辉心里吃了一惊，上次在美国，洛羿也是烧成这样，就像他自己说的，轻易不感冒，一感冒就发高烧……

温小辉愣怔过后，赶紧推开了洛羿。洛羿就像任人摆布的大布偶一样，仰躺在地毯上，面色潮红，呼吸迟缓，衣衫都被汗浸透了，眼睛半眯着,看上去一点力气都没有。温小辉毫不怀疑,如果他就这么走了,洛羿会一直躺在这儿……

洛羿伸手抓住了温小辉的手,他的手一点儿力气都没有,就这么松垮垮地抓着,他用几乎是乞求的眼神看着温小辉,生怕温小辉甩开。

温小辉身体一抖,掌心都沁出汗来了。他挣扎半天,最终没把那只手甩开,而是架起洛羿的胳膊,用尽全身力气把人从地上扶了起来。洛羿大半身的重量都压在他身上,他腰都直不起来,勉强站稳了,一步步往床上挪。

直到挪到床沿了,两人一起歪倒在了床上。

洛羿带着浓浓鼻音的喘息声就近在温小辉耳畔,温小辉的心一紧,刚想坐起来,洛羿长臂一伸,横在了他胸口,滚烫的额头轻轻抵住了温小辉的脖子,蹭了蹭,用沙哑的嗓音小声叫了他一声。

这病弱的姿态把温小辉吓坏了,他猛地坐起了身,推开了洛羿。被洛羿蹭过的地方好像也感染了他的高温,从那处皮肤开始发热、扩散,温小辉感觉浑身都热了起来。

他捡起掉在地上的文件,转身要走,洛羿在他背后轻声说了句:"谢谢。"

温小辉几乎是逃出去的,他走出别墅,心跳还无法恢复到正常水平。直到坐上出租车了,他才回过神来,掏出手机,给曹海发了条短信:洛羿发高烧。

抓着手里的文件袋,温小辉发现自己的掌心都湿了。

第四章 收手

——我答应你,给你一次机会

几天后，温小辉和曹海一起去把房子过户了回来。温小辉没问洛羿怎么样了，反正没死，曹海也没说，两人就好像从不认识洛羿这个人一般，默契地只办正事。

温小辉注意到曹海的精神状态很不好，虽然他说是洛羿威胁他，但温小辉对这个人并没有多少同情。威逼之外还有利诱，曹海年纪轻轻，那上千万的别墅和大律所是怎么来的，不可能跟洛羿一点关系也没有，几年来曹海尽心尽力地给洛羿办事，从中一定也得到了很多。

过户完后，两人客气地点点头就道了别，走出去没几步，温小辉突然叫住了曹海。

曹海转过身。

"曹律师，我姐的遗产合同是你起草的，那真正的遗书，你也看过吧？"

曹海沉默了一下，点了点头。

"遗书里写了什么？"

"遗书在洛羿那儿。"

"我不需要知道全部，我只想知道关于我的她写了什么，你还记得吗？"

"洛总单独给你留了一封信，信的内容和你看到的遗书七成一致，只是被洛羿改了遗产数额和抚养部分……洛总的遗书里，其实有让你在必要的时候照顾一下洛羿，但提醒你不要与洛羿太亲近，也没有要求你成为他的监护人。"

温小辉想起那简短的遗书，那封信他反复看过很多遍，熟悉到可以背下来。原来洛羿只改了遗产和监护部分，其他都是他姐留给他的，尤其是对他爸病逝时的事做出的解释。

温小辉心里五味杂陈，说不出地难受，雅雅费尽心思想要保护洛羿，让洛羿远离和自己生父的斗争，然而洛羿不肯罢休，欺骗利用他三年，把遗产弄回自己手里。他为了不辜负雅雅的遗愿，努力把洛羿"照顾"好，没想到恰恰违背了雅雅真正的愿望。这虽然不是他的错，他却感到很痛苦。他帮不了雅雅，也……帮不了洛羿，他会眼睁睁地看着这母子俩都毁在那个人手里吗？

温小辉感到一股寒意，直接沁入了他心底。

把房子过户回去后，温小辉终于敢把房产证大方地交给他妈，他妈接过来的时候，小心翼翼地看着他："你见洛羿了？"

温小辉含糊地说："他律师去办的。"

冯月华明显是松了口气的样子："那就好，本来这事儿我已经不打算提了……过户回来就好，以后跟他再没有关系了。"

温小辉沉默地点了点头，轻声道："妈，当初雅雅来求我爸，我爸到底做了什么？"

"你问这个干吗？"

"我就是想知道。"温小辉回过头看着冯月华，明亮的双眸中满是坚持。

冯月华在那目光的逼视下，难得地没有骂人，只是沉重地说："他把那辆报废的车动了手脚，伪装成故障自燃。但是根据他的说法，那个人最后肯定还是能调查出来是人为的，只是恐怕很难想到是一个八岁孩子干的。"

"雅雅就不怕那个人怀疑是她干的？"

"那个人一定会怀疑是她干的，她就是想让那个人这么想，因为当时只有她和洛羿有条件这么做，她宁愿那个人怀疑她，也不愿那个人怀疑她儿子。"

"现在就未必了。"温小辉小声说。现在常会长再回想起当初的事，还会不把洛羿放入怀疑名单吗？

"什么？"

"没什么。"温小辉又问，"当时我爸有没有留下什么东西，或者雅雅有没有留给我爸什么东西？"

冯月华摇摇头："我不知道，有什么东西？你知道什么？"她突然紧张起来。

温小辉马上安抚她："我不知道，只是洛羿问过我，我也不知道他在说什么。"

"不管他说什么，你都不要相信，雅雅说洛羿极其聪明，那孩子就是个小恶魔，你离他越远越好。"

"我明白。"温小辉惨淡一笑，关于这点，没人比他更清楚了。

下了班，温小辉去找了罗睿，两人最近各忙各的，半个月没见了。

罗睿一见他就惊喜地说："Baby，你的新发型真好看，我跟你留一样的好不好？"

"不好，都留一样的怎么显得我有品位？"

罗睿噘了噘嘴，哼了一声。他捏着温小辉的脸："也对，这种发型就适合脸瘦的，你再瘦一点儿，效果就是人棍顶着顶假发，绝对超级有品位。"

温小辉拍开他的手，摸了摸自己的脸，闷声道："我最近都在加餐，为什么还是没胖起来呢？"

"心情原因吧。"罗睿用那双又圆又大的眼睛静静地看着他，"不过，你比刚开始好多了。"

温小辉笑了笑："我早没事儿了，给我来个六英寸的芝士蛋糕，我一个人吃完给你看。"

罗睿白了他一眼："不可以暴饮暴食。"

两人喝着下午茶聊着天，就跟他们曾经一起度过的很多个美好午后一样，只是他们的话题里再没有了洛羿，而洛羿也不会在放学后出现在店门口，骑着自行车载温小辉回家。聊着聊着，罗睿问起他调去外地的事。

温小辉道："当时觉得这个提议值得考虑，只是因为工资高，但现在我……嗯，拿了一大笔'抚养费'，也是不差钱的人了，就没必要去了，还是留在这里有发展前途。毕竟京城资源最广，再说家也在这边。"

"太好了！我也不舍得你去外地，都没人陪我。"

"不过，我现在也得考虑以后的出路了。邵群要把股份卖掉，以后聚星就没人罩着我了。我也不可能在聚星干一辈子，早晚要自立门户。"

"我们不是早说好了吗？你到时候就在我隔壁开个工作室，我们天天都可以见面了。"

"天天见你不烦啊？"

"不烦。"

"我烦。"

"你怎么这么讨厌？"罗睿捶了他一拳，小嘴噘得老高，"对了，邵群要从聚星撤出去，你为什么不让他给你出钱办个工作室？反正你和他都挺熟悉这个行业了？"

"哟，有点头脑啊，今天怎么智商这么闪亮？"

"别贫，我觉得有希望啊，邵群好像挺看重你的。"

"他不是看重我，只是在聚星，我是他用得比较顺手的那颗棋，他撤出去之后，要去南方沿海城市发展。他也问过我要不要跟他去，可他是做风投的，我能做什么呀？除非他在那边真给我投钱弄一个属于我自己的工作室，否则我才不跟他去呢。"

"那你还是别去了，那么远。"罗睿抱着他的胳膊，把小脑袋歪在他身上。

"我现在想自立，钱是差不多够了，主要还是得多长本事，多攒人脉。放心，早晚我会跟你一样当个小老板的，钱赚够了，咱俩就去环游世界，尝遍天下美食去。"

罗睿嘻嘻笑了起来。

那次见面后，洛羿又销声匿迹了一段时间。温小辉把洛羿的电话加入了黑名单，就是因为洛羿老是时不时地出现，他才难以彻底释怀，他必须让自己的生活完全地"去洛羿化"。

伴随着冬去春来、气温回暖，还有一个让温小辉高兴的消息，他妈和 Ian 的婚事提上日程了。

两人相处幸福，双方子女都很支持，结婚也就变得顺理成章，温小辉一想到他妈要有好的归宿了，就感觉多年来担心的一件大事终于能放下了。他们的婚礼将在中国和美国分别举办一次，温小辉想到又能去美国玩玩了，还挺高兴的，当年他去深造，因为没钱，几乎哪儿都没敢去，现在他不缺钱了，怎么也要弥补一下当初的遗憾。

只是一想到美国，他就不自觉地想起了那年圣诞节假期发生的事。现在看来，洛羿很早就开始监听他的电话了，要不然也不可能那么快就赶来美国。如果不是因为这个，后面发生的很多事也许都会不一样，包括他和黎朔的关系。

巧的是，他刚想到黎朔，黎朔当天下午就约他和罗睿吃饭，说新发现了一家很好吃的牛排店。两人欣然前往，温小辉很喜欢跟黎朔相处，应该说，没有几个人不喜欢和黎朔这样的人相处。

那家牛排店号称卖的是空运进口的日本神户牛肉，是不是真的日本牛他们不知道，但那价格都足够人从日本进口了，口感不负众望，确实特别好。他们边吃边聊，黎朔突然提起了常红的股票："对了小辉，你母亲手里的常红股票卖出了？"

"我不知道，最近没问。"温小辉装作若无其事地说，"怎么了？"

黎朔笑了笑："记得我上次跟你说的吗？我觉得我可能不幸言中了。"

温小辉顿住了，心脏一紧："什么意思呀？"

"自从跟你聊过之后，我隔三岔五会观察一下常红，这支股票已经连涨了快一个月，比上市时的股价翻了十二倍，这种情况是很少见的，而且还没有冷却的趋势。如果再这么涨下去，不知道会套在谁手里，我感觉要出大事了。"

温小辉紧张地说："你是说，它可能真的在被攻击吗？"

"有可能，因为常红的运营一直没听说过有什么问题，是家优质企业。而如果只是为了抬高身价做并购、收购的话，这么炒早就炒过头了，不仅会把合作方吓跑，还会吃官司，想来想去，只有常红在被围剿这个可能性比较大。"

"围剿……"

"嗯，我上次说了嘛，这么玩没有大资金玩不起的，如果是一家企业这么虚抬股价，早被抓起来了，我们也早就知道了。这件事必定是表面上做得天衣无缝，就算监管部门有所察觉，也一时无可奈何，所以到现在还没出事，至少绝大多数普通股民是想不到的。"

罗睿眨巴着大眼睛："你们在说什么呀？Baby，你什么时候懂股票了？这么高端。"

温小辉没心情开玩笑，他脸色已经不太对劲儿了："黎大哥，这是你的猜测还是你有什么证据呀？"

"我和几个朋友闲着没事儿，一起分析出来的，也听过一些风言风语，不过都是未经证实的，这个你也不用跟别人说。这就好像你发现了末日要降临，但你到处去说，不但没人信，还可能因扰乱公共秩序被拘留，你只要提醒你的亲戚朋友就够了。"

温小辉脸色苍白地点了点头。

黎朔关心道："小辉，你怎么了？莫非你母亲买了很多？"

"哦,不……不多,也就几万吧,但要是套住了,她还是会挺难受的。"

"那就赶紧卖吧,现在应该还来得及,千万不可以贪心。"

"好,黎大哥,谢谢你的提醒。"

黎朔笑道:"没什么,金融市场就是这么腥风血雨,每年都会出点事儿以保持它的残酷和活力,静观其变吧。常红集团很可能成为今年的年度大戏。"

"你对常红集团的董事长了解吗?"温小辉在网上搜过常会长,资料显示他就是个普通的企业家,还热衷于公益和艺术。

"常行吗?听说是个很吃得开的人物,真正的背景很神秘。"黎朔笑道,"真没想到有一天你会关注金融业,我还以为你只对美容感兴趣。"

温小辉干笑两声:"出去应酬,总得能接上一两句话嘛。"

"确实。小辉,你真是长大了不少,初见你的时候,还完全是个小男孩儿。"黎朔笑看了罗睿一眼,"当然了,你到现在也还是小男孩儿。"

罗睿不太服气:"我都当了好久的老板了。"

"就是因为有你这样诚实又单纯的老板,你的甜点店才会做得这么好,保持住。"

罗睿不好意思地笑了笑。后来他们说了什么,温小辉都没怎么听进去,因为他和黎朔一样,感觉要有大事发生了。

如果常红集团真的在被暗狙,那绝对是洛羿干的。至于洛羿是怎么做到的,他真的无法想象洛羿能从他这儿骗走三亿美元,自然也有办法弄到其他的钱吧。也许洛羿许诺了很高的回报,来拉拢几家企业联合围剿常红,毕竟洛羿根本就不在乎钱。可是,洛羿这么干下去,究竟会出现怎样的后果?温小辉一想到常会长那双犀利如狼的眸子,就不寒而栗。

吃完饭,黎朔一走,温小辉就掏出了手机,认识邵群这些年,温小辉第一次主动给他打了电话。

邵群接到他的电话,似乎并不意外:"怎么了?"

"邵公子,我能请你吃个饭吗?"

"我最近没空。"

"没空也要吃饭吧。"

"说吧,你想干什么,跟我打听常红集团?"

温小辉沉默了。

"你知道多少我不清楚,但你也应该能看出来事态不小,这事儿与我无关,不要再来问我。"

"邵公子!"温小辉急道,"你能不能就告诉我一句?"

"一句什么?"

"我外甥,会不会出事?"

邵群斩钉截铁地说:"一定会。"

温小辉如遭雷击,连邵群挂了电话也浑然不觉。

洛羿……会怎么样?常会长怎么可能坐以待毙,他一定会采取行动,而最好的行动,显然就是把洛羿拿下。

洛羿"一定会"出事,"一定会"……

温小辉感到阵阵心慌,黎朔和邵群的话不断地回响在耳边,让他焦虑得直冒汗。他明知道自己不该再去管洛羿,洛羿是死是活、是成是败,早就和他没有关系了,可为什么他体会到的恐惧,就像威胁发生在自己身上一样。一想到洛羿不知道会在这场斗争中落得怎样的结局,他的心脏就惊恐得直蹦……

"Baby、baby,小辉!"罗睿推了温小辉一下。

温小辉满脸惊恐地看着他:"怎么了?"

"你怎么了?!"罗睿被他吓到了,"洛羿究竟怎么了?什么出事?自从今天黎大哥说完那支股票的事,你就不对劲儿了。那股票跟洛羿有关系吗?"

温小辉懊恼地握紧了拳头,他竟然完全忘了罗睿还在身边,当着罗睿的面给邵群打电话,他到底怎么了?只要牵扯上跟洛羿有关的事,他就从来没能冷静过!这个事实让他感到极度厌恶和愤怒。

他甩了甩脑袋,强迫自己冷静,他道:"这事儿太复杂了,我也描述不清楚,你别管了。"

"我当然不管洛羿,但我不能不管你啊,你看上去很不对头。小辉,洛羿是不是真的会出什么大事?你关心他并不丢人,养条狗还得嘘寒问暖呢,何况对一个人?"

是啊,罗睿说得对,养条狗尚且有感情,何况是相处三年的人?他关注洛羿,也并不奇怪,哪怕是看在雅雅的分上。他抓了抓头发,沉重地说:"洛羿一直想对付他爸,现在情况太复杂了,不知道会发生什么。"

"洛羿的爸爸不是……"罗睿握着他的手,压低声音,"洛羿这么做岂不是以卵击石?"

"我也是这么想的。"温小辉深深皱起眉,"他从我这儿骗走遗产,也是为了和他爸抗衡。"

罗睿露出害怕的表情:"这都是什么世界的人啊,怎么这么可怕?小辉,我知道你担心洛羿,但你注意别把自己牵扯进去,洛羿是雅雅的孩子没错,但你对他早就仁至义尽了。"

温小辉深吸一口气,沉默着点了点头。

温小辉开始心神不宁,好不容易恢复的饮食和作息,又失常起来。

他真恨自己,到现在还担心洛羿会不会被常会长害死,可是……可是如果洛羿真的出事了,他能坦然面对吗?有一天他去了,要怎么面对雅雅?在真正的伤害和威胁面前,很多事都显得不那么重要了。

他感到无比迷茫和慌乱,似乎有一朵阴云逐渐飘浮到了他头顶,他被压得难以呼吸,每天都在忧虑中度过。可他又无法拉下脸来去问洛羿发生了什么,这矛盾反复折磨着他。

直到有一天,洛羿主动给他打了电话。

当温小辉看到陌生号码打来的电话的时候,他第一反应就是洛羿。果然,接了电话,对面传来洛羿清晰的声音。

温小辉握紧了手机,克制着一肚子疑问,平淡地问:"你有什么事?"

"没什么,只是想听听你的声音。"洛羿轻声道,"上次我发烧,你来找我,我老觉得自己是烧糊涂了做的梦,可那个梦真的很好,真想多回味几遍。"

"我接你电话不是为了听你说废话。"

洛羿苦笑两声,柔声道:"你的声音真好听,不管说什么我都想听,小舅舅,我好想你。"

温小辉被那依恋的语调弄得头皮发麻,他决定不再绕弯子,单刀直入地问:"常红集团的股票出问题,是不是你干的?"

洛羿沉默了,那沉默让温小辉的心都揪了起来。

过了好半天,洛羿才沉声道:"你怎么知道?谁告诉你的?你都知道些什么?"

温小辉咬牙道:"你别管我怎么知道的,你回答我是不是!"其实他心底已经有了答案,只是他多希望洛羿能亲口否认。

洛羿淡声道:"是。"

"你不要命了吗?"温小辉脑海中又浮现了常会长那双眼睛,那是一个绝对不能招惹的男人。洛羿的财力、人脉、资源、经验肯定都比常会长差远了,他这么做,一定会把常会长彻底激怒!

"你不该知道这些的,究竟是谁告诉你的?我不希望你参与这些事,哪怕只是知道。"

"你以为这些事能跟我毫无关系?你也许不在乎洛雅雅,可我还当她是我姐姐,你就这么辜负她为你做的一切,非要跟常行拼个鱼死网破,究竟有什么意义?那些钱还不够你好好过一辈子吗?如果你害怕他,那就离开这里,哪儿远你就去哪儿,隐姓埋名,为什么非要去做这些危险的事?!"

洛羿突然笑了一下:"小舅舅,你还是这么关心我。"

温小辉愣了愣,破口大骂:"我是想给我姐留个后,她为了你宁愿去死,你就这么辜负她的牺牲?"

洛羿平静地说:"她死了,害死她的人却好好地活着,你不觉得很不公平吗?我说了,我无法和那个人在同一片天空下呼吸,总要有一个人下地狱。"

"你这个疯子!"温小辉心里生出一种深深的无力感,他在不知情的情况下失去了姐姐,现在还要眼睁睁地看着她唯一的孩子跳下深渊吗?

这是洛羿啊,是曾经与他相处三年,他当作亲人的洛羿啊!如果失败,洛羿会面临什么?他既劝不了洛羿,也无法阻止事态的发展,那份恐惧和绝望,已经将他所有的安全感都吞噬干净,让他这些天一直肩负重担。他有时候真怀疑自己是不是造了什么孽,为什么要经历这些?!

洛羿温柔地说:"你还在为我担心,我真的很高兴。如果可能,我多希望我们有一个单纯的、真诚的开始。"

"你说这些有什么用?你现在停手吧,离开这里。我不知道你心里还能在乎什么,但如果你对雅雅还有感情,她想看到的不是你去报仇,而是好好生活。"

洛羿笑道:"你让我离开这里……你会跟我一起走吗?"

温小辉愣住了。

"如果你跟我一起离开的话，我可以考虑一下。"洛羿似乎被自己逗笑了，只是那笑声透着令人心酸的萧瑟。

温小辉回过神来，怒道："别胡说八道了，洛羿，停手吧！"

"晚了。"洛羿淡笑道，"一想到你会跟我走，我还真有点犹豫了，但我知道不可能。对不起，我要继续走下去，如果这件事结束了，我还能安然站在你面前，你能不能再给我一次机会？"

"你……"

"我想要一次重新开始的机会，哪怕你恨我……给我留一次重新开始的机会，好吗？"

"你想都别想！"温小辉厉声喊道，"你这个疯子，自私的浑蛋。你对得起谁？你这辈子对得起谁？！"

洛羿轻声道："我对不起任何人，所以我是个怪物。"

他悄无声息地挂了电话，哪怕温小辉暴跳如雷。

温小辉骂过之后，栽倒在床上，心力交瘁。

他什么都做不了吗？他什么都无法阻止吗？哪怕他恨得想掐死洛羿，他真的就能眼睁睁看着洛羿坠入深渊吗？

温小辉痛苦地闭上了眼睛，眼泪汹涌而出。

他神不守舍了两天，在黎朔告诉他常红集团的股价异常，相关部门已经介入调查的时候，他实在忍不下去了，决定去找洛羿。

就在去洛羿家的路上，他接到了邵群的电话。温小辉直觉邵群找他，一定跟洛羿的事有关，没想到邵群开门见山地说："你去法国进修吧，为期三个月。"

温小辉愣住了："什么？"

"刚拿到的名额，你把材料交给琉星的助理，签证一个星期就能下来，这件事要快，不然就错过课程了。"

温小辉怎么也没想到这时候会突然出现出国进修的机会，法国那家培训机构，在国际上的名气不低于他曾经在美国进修过的那家，也是几乎所有业内人士都向往的地方。可是现在，他能安心地走吗？他犹豫道："邵公子，怎么这么突然……"

"刚谈下来的，你别废话了，回去准备材料去。"

"我……我能不能下一期去？"

邵群厉声道："下一期？你脑子里装什么呢？你以为这种机会跟买菜一样常见？错过这次，我走了，你以后再也没这样的机会了。"

温小辉握紧了拳头，心里乱成一团，他最近这段时间满脑子都是洛羿的事儿，几乎装不下其他的，工作都有点荒废，现在一下子接到这样的消息，他一点都高兴不起来，因为来得太不是时候了。他小声说："我……我想一下。"

"想什么啊你，你敢浪费我的时间和精力，后果自负。"说完，邵群挂了电话。

温小辉握着话筒，呆愣了半天。他叹了口气，决定去找了洛羿就回家去准备材料。这样的机会，正常人都不想错过，何况邵群一番好意，他要是不去，肯定把人得罪了。

也许现在离开一段时间，对他来说是件好事。如果他既不能阻止洛羿，也不能做什么，那么逃避可能是他唯一的选择了。到了洛羿家，他鼓起勇气按下了门铃，上次他把钥匙留下了，每次来他都以为这是最后一次踏足这里，可事实证明，他和洛羿的纠葛还没有结束。

洛羿打开门，看到他的瞬间，满脸的惊讶逐渐变成喜悦："小舅舅？"

温小辉一拳头挥向了他的脸。洛羿这次也没躲，硬生生受了一拳，身体倒退好几步，眼神瞬间暗淡了下来。

"常红的股票被调查了，你还不打算收手吗？你不怕把你查出来？你现在可不是小孩儿了，该判什么判什么！"

洛羿抹了抹嘴角："黎朔告诉你的？他对你可真好啊！"

温小辉愣了两秒，终于反应过来："你又监听我电话！"

洛羿看着他，眼睛里有一丝阴冷："我想知道是谁泄露了那些事，原来是黎朔。"

"跟黎朔没有关系，是我自己查到了常红集团，我只是跟他打听一下常红的股票，他什么都不知道！"

洛羿嗤笑道："你怕我对付他吗？我以前确实有这个想法，甚至已经开始策划了，还好，你疏远了他，但是现在看来，他还是那么碍眼。"

温小辉咬牙切齿："你敢动黎朔一下，我跟你拼命！"

"放心，我现在没有精力管他，但我不想再听到他跟你胡说八道了。"

"他是胡说八道吗?还是真的?!"

洛羿垂下了眼帘:"这件事不是你该过问的,你来找我,我很高兴,但如果你是来劝我的……抱歉,你要白费力气了。"

"难道什么也无法阻止你吗?你一点都不害怕吗?你想你这一辈子都毁了吗?!"

"毁了又怎么样?我反正也没什么可期待的呀。"洛羿淡淡一笑,看着温小辉,心脏一抽一抽地疼,"你还回来干什么,是舍不得我吗?"

"你是我姐的儿子!"温小辉咬牙喊道,"你这么年轻,人生那么长,陪着一个五六十岁的人葬送自己,你真是个大傻子!"

洛羿的眼睛亮如明镜,他低声道:"你怎么这么傻?"

"你说什么?"

"我说,你太傻了,以后该怎么办呀?"洛羿看着他的眼神融会了温柔与怜惜,相当复杂。

温小辉恼羞成怒:"你比我更傻!"

洛羿闭上了眼睛,喘息声带着一丝颤抖:"你走吧,别再来了,你可以过得很好。"

"我要你停手。"温小辉厉声道,"要么现在出国,要么停手,总之你不要再跟常行斗下去了!"

洛羿低着头,沉默半晌,才抬起头来,眼神变得坚毅:"我不想离开,如果你要我停手,你就留在我身边。"

"你……"温小辉感觉心肺都要炸开了,洛羿居然拿这个威胁他。

洛羿走了过来,修长的手指抚摸着他的脸:"如果你留在我身边,我就愿意为了你好好地生活。"

温小辉打开他的手:"你骗了我三年,还指望我跟你和好如初?你脑子是不是有病?"

洛羿的手无力地垂了下来:"对不起……你走吧,就当从来没认识过我。"

温小辉一把揪起他的领子,气得五官都扭曲了,拳头高高地举了起来。

洛羿闭上了眼睛。

温小辉的拳头握得死紧,指甲都陷进了肉里,扎着他的手心,阵阵刺痛,他看着洛羿仿佛认命一般的表情,这一拳怎么都下不去了。

洛羿是这么年轻，皮肤柔嫩得好像会滴水，嘴唇殷红而饱满，下巴上的一点胡楂都充满了青涩的味道。说到底他只是个十八九岁的孩子，尽管比同龄人聪明、成熟、狠辣太多，可是……

这一拳终究是没砸下去，温小辉推开了洛羿，单薄的胸膛剧烈起伏着，下巴线条僵硬不已。

洛羿睁开眼睛，安静地看着他。

温小辉低声说："你到底想做什么，对常行？"

"我联合了几家公司做空他的股票，简单来说，就是我花十块钱控制他的股价，他要花十五块，我再花二十块，他再花二十五块，一直这样涨上去，而股民不停跟进，把我们全部套住了，只要我一抛售，常红就可能破产。但如果常红一直撑着，我们最后就会血本无归，现在比的就是谁先撑不住。"

"你怎么有自信能拼过他？"

"我没有。"洛羿淡淡一笑，"所以这是一场赌博，我赢了他完蛋，就算最后我输了，他也会元气大伤。"

"你就不怕他对你做什么？"

"我敢做就不怕，我手里掌握的东西，足够让他一辈子出不来，所以他现在还不敢有什么动作。"

温小辉感到背脊发寒，他无法想象现在的常行如何计划着对付洛羿，那个人怎么可能任由洛羿胡来？

洛羿显然看出了他在想什么："他让助理找过我，说愿意拿股份换我手里的东西。"

"那就给他。"温小辉直勾勾地盯着洛羿的眼睛，"如果用这些手段能斗过他，我姐就不会……你想过真正惹怒他的后果吗？雅雅就是因为这个被逼到绝路的！"

"我跟妈妈不一样，妈妈最后害怕了。"

"她是为了你！"

"所以我跟她不一样。"洛羿深深看着温小辉。

温小辉握紧了拳头："收手吧，只要你收手……我答应你，给你一次机会。"

洛羿睁大了眼睛："真的吗？"

"我要你保证自己的安全，不要再和他敌对下去，从此和他划清界限、互不侵犯，只要你能做到，我就给你这个机会。"他现在用尽办法也要阻止洛羿，他没能帮雅雅，不能再眼睁睁看着雅雅的儿子也一头栽进去！

洛羿拉住温小辉的手，轻声道："真的吗？"

温小辉直直看着他："真的。"

洛羿一把将他拥进了怀里，心里五味杂陈，眼中充满了淡淡的哀伤："你不该对我这么好。"

"我不是为了你。"温小辉推开他，"你什么时候能做到我说的？"

"我会跟他再谈一次。"

"好，我要第一时间知道结果。"温小辉试图推开他。

洛羿摸了摸他的头发："让我再抱一会儿。"

温小辉伸手就要去打洛羿的手，洛羿一把抓住了他的手腕，别到了身后，紧紧抱着他，就像溺水之人抱着浮木。

有那么一瞬间，温小辉脑海中浮现的全都是过去两人开心的画面。他瞪直了眼睛，一拳捶在洛羿肩头。

洛羿吃痛，闷哼一声松开了手。

温小辉打开门："有消息通知我。"说完大步走了出去。

离开洛羿家后，温小辉依然感到很不安，他回想了一下，觉得洛羿答应得太容易了。毕竟洛羿曾经骗过他，因此无论洛羿说什么、做什么，在他心里的可信度都要打好几个折扣，他这次该相信洛羿吗？

但洛羿向他坦白了很多，尤其是从前闭口不谈的童年，甚至洛羿的忏悔与对他的渴望，看上去都那么真实而让他动容，也许洛羿还在骗他，可万一这次是真的呢……

洛羿让他迷惑，让他畏惧，但同时让他同情，让他怜悯。无论如何，他知道自己还在乎洛羿，不仅仅因为洛羿是雅雅的儿子，还因为洛羿已经在他生命中留下了不可磨灭的印记，所以，他不能眼睁睁看着洛羿自取灭亡。

他觉得自己无法再和洛羿回到当初了，所以这次答应洛羿，只是缓兵之计。他唯一的希望，就是洛羿能平安，把雅雅没能活完的份儿一起好好地活下去。

第五章 人质

——他的心，被洛羿彻底杀死了

到了家，温小辉没有上楼，而是鼓起勇气拨通了邵群的电话。

邵群懒洋洋的声音在那头响起："说。"

"邵公子，我……还是不去法国了。"

邵群沉默了一下："你再说一遍。"

"我家里有重要的事，这段时间我真的走不开，我特别特别想去，也特别感谢您给我这次机会，但是我……我真的去不了。"拒绝这样一个机会，对他来说也非常可惜，可他现在真的没办法安心地离开。如果在他不在的时候洛羿出事了，他不知道该如何面对。

"温小辉，你这个小傻子，你会后悔的。"

"邵公子，对不起，真的对不起。"温小辉虽然一直对邵群没什么好印象，而且一直怕他，但邵群对他确实是不错的，也没图他太多，因此他拒绝邵群的好意，着实让他感到愧疚。

"温小辉，我对你仁至义尽了，你现在不去，以后恐怕也去不了了，好自为之吧。"说完，邵群挂断了电话。

温小辉看着自己的手机，重重叹了口气。

邵群说得对，他以后也没机会去了吧……

接下来的几天，温小辉一直在等洛羿的消息，可洛羿就像什么都没发生一样，又开始了每天定时给他发嘘寒问暖的短信，让温小辉不胜其烦。

他一直在关注着常红的股票，这几天有回调的趋势，看上去正常了很多。他其实依然看不懂什么，但根据黎朔和洛羿的说法，这可能是一个好的信号，毕竟越疯涨越让人害怕。

周六那天，洛羿约温小辉去他家吃饭，说要告诉他一个好消息。温小辉几天来第一次回了他短信，只有一个字：好。

下班之后，温小辉去了洛羿家。洛羿穿着家居服、系着围裙来开门，一见到他，就露出温柔灿烂的笑容。

温小辉抬头看着洛羿，感觉一阵恍惚，茫然间好像回到了从前，那个少年曾经无数次系着围裙、挂着笑意等待他的到来。两人吃吃饭、聊聊天、看看电影，打发着悠闲又快乐的时光。

说不怀念那些是假的，毕竟它们那么完美。

可惜完美的仅仅是表象，撕开真相后，只剩下血淋淋的欺骗与利用。

洛羿拉着他的手，把他拽进了门，笑着说："今晚做海鲜，我又新学了几样，保证你爱吃。"

温小辉不自在地抽回了手。

洛羿笑道："你去看电视吧，做好了我叫你。"

温小辉点点头，去沙发上坐着了。只是，电视里放了什么他根本没看进去，反而时不时回头，从这个角度，刚好能看到厨房的一角，洛羿高大的背影在里面忙碌。他看着看着，眼前就出现了虚像，一个自己走了过去，偷偷在洛羿背后搞怪或者偷吃点食材，两人笑笑闹闹，好不自在。温小辉眼眶一热，猛地转过了身，无力地靠在沙发靠背上。

这张沙发也有好多回忆，他第一次躺在这儿，洛羿体贴地给了他Wi-Fi密码。两人曾经无数次在这里看电影、打游戏，他吃饱喝足了打上一个盹儿，从来不担心着凉，因为醒来身上一定盖着薄毯，还有洛羿为他准备好的水果茶。是啊，这栋房子里随处都是属于他们的回忆，他要如何忘记？他要如何释怀？他越来越害怕，自己会忘了当初的痛，会再一次相信洛羿。

做好饭，洛羿高兴地把他拽上桌，给他一一介绍食材和做法。

温小辉看着一桌子海鲜料理，不用尝也知道有多好吃，洛羿一向会做饭，也愿意花时间研究，他曾经觉得洛羿是世界上最完美的人。不，应该说，只要洛羿想，他可以装成世界上最完美的人。

温小辉心情复杂地吃了起来，他以为他要老死不相往来的人，就坐在对面和他共进晚餐，从前的回忆蜂拥而至，让人不胜唏嘘。他为了不再陷入回忆，强行打断了大脑的思绪，问道："你要告诉我什么好消息？"

"我同意了那个人的条件，我将从他手里拿到一大笔钱，以及他的承诺。"

"什么承诺？"

"不再见我……不再和我有任何联系。"

温小辉松了口气："太好了。"他感到欣慰的同时，又克制不住地心疼起了雅雅。也许真像洛羿说的那样，如果她不是害怕了，如果她有洛羿一半狠，也许已经得到想要的结果了。

无论如何，他不能让洛羿去重蹈覆辙。

匆匆吃完饭，温小辉一抹嘴，站起身："我回去了，有进一步消息告诉我。"

洛羿愣了愣，一把抓住了温小辉的手腕："还有甜点呢。"

"不吃了。"

"我们一起打游戏吧，我买了新的游戏。"

"我得回去了。"

洛羿仰头看着他，目光充满了渴望："天都黑了，别回去了。"

温小辉甩开他的手："你以为我是来陪你玩的？"

洛羿的表情显出几分窘迫："我没那个意思，虽然我很想你……我只是想跟从前一样。"

"洛羿，我们永远不可能回到从前了。"

洛羿的手渐渐握成了拳："嗯，你回去吧，要我送你吗？"

"不用了。"温小辉穿上鞋，推开门就要走。

"小舅舅，"洛羿在背后叫住他，低声道，"为什么不去法国？"

温小辉回过头，表情像只炸毛的猫，恶狠狠地说："不要再窃听我的电话！"

"我是为了保护你。"

"胡说！"

"为什么不去？"洛羿的瞳仁黑得发亮，说不出其中蕴藏着怎样的思绪。

"不会法语。"温小辉摔门而去。

他离开洛羿家后，路过手机店，还想再换电话或者卡，可是想想实在太浪费了，而且，就算他换了新的，洛羿一样有办法查到、窃听到，这种感觉真让人抓狂。等洛羿和常会长的事过去了，他一定要把这个问题解决掉。

洛羿的事，他没告诉任何人，但心里实在憋得慌，就买了酒下班之后去找罗睿。罗睿看到他拿酒来就翻白眼："想喝酒去我家好不好？人家这里是西点店，不喝这种劣质的啤酒。"

"我就爱喝这种劣质的啤酒。"温小辉把酒放在他办公桌上，指挥道，"拿点蛋糕来，再去隔壁打包点鸭脖子和鸭舌，多加点辣椒。"

罗睿叉腰看着他："你好歹也是千万富翁了，有点格调行吗？"

"天天在外面装腔作势，累死了。"温小辉掏出镜子和唇膏，边抹边说，"有我这样的美貌，吃法餐喝红酒是格调，吃鸭脖子喝啤酒是接地气。快去！"说完对着镜子"啵"了一口。

罗睿无奈地叫店员去打包了。

温小辉把啤酒和蛋糕摆好，掏出手机自拍了一张，嘴里念叨着："微博好久没更新了。"

罗睿坐到他对面："你今天又发什么神经？"

温小辉抬眼看着他："我怎么了？不就吃你点蛋糕吗？"

"突然来找我喝酒，肯定有事儿吧？"罗睿叹了口气，"跟洛羿有关是吧？"

"别提这俩字儿，影响食欲。"温小辉拿起一块蓝莓慕斯，狠狠咬了一大口。

"你食欲不振也不是一天两天了，提不提有区别吗？"

温小辉舀起一勺布丁塞进他嘴里："吃你的。"

罗睿咬着勺子，噘着嘴看着他。

这时，店员把鸭脖子买回来了，温小辉打开袋子，两手并用，吃得小嘴油乎乎的，相当没形象。

罗睿支着下巴看了他一会儿，小声说："我也讨厌洛羿。"

温小辉顿了顿："怎么？"

"你以前很潇洒，什么烦恼都过不了三天，但现在因为他，你都不像你了。"

"那当然，我以前是穷鬼，现在是有钱人。"

"就会臭贫。"

"小妈，"温小辉抹了抹嘴，"你说，我以后还能相信别人吗？"

"能啊，你才几岁啊，二十二，你会认识很多很多的人，他们大部分都是好人，至少不可能像洛羿那么……只要带一点防备心就好了。"

温小辉嘬了嘬手指："可我觉得人的感情和信任都是有限的，就那么几斤几两，洛羿把我的都快用光了，我拿什么信任别人、喜欢别人啊？"

罗睿捏了捏他的脸，皱眉道："你别突然这么伤感，好不习惯。你想太多了，什么事情最终都会忘记的，过两年你就会忘了洛羿。"

温小辉沉默了一会儿："你说得对，我不能因为洛羿就对人失去信心，那对以后认识的人都不公平。"

罗睿使劲儿点头。

两人不知不觉干掉了七罐啤酒，这点酒对温小辉来说不算什么，但罗睿是一罐啤酒就上脸的，喝得小脸红扑扑的，肚子都鼓了起来。他下巴搁在桌子上，有气无力地摆着手："不行，真不能喝了，好撑，好晕。"

"你就这点酒量啊。"温小辉趴在桌子上，笑呵呵地揉着罗睿柔软的小鬓毛，心中有一种放空的平静，酒是好东西，可以暂时让人忘了烦恼。

两人喝得晕晕乎乎的，大有下一秒就要睡着的趋势，恰巧这时，办公室的门被敲响了，他们一个激灵，清醒了不少。

罗睿打了个酒嗝："进来。"

门推开了，一个高大的身影出现在门口，竟然是洛羿。

两人都愣住了，回过神后，罗睿惊讶地望向温小辉。

温小辉腾地站了起来，结果因为站得太急，酒劲儿上涌，头一时发晕，身体跟着晃了晃。

洛羿一步上前，扶住了他，语气充满关心："怎么在这里喝酒？"

温小辉推开他，粗声道："你来这里干什么？"

"我经过附近，突然觉得你可能在这里，所以过来看看，你果然在。"

"胡说，你是不是跟踪我？"为了不被洛羿窃听电话，他都尽量不用电话跟人联系了。

"我没有跟踪你，我真的只是过来碰碰运气。"洛羿朝罗睿点点头，"罗睿哥。"

罗睿鼓起勇气，硬邦邦地说："你……你来我店里干什么？"

洛羿淡淡一笑，没回话。

"你赶紧回去吧。"温小辉不客气地说。

"我送你回去。"

"不用你送，赶紧走，以后不准再来罗睿这里。"

洛羿劝道："还是去我那里吧，你回去又会惹阿姨生气。"

温小辉狠狠推了他一把："我说滚你没听到啊？"当着罗睿的面儿，他觉得特别丢人，他本来想一直隐瞒，哪儿知道这么快就需要向罗睿解释为什么他又和洛羿扯皮上了。

这一下推得着实狠，洛羿下意识地一闪，温小辉一个趔趄往前冲，差点扑在地上。洛羿一把抱住了他，轻声道："别闹了，罗睿哥这里还要做生意。"

温小辉抬头瞪着他:"知道要做生意你还来!"

洛羿摸了摸他的头:"回去了。"说完,他扶着温小辉走出了办公室。

罗睿追了上来:"喂,洛羿,我一会儿送小辉回去,我有车。"

洛羿转过头,看着罗睿的眼神平静而冰冷,充满了警告的意味:"我和他的事,你就不要操心了。"

罗睿僵住了,心脏狂跳数下,头皮阵阵发麻,他头一次体会到为什么温小辉说洛羿有时候很可怕,仅仅是这样一个眼神,就让他不敢再往前一步了。

温小辉怒了,甩手给了洛羿一耳光:"你耍什么横?我说了让你滚就是让你滚!"

店里已经没有客人了,但还有几个店员,纷纷扭头看着他们。更让人意想不到的是,这时正巧有人推门进来,不是别人,正是黎朔。

四个人都愣住了,店里死一般安静。

罗睿小声对店员说:"你们收拾厨房去。"

店员们赶紧去了后厨。

黎朔很快恢复了常态:"哦,我路过,顺便拿块蛋糕。"

罗睿忙道:"黎大哥,请进。"

温小辉尴尬地说:"黎大哥。"这么一折腾,他酒都吓醒了。

洛羿冷冷地看着黎朔,没说话,他显然连表面的客气都懒得装了。

黎朔走近了两步,冲洛羿点了点头,眸中闪过精光。

温小辉道:"黎大哥,我请你吃饭吧,现在就去。"

"好啊。"黎朔看了洛羿一眼。

"他不去。"温小辉冷淡地说,"罗睿,走吧。"

"哦。"罗睿提着蛋糕小碎步跑了过来,"黎大哥,我们店的新口味。"

黎朔笑着接过蛋糕:"我今天是不是来得太不巧了,要不改天我再请你们吧?"

"没事儿,就现在吧,正巧我们都饿了。"

温小辉拉着罗睿的手就往外走。

洛羿低声道:"我有话跟你说。"

"改天吧。"温小辉头也不回地走出了店。

坐上黎朔的车,车内陷入了一阵难堪的沉默。罗睿和黎朔均是一肚子狐疑,温小辉心情极差,刚才他想摆脱洛羿,现在他想摆脱这辆车,他只想一个人待着,不用跟任何人解释。

可惜,没有人会让他如愿。

黎朔一改往日谨慎的作风,开门见山地问:"你和洛羿怎么了?"

温小辉闷声道:"吵架了。"

"我看不只是吵架这么简单吧?"黎朔从后视镜里看了他一眼。

温小辉扭头看着窗外,半晌,才说道:"黎大哥,我不想去吃饭了,我喝多了不舒服,你和罗睿去吧,在路边把我放下就行。"

黎朔眼神一暗,突然急打方向盘,把车停在了路边。

温小辉和罗睿都吃了一惊,他们第一次感觉到黎朔生气了。

温小辉有些不知所措,他见黎朔面无表情,本能地想远离怒火,于是急忙下了车。

下一秒,黎朔也打开了车门,他冲罗睿道:"你在车里等一会儿。"然后他砰的一声带上了车门,他整了整西装,深吸了口气,平复情绪,直勾勾地盯着温小辉,"我做这种猜测可能不太好,如果我猜错了,希望你能原谅我,你和洛羿之间是不是有点不太对头?他不是你外甥吗?"

温小辉顿时紧张起来:"我们没有血缘关系。"

黎朔眯起眼睛看了他半晌:"你不觉得他对你的那种依赖……有点过了吗?"

温小辉咽了咽口水,他第一次对黎朔感到有些害怕,可他不知道要如何向黎朔解释。

"黎大哥。"温小辉心里难受不已,他哑声道,"不好意思,让你看笑话了。"

黎朔摸了摸他的头:"别这么说,我希望你开心,你现在看起来非常不好,如果我能帮你什么,你尽管开口。"

温小辉尴尬地点点头,他说不上心里是什么滋味儿。他宁愿没有任何人知道,毕竟家丑不可外扬,可现在黎朔和罗睿都知道了,如果他们知道得更深入,知道洛羿是怎样一个可怕的"怪物",一定会更担心他。这些,让他自己一个人承受就够了,毕竟是他自找的。

黎朔把他俩送到了罗睿家,车一开走,罗睿就吼道:"怎么回事?你不是说不和他联系了吗?!"

温小辉搓了搓耳朵，低声地说："别这么大声。"

罗睿把他拽进了家里，温小辉看着满屋子少女情怀的粉和蓝，突然觉得特别温暖窝心，整个人也放松了不少。

罗睿把他推了进去："说清楚，到底怎么回事？"

"他缠着我，没办法。"

"这事儿一个巴掌拍不响。"

温小辉皱了皱鼻子："我也不想理他，甩不掉嘛，又不是我的错。"

罗睿重重叹了口气，恨铁不成钢地说："温小辉，做人要拿得起放得下，这是你教我的，你忘了你当初有多难受了？"

温小辉烦躁地扒了扒头发："我们之间一言难尽，你别叨叨了，我去睡觉了。"

"你站住，你……"

温小辉跳起来就冲进了房间，三下五除二脱了衣服，钻进了被窝。

"你不洗澡洗脸啊！"罗睿冲进去就扯被子。

"不洗，睡觉。"温小辉闷在被子里说。

罗睿看着被子里鼓起来的一团，就像一只把自己藏起来的鸵鸟，他的胸口剧烈起伏着，双目圆瞪，厉声道："你窝囊死算了！我认识的温小辉没有一天不洗脸不做保养，比谁都爱漂亮爱面子，被人欺负了也从来不哭，天大的事儿砸到眼前都照样吃吃喝喝开开心心，你看看你现在什么德行！"

被子里的人蜷缩了起来，身体有些颤抖。

罗睿咬着牙，摔门走了。

过了好半天，温小辉才扯下了被子，定定地看着天花板，眼圈通红。

第二天一大早，温小辉没打招呼就灰溜溜地跑了，他不知道怎么面对罗睿，他在逃避很多人、很多事。因为洛羿他究竟失去了多少，已经难以估量了。

刚到了工作室楼下，洛羿居然已经在那儿等着了。他穿着白衬衫、运动裤，靠坐在自行车上，就像那三年中的很多次一样，默默地等着。只不过比起当初，他已经高壮了一圈，从一个稚气未脱的少年，变成了散发着稳重气息的青年。

温小辉平静地走了过去。

洛羿看着他："昨天你和黎朔吃了什么？"

"跟你没关系,来找我干什么？"

"你说要给我一个机会。"

"嗯,给你一个改过自新的机会,但是我和谁交朋友你管不着。"

洛羿淡淡地说："小舅舅,我讨厌黎朔。"

"你能不能正常一点！"

洛羿看了他半晌,才微微一笑："我尽量吧。"

温小辉感到背脊发寒,他不怀疑洛羿说的话,想想洛羿对付Luca、罗总、雪梨姐前夫的那些手段,他绝不能让黎朔遭遇那些。他岔开话题："你又来找我干什么？"

洛羿的笑容就那么渐渐地僵在了脸上,然后一点点消失,最后,他沉重地说："那个人提出一个要求。"

"什么要求？"

"我要把东西给他,但我不想见他,他也不想见我,他提出……"洛羿低下头,"让你送过去。"

温小辉愣住了："我？为什么？"温小辉心里别扭极了,他想起常行那双鹰隼般犀利毒辣的眼睛,盯人往肉里盯,好像一丝一毫都被看透,着实令人心生畏惧。

"也许他觉得,你是唯一我们共同认识的人。"

"曹海呢？"

"如果不是妈妈突然走了,他应该早就对付曹海了,曹海不可能敢去见他。"洛羿低下头,沉声道,"你可以不去。"

温小辉思索了片刻："不就送个东西吗？给我吧,送哪儿？"如果能早点解决这件事,他和洛羿也能早点解脱。

"他说你知道。"洛羿的双瞳黑得像两个无底洞,虹膜的纹路就像开启的机括,已经敞开洞口,等着人跌进深渊。

"我知道了。"肯定还是上次常行带他去的那个酒店。

"我会找人跟着你、保护你。"洛羿看着他,"无论那个人说什么都不要慌。"

"嗯。"那个酒店在市中心,那么繁华的、人来人往的地方,温小辉还真不太怕,"东西呢？"

"在家,下班了去我那儿吧。"

"不去，给我送过来吧。"

洛羿失望地说："好。"

"什么时候送去？"

"后天。"

温小辉点点头："我上班去了。"说完转头就走。

"小舅舅。"洛羿叫住了他。

温小辉背对着他，彼此都看不到对方的表情，但心脏的地方隐隐传来一种莫名的悸动。

洛羿轻声道："我常常想，我们本可以一辈子开开心心的。"

温小辉缓缓地握紧了拳头，他本能地想讥讽洛羿，一辈子……开开心心……和洛羿吗？他太年轻了，一辈子对他来说是一个太遥远的词，当他们很要好的时候，他确实以为这样的关系永远不会变，可世事无常，谁知道风暴会突然降临，整片天都跟着骤变。

所以他不能想象和这样一个人相处一辈子。

温小辉忍不住侧过脸："你哪儿来的自信？在你骗了我三年之后。"

洛羿低下头，轮到他沉默了。

温小辉大步走进了工作室。

洛羿掏出手机，面无表情地拨通了一个电话："准备吧。"

电话那头不知道说了什么，洛羿沉吟半晌后，说："确定。"

冯月华和 Ian 商定先在国内登记，然后再去美国登记，两人挑的良辰吉日，刚好就是温小辉去见常行的前一天。

温小辉早准备好了九块刻着他妈名字的金砖给他们当结婚礼物。

他妈看到的时候，疑惑地问："小辉，你现在工资到底多少了？又涨了？"

"工资没怎么涨，是我接的活儿价越来越高了，还有广告、合作、上课什么的。"温小辉挺了挺胸，得意地说，"你儿子有出息吧？"

"真有出息。"冯月华摸摸他的脸，心情大好。

"你们打算什么时候去美国？"他妈要入美国籍的话，每年至少要在那边待满半年，现在就是计划半年在国内、半年在国外，由于 Ian 的工作也是两头跑，所以这样的安排大家都很满意。

"下个月他就要回去一段时间,我打算跟他一起去,过几个月再回来。"冯月华既紧张又兴奋地说,"你妈我还没出过国呢,我得抓紧学学英语。"

"你学不学都一样,那边华人多,你不会英语也能活。"温小辉抱着她的胳膊撒娇,"不要一直在那边待着哦,你还有个儿子呢。"

"我知道,我才待不住呢。"冯月华面色红润,整个人都沉溺在喜悦里。

Ian 正在帮忙整理行李,婚后冯月华要搬去 Ian 的公寓。不过那公寓离他家不远,来回非常方便。快五十的人开心得像个孩子一样,边整理边哼歌跳舞,温小辉看着两人恩爱和睦,心里安慰极了。

第二天早上,曹海把一个袋子送到了聚星。

温小辉有些意外,他以为洛羿一定会亲自送来,他看着曹海,尽管心中满是疑问,最终也没问出口。

曹海脸色看上去很疲倦,比上次见他瘦了一圈,他道:"要我送你过去吗?"

温小辉摇摇头:"我知道地方,自己去吧。"

曹海环视他的办公室:"你现在干得挺好的,我在电视上看到你了。"

温小辉干笑两声:"还行。"

曹海深深地看着温小辉,张了张嘴,最终却是没说什么,起身告辞了,好像急着离开这里,一刻都不想多留。

曹海走后,温小辉打开了袋子,里面是一个密封的金属密码盒,他拿出来看了看,非常沉,像个铁疙瘩。他把东西放了回去,看了看表,拿上东西离开了工作室。

上了出租车,他往那个酒店的方向赶去。

出租车司机是个话痨,一路上不停地叨叨,什么天气、交通、时政,一个人自问自答也聊得相当开心。温小辉平时也挺能侃的,但此时心烦意乱,一句话都没听进去。

他太高估自己了,越接近那个酒店,他越是紧张得胃疼,脑海中不停浮现常行的眼睛、那嘲讽的笑以及说过的每一句话。

出租车到了酒店楼下,温小辉付了钱,抓着门把手,微微有些发抖。

司机等了半天不见人下去,转过头来看着他。

温小辉咽了咽口水，推门下车了，亦步亦趋地走进了酒店。

大堂里，他一眼就看到了常行的保镖。

保镖也看到了他，从沙发上站起来，起身朝他走来。

温小辉把东西递了过去。

保镖做了个请的姿势："请。"

"你拿上去吧，我就不去了。"

"会长想见你，请吧温先生。"

温小辉犹豫了一下，只好跟着保镖进了电梯，只不过这次不是顶层，而是往地下走去。

温小辉瞪起眼睛："去哪里？"

"去见会长。"

电梯停在了地下三层，门一开，迎面就是一辆黑色的面包车，车门大开着，里面似乎只有司机。

温小辉本能地就往电梯里退去。

保镖扶着电梯门，再次做了个"请"的手势。

温小辉摇头："到底要去哪里？"

"地点自然是保密的。"

"那我不去。"温小辉浑身都戒备了起来。

保镖微眯起眼睛："温先生，常会长已经等你一上午了，你如果要把东西交给他，就要亲自去交。"

温小辉抿起唇，对那扇黑洞洞的车门非常抗拒，好像那是一只会将他吞进去的猛兽。他握紧了手里的袋子，想着此行的目的，最终还是咬了咬牙，上了车。

他刚一坐稳，保镖就递过来一个眼罩，皮笑肉不笑地说："休息一会儿吧。"

温小辉横眉竖眼："我不戴。"

"温先生，你必须戴上。我说了，我要带你去的地方是机密的，你还是自己戴上比较好。"

温小辉微怒："我说了我不戴。"

"是需要我帮你戴上吗？"保镖虽然语调平和，但目光冰冷，就像在看一件货物。

温小辉扔掉眼罩，推门就想下车。

保镖一把扣住他的肩膀，像拎小鸡一样将他拖了回来，按在座位上："温先生，你配合一点，对你自己有好处，相信我。"

温小辉额上冒出冷汗来了，肩膀上的那只手跟铁钳子一样，他丝毫不怀疑这只手能在下一秒把他的肩膀卸下来，因为他爸就能。他只好坐了回去，拿起眼罩，戴在了眼睛上。

车开动了。

温小辉一路上都没有说话，他的手在口袋里悄悄摸着手机，那时候触摸屏手机刚流行，他也换了一部，现在后悔死了，摸不着按键，他想偷偷发个短信都做不到。他紧张得心脏怦怦直跳，一股不祥的预感侵袭了心头。

车开了很久，由于被蒙着眼睛，他估算不准时间，只感觉开始还能听到外面有喇叭和行人的声音，到后来就什么都听不到了，车里安静得只剩下司机和保镖的呼吸声。

他越来越感到恐惧，他送完东西，真的还能回家吗？

车停了下来，温小辉下了车，保镖摘下了他的眼罩。

适应了一下光线，温小辉睁开了眼睛，发现自己面前有一栋别墅，四周环山，山间零星点缀几栋房子，彼此隔得颇远，温小辉都怀疑他还在不在京城了。

保镖领着他走了进去。

常行正站在吧台前切水果，他面前摆着一块纯白色长方形的菜板，他手握锋利的水果刀，一个圆滚滚的橙子被压在那薄削的菜板上，刀锋落下，皮肉破开，汁水四溅。

温小辉看着他利落的刀法，禁不住浑身发冷。

常行抬头看了他一眼，没什么表情，继续低头切着各种颜色的水果，并摆成好看的花瓣形果盘。

温小辉深吸一口气："东西在这里。"

常行没说话，就好像面对着空气，只有手里的刀锋破切的声音回荡在偌大的客厅里。

温小辉等了一会儿，见他没反应，拔高了音量道："常会长，你要的东西在这里，我可以回去了吗！"

常行抬眼瞥了他一下："你真是相当有意思，表面上看着并不是很蠢。"

温小辉回味了一下,这是骂他内里蠢?他深吸一口气:"常会长,我就是蠢,说话拐弯抹角我听不懂,我只想知道我能走了吗?"

"你觉得自己还能走吗?"常行放下水果刀,双手撑着案台,嘲弄地一笑,"你真让人不忍心……你到现在还没反应过来是吗?"

温小辉皱起眉:"什么意思?"

常行摇摇头,端着果盘走到了沙发前,落座之后,用一种近乎怜悯的眼神看着温小辉:"我第一次见到自己送上门来的人质。"

人……质?

温小辉愣怔过后,一股冷意从脚底直蹿头顶,顿觉浑身血液的温度都被带走了,令他遍体生寒。

人质……他是人质?

他握紧了手里的袋子,感觉自己提的东西有千斤重,几乎能压垮他的脊柱。洛羿这段时间说过的话、做过的事,全都一帧一帧地浮现在了他眼前,现在回想起来,似乎每一个表情、每一个字眼,都藏着虚伪而冷酷的阴谋。

常行饶有兴致地看着温小辉:"看来你相当重视他啊。"

温小辉的身体克制不住地颤抖了起来,愤怒、恐惧、伤心,说不清哪一种情绪占的比重更大,他只知道他现在想要疯狂地怒吼、想要把洛羿的脖子拧成麻花,而他最想做的,是狠狠扇自己几个耳光。他哑声道:"我在做什么人质?"

他不敢相信洛羿再次骗了他、利用了他,如果说第一次他知道真相时,是天塌地陷一般的绝望,那么这一次,他只感到疲倦和心死,似乎……对这个结果,他并不意外,即便心脏处传来的疼痛已经快要让他直不起腰来。他也流不出一滴眼泪,他只觉得冷,濒死一般地冷。

这就是洛羿,这就是洛羿啊!他不该怪洛羿狠,而该怪自己蠢,明知道前面是虎穴狼窝,还要往里跳,虎狼的本性便是吃人,他自投罗网,死有余辜!

"我和他有一个交易,七十二小时后如果他没有兑现承诺,我就会把你的一部分寄给他。"银白色的水果刀在常行的手指间灵巧地旋转两圈,稳稳地插进了一颗葡萄里,他把葡萄送进了嘴里,深邃的眼睛在温小辉身上逡巡。"虽然你和雅雅没有血缘关系，但是你们有些地方真的很像。"他顿了一下，"都有一种一往无前的愚蠢。"

温小辉握紧了拳头，声音低得几乎听不清："是他把我送来的，你拿我当人质，有分量吗？他在乎吗？"

常行笑了笑："关于这个问题，我也观察了很久。我得出的结论是，你是洛羿唯一还在乎的东西，虽然他对你的在乎，比不上想要扳倒我的决心。但我认为值得赌一把，毕竟找不到更好的筹码了。"

温小辉终于明白前段时间洛羿的殷勤意欲何为了，那个前一天冷酷地说出"我不知道"，过了一天却又要求他"再给一次机会"的洛羿，那个有着天使般的外表和顶级演技的怪物，精心策划了一场戏，而观众只有一个人——常行。洛羿的表演不仅让常行信了，连他竟然也信了。他温小辉不是人质，而是弃子，他的作用更不是用来制约洛羿，而是为洛羿拖延时间。

常行朝保镖使了个眼色。

保镖走了上来："温先生，跟我回房间吧。"

温小辉瞪着他，眼球布满了血丝，看上去绝望而狼狈。

保镖再次做了个"请"的手势。

温小辉低下头，半晌，突然发出了沉闷的笑声，他越笑越大声，最后肩膀都跟着颤抖了起来。

常行挑眉看着他。

温小辉抬眼看着常行："常会长，如果洛羿真的在乎我，就不会把我骗来，你这一招落下风了，我在你手里没有任何意义。"他感觉自己说出的每一个字都在泣血。

常行目光淡漠："有没有意义，我们很快就知道了。"

保镖抓住温小辉的胳膊，温小辉厌恶地甩开了。

保镖冷声道："温先生，请你配合，不要自讨苦吃。"

温小辉扔下了手里的袋子，径直往前走去。保镖把他带进了二楼的一个房间，并拿走了他的手机，还用一台仪器把他全身都扫了一遍。他进去之后，门立刻被反锁了。

他站在门口，环顾四周。屋子里陈设奢华，随便一个摆件看上去都价值不菲，隔间是厕所和浴室，窗户被铁栏封了起来，这是一个不像监狱的监狱。

他僵硬地站了半晌，突然抡起面前那沉重的实木椅子，狠狠朝靠墙的一整面展柜扔了过去。

伴随着玻璃碎裂的声音，那面展柜被砸毁了一半。温小辉气喘吁吁地看着一地碎玻璃，突然发出了一声怒吼，那吼叫声愤怒而绝望，仿佛是来自灵魂最深处的求救，瞬间耗尽了他仅剩的力气，让他感到整个人都被掏空了。

屋子里突然传来对讲机的声音："温先生，克制一下你的情绪，如果你再有不合适的举动，我就会把你绑起来。"

温小辉摇摇晃晃地走到床边，感到一阵天旋地转，身体仰倒在了床上。他瞪大了眼睛看着头顶的吊灯，渐渐地，视线模糊了，泪水汹涌而出，瞬间浸湿了他枕着的真丝床罩。

多可笑啊，这一切。

他上辈子究竟是做了什么伤天害理的事，才会让他这辈子遇见洛羿，一而再再而三地被欺骗利用？他无数次告诫自己决不再相信洛羿，可最后依然"主动"往火坑里跳，他再恨洛羿，也不愿意看到洛羿和常行同归于尽，没想到他的心软，换来的就是现在的下场。

他用手挡住了眼睛，任眼泪润湿了手背和脸颊，当伤痛达到极致的时候，他没有想象中的歇斯底里，反而感到麻木，一种被重创之后，无力动弹的麻木。

其实有很多事他想不通，比如，他想不通洛羿怎么会如此狠毒。他曾经对洛羿付出过毫无保留的感情，就算是养条狗也不舍得它饿着冻着，洛羿居然能眼一眨不眨地将他推进深渊？

他原本以为，即便洛羿骗了他，对他多少是有一些感情的，不然不会对他无微不至、不会给他钱，也不会做出那些似是而非的事，他以为洛羿对他是心怀愧疚的、怀念旧情的。事实证明他错了，洛羿的悔改只是为了进一步地压榨他的利用价值，洛羿但凡有一星半点将他放在心上，就绝不可能做出这样禽兽的事。如果两人之间真的有仅剩的所谓的"未来"的可能，也被洛羿彻彻底底地扼杀了。

他的心，被洛羿彻底杀死了。

第六章
毁容

——他是我最喜欢的一个玩具，但也只是玩具罢了睁着眼睛度过了一整夜后，温小辉充血的眼球、青黑的眼圈和苍白的脸色，让他的神色看上去很不正常。他洗了个脸，看着镜子中的自己，都有些认不出来了。

短短几个月时间，他眼看着自己因为失眠、伤心、饮食不规律而变得疲倦、苍白、消瘦。这么长时间以来，他第一次认真地看自己，他好像一下子老了好几岁，想起从前那个无忧无虑、成天傻乐的自己，跟眼前之人真的判若两人。他第一次屈辱而痛苦地承认，洛羿改变了他——往坏的方向。洛羿不仅毁了他对人的基本信任，还可能吹灭了他的心火，让他再也无法和任何人真诚地相处、不计回报地付出。

他也第一次感受到了自己对洛羿的恨。从毫无保留的关爱到抓心挠肝的痛恨，原来这么简单、这么轻易，也这么令人肝肠寸断。

事到如今，他终于不用再担心洛羿会在与常行的争斗中遭遇不好的事，也不用再担心洛羿会步上雅雅的后尘，他现在恨不得亲手掐死洛羿。可已经晚了，他终于被卷入了这场黑暗的旋涡，也许下一刻就会被撕扯成碎片，在四分五裂的前一秒，他对自己人生最大的悔恨，一定是曾经亲自养过一个怪物。

可在那之前，在他被毁灭之前，他必须想办法救自己。他还有妈妈，还有罗睿，还有事业，还有很长的一段人生，他不想让自己的一切都毁在这对魔鬼一般的父子手里。

他拿脑袋用力撞了几下墙，安静地思考起如何逃走。他不想死在这里，不想自己的"一部分"被寄给洛羿，他一定要逃走！

他知道房间里有监控，他的一举一动都在别人的注视下，所以他不敢有什么举动。他回到床上，一边看杂志，一边环顾四周。

窗户上的铁栏他没办法破坏，每天早中晚分别有人送饭，那可能是他唯一离开这里的机会。他没有什么厉害的计划，他只是个普通人，他能想到的只是逃，抓住一点缺口，然后努力地逃走。

看了一会儿杂志，他去了浴室，在确定了监控录像的位置后，他背对着摄像头，把一根牙刷塞进了衣服里。睡觉的时候，他把牙刷在被子里折断，制成了一把粗糙的"刺"。

在他被囚禁的第二天晚上,太阳落山后,有人来送饭。温小辉认识这个人,是常行的一个司机,四十岁左右。大概是他的外表让人容易轻敌,司机毫无防备,一个人进来,把饭菜放在了地上。

"等一下。"温小辉走了过去,"我这里有个单子,你去给我把东西买来。"

司机冷冷地看了他一眼,眼神充满了鄙夷。

温小辉把手里的清单递向司机,他心脏跳得极快,却要拼命地做出冷静随意的模样。

司机伸手去拿。

在司机的手抓住那张纸的瞬间,温小辉胳膊一抖,牙刷从袖子里滑了出来,稳稳地被他抓在了手上,这个动作他昨晚在被子里练了一夜。那司机还未反应过来,温小辉已经抓着牙刷狠狠往上一捅,正刺进了他的胳膊里。

司机大叫一声,温小辉一脚踢在他的小腿骨上,接着腿未收回,又是上移,正中司机的腰眼。

温小辉一直很感谢他父亲小时候对他的训练,虽然他没有如他父亲所愿,长成一个阳刚十足的爷们儿,但他学会了怎么打架、怎么制敌,让他从小到大都没在这方面吃过亏。

司机单膝跪倒在地,温小辉发狠地一拳砸在他的下巴上,对着他的胸口又是一脚。把司机撂倒在地后,他大踏步冲出了房间,往楼下跑去。

经过客厅的时候,保镖已经从一楼的房间里冲了出来,温小辉血气上涌,大脑一片空白,想也不想地朝着大门冲去,对于逃离这里的渴望胜过了一切,他抓住了大门的把手,用力想要拽开,却发现大门被反锁了!

他几乎是绝望地用力踹了一脚,狂吼道:"放我出去!"

保镖早已经跑了过来,一把抓住他的肩膀,将他狠狠扔在了地上。

温小辉一个翻身从地上跳了起来,随手抓着什么东西就朝保镖扔了过去,保镖偏头闪过,上去一脚踢在了温小辉的肚子上。

腹部一阵剧痛,温小辉差点把胃都呕出来,他抱着肚子倒在地上,半天都缓不过劲儿来。

保镖居高临下地看着他。

温小辉握紧了拳头，恶狠狠地瞪着保镖。他用尽全身力气撑起身体，看着近在咫尺的大门，他眼里跳动着渴望的火苗，他大喊一声，从地上爬了起来，一拳打向保镖。

保镖一把揪住了他的手腕，反拧到背后，将他整个人推了出去。

温小辉的身体不受控制地踉跄数步，差点栽倒在地，他心头怒意沸腾，被欺骗以及被囚禁的恨点燃了他的血液，让他变得疯狂而不顾一切。他抄起茶几上的花瓶，再次朝着保镖冲了过去。

保镖目露寒光，拳头握得咯咯直响。

温小辉大叫着将花瓶砸了出去。

保镖后退两步，再次侧身躲过，温小辉已经飞身跳起，一脚踹向了保镖的胸口，保镖抬臂一挡，手臂被一脚踢中，身体向后倒退数步。

温小辉落地之后，依然闷头往上冲，保镖身后的那扇大门，就像他最后一根救命稻草，他一定要抓住！

保镖握着被踢得发麻的胳膊，眼中升腾起怒意，在温小辉再一次冲上来的时候，一击重拳挥向了温小辉的脸。

温小辉只来得及看到眼前一道黑影不断放大，紧接着，脸上传来一阵剧痛，他的身体被重重摔倒在地。瞬间，他涕泗横流，眼前昏花一片，大脑出现短暂的空白，接着整个世界都在眼前颠三倒四，拼凑不起一幅完整的图像。

他感觉眼睛、鼻子、嘴，都在流出腥咸温热的液体，他疼得整个人都要疯了。他捂住脸在地上翻滚，直到最后眼前发黑，失去了知觉。

温小辉是疼醒的，整张脸像是烧起来一般疼，他勉强睁开眼睛，却发现眼睛已经肿到只能睁开一条细缝。他第一反应就是自己毁容了，"毁容"两个字不断在他眼前飘来荡去，一股毁天灭地的恐惧淹没了他，他控制不住地哭了起来。

没想到一哭，鼻子就像受了什么刺激，传来阵阵剧痛，他大叫着用力坐了起来，哭也不行、喊也不行，他感觉自己快疯了。

"你最好别大喊大叫。"屋里传来一个低沉的女声。

温小辉转过头去，勉强在视线中锁定了一个穿着白大褂的中年女人，显然是个医生。

医生走了过来，把他的手从脸上拽了下去："别乱碰，刚处理好。"

温小辉含糊地说:"我毁容了吗?我毁容了吗?镜子呢?给我镜子!"

"鼻骨断了而已,还能接上,你要是乱动,倒真有可能毁容。"

温小辉的眼泪哗哗地往下流,他的鼻子、他的鼻子啊!

医生拿纸巾捂住了他的脸:"不要哭,会感染。"

"镜子,我要看镜子。"

"看了干吗?整张脸肿得跟猪头似的,你现在需要的是一次手术。"医生抱胸看着他,"但这里没有手术条件。"

温小辉强迫自己把眼泪吞了回去,他恍惚着下了床,往浴室走,他一定要看看他的脸,他要知道他是不是毁容了!可刚走出去没几步,他就感觉右腿一沉,他低头一看,才发现脚上不知何时挂了一个铁环,铁环连着一条长长的铁链,铁链的尽头,是一个重达几十斤的实心铁球。

医生推了推眼镜:"你现在需要做的就是休息,不要乱碰面部,止痛药在你床头,每四个小时吃一次,等有条件的时候,及时就医。"

温小辉坐在了地上,颤抖着捂住了脸,从未有过的绝望将他湮没,他怕得浑身发抖,他的鼻骨断了?他的鼻子那么好看……他的脸呢?他的脸怎么样了?他还能像以前一样吗?他会毁容吗?他能完整地从这里走出去吗?!

他不想毁容,不想残废,不想死!洛羿这个浑蛋,常行这个浑蛋,这一切跟他有什么关系?为什么?为什么他要承受这一切?!

他不敢哭、不敢喊,甚至不敢有剧烈的面部表情,他只能颤抖地抱着头,感觉像是有一只无形之手,将他拖入了深渊。

门被打开了,保镖走了进来,踱到温小辉面前,蹲下,捏着他的下巴,强迫他抬起头,口中吐出冰冷的威胁:"温先生,我早说过让你老实点,不要自讨苦吃。如果少爷能在约定时间内兑现承诺,我们会送你去医院,放心,这是个小手术,如果不能……不如就把鼻子寄给他吧。"

温小辉狠狠地打了一个寒战,眼中再不复小兽一般的凶狠,只剩下满满的惊恐。他推开保镖的手,双腿发软地往后挪去,嘶声喊道:"他不会兑现什么承诺的,他在利用我拖延时间!"

保镖站了起来,从兜里掏出了温小辉的手机,对着温小辉的脸拍了一张照,然后手指在键盘上快速打着字,手机的屏幕光将他的脸映衬得格外苍白,看在温小辉眼里,阴森可怖。

保镖晃了晃手机:"我把你的照片发给了洛羿,你猜他会有什么反应?"

温小辉悲极反笑,笑得整张脸都疼得他想哭:"他会有什么反应?他骗我来的时候,会没想到吗?你们囚禁我没有任何用处,因为洛羿不在乎,他根本就不在乎。"

保镖眯起眼睛,盯着手机,似乎在等它有什么动静。

温小辉的目光也落在了手机上,洛羿但凡还有点人性……

可惜,等了足有五分钟,手机没有半点动静,温小辉握紧了拳头,慢慢闭上了眼睛。

保镖把手机揣回了兜里:"好好休息吧。"说完他带着医生一起离开了房间。

温小辉晃荡着站了起来,用力抱起那个死沉的铁球,一步步往浴室挪。走到浴室门口的时候,他犹豫了一下,最终还是抱着必死的决心,踏了进去。

浴室的镜子里映出一张狼狈不堪的脸,整张脸红肿得看不出原样,眼睛只剩下两条缝隙,鼻子的地方贴着一块大大的纱布,用绷带在脸上缠了两圈固定,脸颊上有几处青紫的擦伤和未干的泪痕。他实在无法接受镜子里的人是他,他这辈子最爱惜的东西就是他的脸,洛羿究竟要从他这里夺走多少东西?!

他握紧了拳头,悲愤和憎恨无处宣泄,心脏的疼痛甚至超过了一切肉体的痛楚,犹如万蚁噬心,将他的意志摧残殆尽。他感觉拴着他右脚的那个铁球,正在将他拖入无边的地狱……

止痛药的效用不足以完全缓解他的疼痛,他吃了之后昏昏欲睡,但没过多久就会再次被疼醒。他知道自己所剩的时间不多了,三天之约一到,他失去的可能不只是一副面相,可他浑身已经使不出半点力气。直到这时候他才知道,在真正绝望的时刻,人甚至无法聚集起恐惧与愤怒所需要的能量,他只是像个死人一样瘫在床上,等待他的"审判"。

半夜时分,在他昏昏欲睡的时候,房间门突然被打开了,几个人冲了进来,温小辉坐了起来,一眼就看到了为首的保镖。保镖用钥匙打开了他的脚链,将他粗暴地拽下了床,拉着往外走。

温小辉不想徒劳地问一句去哪儿,他已经被吓傻了!

他们要干什么？！

保镖将他拽出别墅，塞进了一辆车里，那辆黑色奔驰快速地滑进了夜色中，飞驰而去。

温小辉惊恐地看着窗外，他这才确定自己在一座山里，那辆车很快就开上了盘山道。这条路唯一的光源来自车灯，看着狭窄漆黑的山路不断被车身追赶，可视距离极短的情况下，车速依然很快，温小辉的心提到了嗓子眼里，他无法控制地想象这辆车飞出去的样子。

他抱着脑袋缩在了角落里，不敢再看。

保镖突然扯开了他的手，把他的手机递给了他，用命令的语气道："给洛羿打电话。"

温小辉接过电话，眼中浮上一层水雾。

保镖冷声道："给洛羿打电话！开免提。"

温小辉用发颤的手按下了洛羿的电话，并按下了免提键，拨号音在寂静的车厢里一下一下地响起，每一下都如一记重拳，敲在温小辉的心上。

拨号音响了七次，温小辉感觉自己被凌迟了七刀。

终于，电话接通了，温小辉握紧了电话，身体克制不住地颤抖起来。

电话那头传来轻微的沙沙声，却没有人说话。

温小辉咬紧嘴唇，他以为他面对洛羿时，能把这辈子所能想到的最恶毒的语言抖落出来，可事实上他根本不知道该说什么。

半晌，洛羿平静的声音从电话里传出："说话，否则我要挂了。"

保镖抢过电话："洛羿，离开盘还有六个小时，你现在敢耍花招？"

"我耍什么花招了？我一直在按计划行事。"

"别装了，是你报的警吧？"

洛羿沉默了一下："温小辉失联超过六十个小时，家人报警也不奇怪吧？"

"如果没有人指点，警察不会以那么快的速度调到他失踪前最后的监控，你当我们是傻子吗？刚才的照片只是一点小小的警告，今天股市开盘之后，如果没看到你许诺的结果，你别想再看到温小辉了。"

洛羿低笑了起来，声音魅惑而动听，却让人头皮发麻，他用一种慵懒的语调说："好啊。"

保镖面色铁青，额上青筋暴凸："洛羿，你真的不在乎他的死活吗？"

洛羿笑着说："他是我最喜欢的一个玩具，但也只是玩具罢了。"

温小辉感到全身血液都凝固了，大脑一片空白，什么想法都没有了。

保镖不怒反笑："我倒是好奇，你是不是真的一点都不在乎。温小辉，你要不要和你的小外甥说几句话？"保镖粗暴地把手机放到了他耳边。

温小辉双目失神地看着前方黑暗的山路，他有种这辆车正被黑洞吞噬的错觉，他愣怔着，毫无反应。

保镖命令道："说话！"

温小辉张了张嘴，小声说："洛羿，你是个浑蛋。"

电话那头沉默了一下，就毫不留情地挂断了。

温小辉麻木地低下了头，整个人像被抽空了灵魂一般，再找不到一丝生气。

车开下了山，黎明之前，他们进入了市里，换了一辆出租车。

温小辉浑浑噩噩地跟着他们上车又下车，被塞进了一栋老旧小区的一套不起眼的公寓里，他在公寓里再次见到了常行。

常行看着他的脸，对保镖道："鼻子受伤容易引起颅内感染，你应该换一个地方。"

保镖恭敬道："是，会长。"

"还有几个小时开盘？"

"四个小时。"

常行点点头，站起身："我去公司了，你们看好他。"

"是。"

保镖把温小辉按在沙发上，用绳子绑住了他的手脚。温小辉茫然地环顾四周，屋里除了保镖，还有另外两个人，一个是新面孔，另一个正是被他用牙刷刺伤的司机，正冷冷地瞪着他。

温小辉低垂着脑袋，脑海中回荡着洛羿冰冷的话——"他是我最喜欢的一个玩具，但也只是玩具罢了"，原来如此，洛羿的用词真是精准万分，不愧是天才。他就是个玩具，一个有利用价值的玩具，尽管是最喜欢的，但终究只是个玩具。

原来如此……

过往和洛羿相处的画面，现在看来仿佛都发生在另一个世界。任谁也无法接受，那温柔体贴的少年其实暗藏蛇蝎之心，正意图把他推入深渊，那些美好的回忆如今全都失去了色彩，变成残忍的白和绝望的黑。难怪洛雅雅都怕他，难怪他妈要叫他"怪物"，温小辉曾经把一只最歹毒的蝎子放在枕边而不自知，那种刀锋舐颈的恐惧，非常人所能承受。

然而，他已经麻木。

他会死吗，还是会残废？他无法想象他妈和罗睿该有多伤心，只因为他的愚蠢，他让不在乎他的人得利，让真正爱他的人伤心，他真是该死啊！

天亮了起来，白光刺入他瞳孔的一瞬间，他眼前产生了幻觉，仿佛整间屋子都褪去了颜色，变成了森冷的白，那是属于死亡的颜色，令他心尖颤抖。

时间一分一秒地流逝着，窗外逐渐传来声音，新的一天开始了。

温小辉始终保持着一个姿势，哪怕疼痛已经扭曲了他的视线。

九点半一到，股市开盘了，保镖一直盯着手机，他的脸色越来越难看。

温小辉盯着他的脸，短短几分钟内，他仿佛目睹了自己被逼到了绝路。

这时，一道电话打了进来，保镖接了电话，轻声说了一个"好"字，随后挂断电话，他抽出匕首，寒着脸朝温小辉走了过来。

温小辉惊恐地瞪大了眼睛，身体不住地向后缩。

突然，那司机猛地从衣服里掏出了一把枪，毫不犹豫地朝着保镖放了一枪，"啾"的一声响，保镖瞳孔剧烈收缩，扑通一声歪倒在地，创口没有血，但他半身都无法动弹，是麻醉枪！

另一个人反应过来，扭身就往门口跑，司机冲着他的背影来了一枪，将人放倒在地。

变故来得太快，温小辉猝不及防，愣怔地看着他们。

司机走过来切断了绑着温小辉的绳子。

温小辉惊惧不已："你是……"

司机没有跟他废话，拉着他走出了公寓，飞快地下楼，冲出了小区，一辆车刚好开了过来，司机将他塞进了车里。

温小辉的大脑刚刚运转起来，回想起刚才的一幕，他冒出了一身冷汗："你……你是什么人？"

司机面无表情地说："负责保护你的，如果你没有自作主张，就不会受伤了。"

"是洛羿派你来的？"

司机点点头。

"你要带我去哪里？"温小辉突然吼道，"我不要见他！"他叫得太用力，以至于牵动了鼻子上的伤口，疼得眼泪都落了下来。

司机看了他一眼："去医院。"

温小辉握紧拳头，无力地靠回了座椅里。

车果然开到了医院，温小辉被早就准备好的医护人员架入了手术室。直到他被注入麻醉剂，昏昏欲睡之际，他在最后清醒的一瞬，才意识到——他脱险了？

麻药劲儿过后，温小辉从昏睡中醒来。剧痛还是不依不饶地缠着他，但他感觉眼睛稍微能睁开了。

看着入目一片令人不安的白，他知道自己在医院，他的鼻子做完手术了吗？他毁容了吗？他下意识地想伸手去摸鼻子。

一只手突然抓住了他的手腕，他扭头一看，正对上泪眼汪汪的罗睿。

罗睿哽咽道："刚做完手术，别碰。"

温小辉鼻子一酸，眼眶内顿时积起了两摊透明的液体。

罗睿摸着他的头："别哭啊，容易感染。"

温小辉撑着身体坐了起来，含泪看着罗睿，哑声道："我的脸怎么了？我的鼻子怎么了？"

"Baby，你别怕，鼻骨已经固定住了，能接上的，等长好了就跟以前一样了。"

温小辉抽泣道："真……真的吗？"

"真的，是真的。"罗睿怕他不信，点头如捣蒜，"医生就是这么说的，比这更粗的骨头断了都能长好，你的怎么就长不好了？放心吧，没事的。"

温小辉轻轻捂着脸，无声地哭了起来。

罗睿抱住了他，使劲揉着他的头发，泣不成声。

温小辉缩进他怀里，那单薄的胸膛却给了他最需要的温暖慰藉。他的脸很疼，但心疼更胜万倍，他觉得自己正在经历一场不会醒的噩梦，无论他怎么叫嚷、挣扎，都不能被拯救。

他对洛羿的恨，镶嵌在每一丝疼痛中，越发刻骨铭心。

罗睿吸着鼻子，颤声道："小辉，你告诉我你到底怎么了！洛羿说你碰上了抢劫的，我不相信，你失踪了三天啊，我们都报警了。"

温小辉身体直抖，光是听到"洛羿"这两个字，就够他心尖发颤。他深吸一口气，紧张地说："我妈呢？她知道我受伤了吗？"

"洛羿通知我来医院之后，我看你伤得不重，就骗了她，说你是喝多了手机丢了，现在她在我家呢，她就放心吧。"

温小辉松了一口气，罗睿永远最懂他、最为他着想。他妈正在欢天喜地地筹备婚礼，这个节骨眼儿上，他不想徒增更多不幸，他也不知道如何解释自己失踪的三天和断了的鼻骨。他应该听他妈的话，一开始就远离洛羿，远离那个"怪物"，现在他既不想，也不敢面对他妈。

罗睿看着他的眼睛："小辉，告诉我，到底发生什么事了！是不是跟洛羿有关？你怎么会变成这样？"他说到最后，声音里又带了哭腔。

温小辉用额头抵着他的额头，小声说："我不能告诉你，你也别问了，但你从今往后再也不要和洛羿有任何接触，他是怪物，是魔鬼，是浑蛋。"他咬紧牙关，恨不能嚼洛羿的肉。

罗睿浑身一震，心痛难当，只能更用力地抱紧温小辉："好，咱们再也不理他……"他不敢去想温小辉失踪的三天都经历了什么，但他知道温小辉毁掉的不仅仅是鼻子，内里的某一处也彻底崩坏了。

他心目中洒脱的、开朗的、自我的、无畏的温小辉，被洛羿毁了。

温小辉在医院里待了两天，罗睿也陪了两天，温小辉骗他妈说他出差了，两个星期才能回来，他希望到时候他的鼻子能稍微消肿了。

出院的那天，罗睿起了个大早来接他，却被堵在了路上，发了条短信过来，配上堵车的图片，看上去真是一尾长龙。

温小辉回了信息，让他慢慢来。他穿好衣服，坐在床头，抓着手机的手紧了又紧，还是忍不住打开浏览器，在搜索栏里输入了"常红集团"。

他想知道洛羿牺牲他换来了什么。

网页还没跳转，病房的门就被推开了。

温小辉猛地抬头，对上了一双漆黑如墨、平静如水的眸子，他心脏瞬间被揪紧了，寒意顺着血管蔓延至全身，令他僵硬、令他恐惧。

洛羿！

洛羿关上了门，目光在温小辉脸上逡巡，淡淡地说："应该把他两只手都废了。"

如果不是鼻子刚动过手术，温小辉不知道自己此刻的表情会有多狰狞，他握紧了拳头，呼吸一下接着一下，异常粗重，恨不能将眼刀子化虚为实，切割洛羿的皮肉！

洛羿走了过来，温小辉猛地站起身，抄起暖水壶朝他砸了过去。

洛羿侧身闪过，轻声道："别牵动伤口了。"

"洛……羿……"温小辉的声音抖得不成样子，他没想到这么快就会见到洛羿，他还没有做好准备，憎恨和恐惧快要将他湮没，他恨不能洛羿立刻消失。

洛羿低下头："常红股价大跌，被套住了，那个人被证监会检举，已经被拘留。但他在申请保释，可能很快就可以出来，所以我们都不太安全。你不要去罗睿那里了，会给他添麻烦，我来接你回家，会有人二十四小时保护你。"

"洛羿！"温小辉低吼道，"你个浑蛋！"

洛羿的身体微微一颤，轻轻咬住了嘴唇，他抬起头，目光冷凝而坚定："让你受伤是我的错，虽然是计划外的……但确实是我考虑不周。你的伤可以治好，后续可能还需要做几次修复，但不会影响外貌。"

温小辉双目血红，这一刻，他觉得所有语言都是苍白的，无法表达出他全部的愤怒和憎恨，洛羿跟他好像不是一个世界的，这个人怎么还有脸站在他面前！

洛羿凝望着温小辉，将温小辉每一丝仇视都收入眼底，心脏传来不可名状的痛楚，令他有些不知所措，他忍不住走了过去。

温小辉猛地后退数步，眼中充满了恐惧。

没错，毫不掩饰的恐惧。

洛羿怔住了，脚步灌了铅一般沉重，怎么都迈不出去了。

温小辉颤声道："我不想再见到你，你和那个该死的常行，你们之间的恩怨，从来跟我就没有关系，是我瞎了眼，是我蠢，我这辈子最后悔的事就是认识你！滚出去，再也别出现在我面前，滚出去！"

洛羿闭上了眼睛，再睁开时，眼神恢复了一贯的冷静："你现在需要我的保护，我不能让你回家，你想给家人朋友带来麻烦吗？"

温小辉差点将牙齿咬碎："你这个……"

"很抱歉，我一直在骗你，你的单纯超出我的想象。"洛羿一步步走了过来，"最开始，我想从你身上得到的，只是那笔遗产。后来，我想要你的笑容、你的关怀、你的温暖。"

洛羿将温小辉逼在了墙角，轻而易举地伸手接住了温小辉挥出来的拳头。他俯下身，将人困在自己与墙壁之间，深邃如海的双眸一眨不眨地盯着温小辉，用那种不疾不徐，却直击人心的声音说："你曾经问过我很多次，到底哪个才是真正的我，我告诉你，你现在看到的就是真正的我，真正的我要你的全部，哪怕你恨我，也别想离开我。"

温小辉双目圆瞪，血丝像毒素的脉络，延伸进漆黑的瞳仁，他死死瞪着洛羿，就像在看一个恶魔。

洛羿捏着他的下巴，语调温柔："我愿意装出你喜欢的样子，只要你要求。"

温小辉甩手给了他一记重重的耳光。

洛羿偏过脸，睫毛微微颤抖着，在眼窝打下一片阴影。

温小辉的手都在发颤："浑蛋。"他不敢相信自己曾经真心待过一个叫洛羿的少年，那个少年温柔、体贴、阳光，但这个少年只是恶魔化成的幻象，从来都不曾存在过。

他付出的感情和信任跟着一个幻象死去了。

洛羿舔了舔嘴角，微微一笑："小舅舅，你知道吗？你最好奇的真实的我，其实你很早以前就见到了。就是常行那样的，我和他是一种人，所以妈妈怕我，所以我一定要除掉他，因为我们彼此都知道，我们俩只能留一个。"

温小辉无意识地蜷缩起身体，试图离洛羿远一点、再远一点，可他无处可逃。

他相信洛羿说的话，这可能是他唯一还能相信的洛羿的话——洛羿和常行是一种人。不，他们是一种怪物，睿智、冷静、嗜血、残酷、缺乏人性，为达目的不择手段，就像潜伏在黑暗中的猛兽，不知何时就会蹿出来，给人致命一击。

他竟然和这样的人相处三年而无知无觉，这岂是"恐怖"二字可以形容的？

洛羿温柔地摸了摸他的头："走吧，我带你回家。"

"不……"温小辉咬牙道,"我不需要你保护,我自己去外地,我躲到常行找不到的地方,我不想见到你!"

洛羿揽着他的腰,轻声耳语:"我不会让你离开我,等我把常行解决了,我会补偿你,我会给你最好的生活。小舅舅,你是我唯一在乎的人,我洛羿要的每一样东西,都必须掌握在我手里。"

"你真的疯了,你这个怪物……"温小辉揪紧他的领子,目眦尽裂,"你敢把我带回家?我会忍不住拿刀剁了你,我会杀了你,我真的会杀了你!"

"真有那一刻,我绝对不反抗。"洛羿柔声道,他以额头抵着温小辉的额头,"死亡威胁不了我,我的存在本来就没有任何意义,我靠目标活着,常行是我的第一个目标,你是我的第二个目标,所以如果你想杀我,我会很乐意。"

温小辉狠狠捶击他的肩膀,那一拳满含所有无处发泄的愤怒和憎恨:"洛羿!算我求你了!你放过我!你让我恶心,你真的让我恶心!看在我为你贡献了那么多利用价值,我求你放过我!"他眼中滑出泪珠,整个人都变得歇斯底里。当一只手扼住咽喉,当刀锋贴着皮肉,没有人能泰然自若。

洛羿张了张嘴,唇瓣微颤,温小辉眼中的憎恶刺痛了他的眼睛。他轻轻握住温小辉的手,平静地说:"跟我回去吧。"

他一只手拉着温小辉,一只手拿起他简易的行李,往门外走去。

温小辉用力挣扎起来,洛羿回过头:"如果你不听话,我便不能保证你家人和朋友的安全。"

温小辉厉声道:"你威胁我!"

"我不是威胁你,只是警告你,常行不知道会使出什么手段,你母亲和罗睿都有我的人暗中看着,你如果希望他们安全,就暂时不要见他们。"

温小辉愣怔地看着他。

洛羿将他带出了房间。

温小辉麻木地跟在他身后,半晌,低声说:"洛羿,我恨你。"

洛羿紧抿着唇:"我知道。"

"我这辈子,都不会原谅你。"

洛羿剑眉紧蹙，冰封般的表情有了一丝松动，这一次他没有回答，只是拉着温小辉上了车。

上车之后，他从温小辉兜里掏出手机，拨通了一个电话。

罗睿欢快的声音在静谧的车厢中响起："Baby，我马上就到了，这段不堵了，我预约上那个烤鱼了，接上你……"

"罗睿，我是洛羿。"

温小辉恶狠狠地瞪着洛羿。

电话那头传来急刹车的声音，罗睿大吼道："小辉呢？你要干什么？！"

"我来接他回家，你不用来了。"

"你把小辉怎么样了？你个浑蛋，你让小辉接电话！"

洛羿把手机递给温小辉，用眼神示意他。

温小辉僵硬地接过手机，闭上了眼睛，平静地说："小妈，你不用来了，我在洛羿那儿休息几天，你不用担心我。"

"温小辉，你怎么了？他是不是威胁你？你们之间到底怎么回事？温小辉！"

洛羿将电话挂断了，无限温柔地说："你喜欢吃哪家烤鱼？我带你去好不好？"

温小辉把手机揣回兜里，缩在车门处，转过了头。

洛羿看着他的后脑勺，几次伸出手想去摸摸，最后都缩了回去。

温小辉看着窗外掠过的风景，感觉自己被一团阴云笼罩，隔绝在了整个世界之外。这里又冷又痛，却没有人可以救他，他现在唯一的念想，只有摆脱洛羿，可他能吗？

谁能拯救他……

第七章
毒蛇

——所有人都怕我,你不可以怕我

出院后，洛羿把温小辉带回了别墅。这里曾经是温小辉最喜欢的地方，现在正好相反，是他最厌恶的，因为整栋房子都好像在嘲笑他蠢。

洛羿搂着他的肩膀："我从小在这里长大，只有在你出现以后，对我来说它才算是家。"

温小辉推开他，戒备地说："我什么时候能回去？"

"常行这次申请保释会成功的，他出来之后，有两个可能：第一个可能是找我'私下解决'，因为我手里握着足够让他一辈子出不来的证据；另一个，就是逃走。如果是后者，我会很快就让你回家的。"

"如果是前者呢？"温小辉咬牙道，"难道你要关我一辈子？"

"我要保证你的安全。"

"胡说！"温小辉厉声道，"是你把我牵扯进你们的恩怨，是你把我放在了最不安全的地方，是你把我骗去给常行做人质，你现在装什么好人，真恶心！"

洛羿淡声道："我没有装好人，以前或许装过，但现在没有，我不是好人，但你是我最在乎的人。"

"你最没资格说这句话！"温小辉怒道，"你也配说在乎？你的在乎就是一再欺骗我、利用我，把我送给敌人做人质？洛羿，你是个疯子，你根本就不是人。"

"我也说不清楚那是什么，但我需要你在我身边，我想每时每刻都看到你，我想以后的人生中都有你，哪怕别人跟我瓜分你的时间，我也会受不了。"洛羿的目光竟然诚恳无比。

"我不是你的'玩具'吗？你嘴里还有一句真话吗？"

"那是说给他们听的。"洛羿轻叹一声，"最开始我接触你的时候，只打算用三百万元打发你。可你……为什么要对我那么好？你从来不怀疑我，全心信任我，把我完全当成了家人。也许你觉得我这样的人不可思议，对我来说，你这样的人才不可思议。你太蠢了，蠢到……我如果不看着你，就会不放心。"

温小辉握紧了拳头，真恨不得把洛羿的鼻骨也打碎。对，他是蠢，他毫不怀疑地把姐姐的儿子当作家人，把一个根本没有人类感情的怪物当作家人，他蠢透了！

洛羿握住了他的拳头，轻轻掰开他的手指："我知道你恨我，我以为自己的计划很完美，没想到让你受了伤，我以后再也不会让你涉险了，我会好好补偿你。"

温小辉感到浑身发冷，他很想告诉洛羿，他最大的恨意来自一再地欺骗和利用，而非鼻子，但已经没必要了，无论因为什么，他都无法原谅这个人。他甚至兴不起报复的念头，因为他害怕洛羿，他只想远离。

他想抽回手，却被洛羿紧紧握住了，他别过头，只想尽可能地远离洛羿。

洛羿微微愣怔，小声说："你怕我？"

温小辉哑声道："你在乎吗？"

"不要怕我……"洛羿将头埋进了他的肩颈，"所有人都怕我，你不可以怕我。"

"浑蛋，放我走。"温小辉咬牙切齿。

"我不会放开，你知道装成你的乖外甥有多累吗？你以为的那个洛羿又体贴又温柔，不会有半点不遂你心意，可那不是我。"洛羿的手抚摸着温小辉的脊柱，一寸一寸，用一种充满占有欲的力道，"我要你，你哪里也不能去，这才是我。"

温小辉有种被毒蛇缠身的错觉。恍惚间他还是不敢相信，那个他喜欢的少年，和眼前的人是同一个。

洛羿温柔地说："去洗个澡，我给你做你最喜欢的蛋包饭。"

温小辉推开他，转身跑上了楼。

洛羿的卧室一如记忆中的样子，只是两人之间已经面目全非。温小辉抵着门板，不敢睁开眼睛，因为这里到处是他们的回忆，倚在床前打游戏的、躺在地毯上聊天的、在展柜前研究稀奇古怪的东西的，一幅一幅，全是属于两人的快乐时光。太可怕了，这个地方太可怕了，简直是一刀又一刀地在凌迟他的心。

他快速冲进浴室，洗了个冷水澡，然而发热的大脑却没有冷却半分。他走出浴室，习惯性地打开了衣柜，可悲地发现自己的衣服还安静地挂在柜子里。不只是衣服，他的所有生活用品都能在这里找到，这里充斥着他生活过的痕迹。

他换上衣服，抱膝坐在了床头，想将自己蜷缩在独立的世界里，不受外界的干扰，只有这样，他才能汲取片刻的宁静。

然而，洛羿不会如他愿。

房门被推开了，伴随着脚步声进入卧室的，还有蛋包饭那朴实温暖的香味。

他第一次来这里，洛羿给他做的就是蛋包饭，如今再闻到这个味道，他只觉得充满了讽刺和痛苦。

洛羿把托盘放在床头柜上，自己坐在了床前，摸了摸温小辉的头："鼻子很疼吗？吃点止痛药吧。"

温小辉一动不动，甚至不愿意抬起头来。

"你要怎么样才能消气呢？我把他的手都砍下来好不好？"

温小辉狠狠扇了他一个耳光："滚出去！"他眼眶发热，一股绝望袭上心头，他到底是招惹了怎样一个疯子！

洛羿用那深不见底的黑眸看了温小辉一眼，平静地说："把饭吃了吧。"

"滚……"温小辉颤声道，"滚出去。"

"我想看着你把饭吃完。"洛羿笑了笑。

温小辉把蛋包饭掀翻在了地上，厉声道："我说滚！"

洛羿看着热腾腾的饭洒了一地，嘴唇颤了颤，眼中闪过一丝哀伤，他轻声道："我觉得这是我做得最好吃的一次。"

温小辉咬紧嘴唇，他感到头痛欲裂。

洛羿低着头，沉默了一会儿，说道："小舅舅，你有没有可能原谅我呢？让我做什么都行。"

温小辉将脸深深地埋进膝盖里。

洛羿弯下腰，忍不住抵住了胸口，脸色有些苍白。半晌，他捏着手腕站了起来，离开了房间。

温小辉用力揪起了头发，感觉整个世界都疯了。

也不知道过了多久，洛羿回来了，并端来了一碗面条，他的语气恢复了那种若无其事的平淡："把饭吃了吧，你一天没吃东西了。"

温小辉依然埋着头。

洛羿温言道:"你如果不吃,我就喂你了,我说到做到。"

温小辉咬了咬牙,抬起头来,眼眶红肿。

洛羿把面条递给了他。

温小辉僵硬地接过面碗,机械地吃了起来。空了一天的胃,在接触到食物的瞬间,反馈给大脑的信息是疼痛,可这不算什么,最让他麻木的就是疼痛,他的鼻子、他的大脑、他的心,没有一处不在叫嚣着疼痛。

洛羿盯着他吃了半碗面才松了口气,微笑道:"其实我很想喂你。"

温小辉把碗放在床头柜上,冷冷地看着他。

洛羿拢了拢他半长的头发:"你瘦了这么多,我真想把你喂胖点。"

温小辉打了一下他的手,翻身下了床。

"你去哪儿?"

"睡觉。"

洛羿将他拽了回来:"你就在这儿睡,楼下的房间没打扫。"

"那你滚出去。"

"好,让我看着你睡着。"

温小辉怒目而视,却无可奈何,他挣扎了三秒,还是回了床上,掀开被子钻了进去。

洛羿笑了笑,给温小辉掖好被子,轻轻地抚摸着他的头发。

温小辉浑身僵硬,犹如毒蛇贴面。

"你看你瘦的。"洛羿小声道,"这么单薄了。"

温小辉闭上了眼睛,他想尽量当作身后的人不存在,可空气中充斥着那熟悉的气息,他无法忽视,越发紧张。

洛羿又道:"你离开这里之后,我才知道我有多需要你,你很温暖、很善良、很好,有你在身边,我能体会到活着的乐趣。"

温小辉握紧了拳头,用力闭着眼睛,这时候,也许只有沉默能保护自己。

"有一天,我希望你能再对我笑。"他的语气满含失落与伤感。

清晨的一缕阳光洒在了温小辉的脸上,晒得他的脸颊暖烘烘的,他在半梦半醒中捂住了脸,却不小心碰到了鼻子,疼得他"嗷"地叫了一声,猛地瞪大了眼睛。

入目的房间是那么熟悉，每一个摆件的位置、窗帘的花色在他脑中都有清晰的印象。

这里他很熟悉，这是洛羿的房间。

温小辉坐了起来，愣怔地看着从窗帘缝隙里漏进来的那一束光，有种身在云雾里的错觉。

他晃了晃脑袋，下了床，安静地刷牙洗脸。对着镜子，他看着自己脸上那一大块纱布，想象着纱布后面遮盖着怎样一个鼻子，情绪就跌到了谷底。

洗完脸，他想给工作室打个电话，住院期间已经请了一个星期假了，现在恐怕要请个长假。他翻遍了衣服，手机却不见了，估计是被洛羿收走了。

他下楼去找洛羿。

客厅里赫然坐着两个魁梧的陌生男人，多半是保镖。看到温小辉后，两人站了起来，对他点了点头。

温小辉看着他们，就想起了那个一拳打断他鼻骨的保镖，本能地有些发怵，他匆匆转过脸去："洛羿呢？"

"刚出去，一会儿回来。"其中一人道，"您的早餐在桌子上。"

温小辉看向餐桌，果然，上面摆着三个保温盒。他坐到餐桌前，打开了保温盒，里面盛着用心准备的早餐，从谷物面食到肉类水果，一应俱全，光摆盘都像一件艺术品。两人以前好的时候，洛羿没少做这些东西哄他，有时候他把盒饭带去工作室，能引来小姑娘一串串的尖叫。

曾经多少次啊，他觉得洛羿是世界上最完美的人。

他拿着筷子愣了一会儿，埋头吃了起来。

刚吃完饭，洛羿果然回来了。一看到他把早餐吃得差不多了，洛羿露出好看到耀眼的笑容："小舅舅，好吃吗？我给你订了罗睿店里的甜点，下午送过来。"

温小辉抹了抹嘴："我手机呢？我要给工作室和我妈打电话。"

洛羿"哦"了一声，从兜里掏出手机递给了他。

温小辉接过手机，转身上楼了。

他先给琉星打电话请假，说自己的伤需要休养，幸好现在工作室的运营已经很成熟了，他不在也没关系，琉星痛快地给他放了一个月假。

随后,他又给他妈打电话,他妈在电话里抱怨他乱喝酒、胡闹,赚了钱就不着家。温小辉听着她窝心的责备,莫名地有些想哭。

"那你出差到底什么时候回来呀?"

"可能得下个月,我之前就跟你说了嘛,我们公司开了七家新店,我得跟着老板一家一家过去讲课。结束了我就回去,放心,披星戴月我也要参加你的婚礼呀,不用担心我。"

冯月华哼了一声:"我这边正忙,你也不帮帮我。"

温小辉笑道:"我给你资金支持还不行吗?"

两人聊起婚礼,一聊就是半个多小时,温小辉特别喜欢听他妈畅想未来的生活,那让他也感到很幸福。

挂了电话,温小辉握着发烫的手机,心里突然生出强烈的担忧,常行不会真的对他的家人不利吧?如果常行敢伤害他妈或罗睿,他会跟常行拼命。

想起罗睿,他犹豫了一下,把电话拨了过去。

罗睿很快就接了电话,紧张地说:"喂,小辉。"

温小辉故作轻松地说:"Baby,我没事。"

罗睿深吸一口气:"你在哪儿呢?你为什么不回家?是不是洛羿不让你回去?"

"我有点事,暂时……"

"你别骗我!"罗睿厉声道。

温小辉叹了口气:"罗睿,咱们现在说的每一句话,洛羿都能听到,他很早就监听了我的手机。"

罗睿倒吸一口凉气,半天说不出话来。

"你听我说,你不要担心我,你该吃吃该喝喝,上下班开车注意安全,不要去一些乱七八糟的地方,我过段时间就去找你。"

罗睿突然哽咽道:"小辉,你告诉我,你是不是有危险?洛羿到底是什么人?为什么他那么可怕?你的鼻子到底是怎么弄的?你们到底……到底在干什么呀?"

温小辉鼻子一酸,轻声道:"没你想得那么夸张,具体我也不能说。总之我没事,你不要担心。"

"你没事为什么不回家?一定是他不让你回来。"

"我过段时间就回去了，我保证。"温小辉说出这句话的时候，舌头都有点不利索，他拿什么保证？他甚至无法保证自己能出席亲妈的婚礼。

安慰了罗睿几句，温小辉匆匆挂断了电话。

洛羿推门走了进来，手上端着果盘："打完了？"

温小辉冷冷地说："你也听完了。"

洛羿笑了笑："你不用担心他们，在这个节骨眼儿上，常行多半没有精力去节外生枝。就算有，我也找了人暗中保护他们。"

"我要这么提心吊胆地过到什么时候？"

"不会太久的。"洛羿把果盘放在他面前，"吃点吧。"

"不饿。"

"想把你喂胖点。"洛羿眼中洋溢着温柔的笑意，那年轻的、俊朗的笑容，就像最沁人心脾的微风，谁能想到这副皮囊包裹着的是个恶魔？

温小辉推开洛羿，起身要走，有洛羿在，空气都变得黏稠，让他呼吸困难。

洛羿长臂一伸，将他拽了回来，强迫他坐回了椅子里，微微皱了皱鼻子："好香，是上次咱们一起买的洗发水吧？"

温小辉挺直了身体，与他拉开距离："你要干什么？"

"想这么看着你，感觉你在我身边。"洛羿微微一笑，真的就这么看着温小辉，眼神很温柔。

温小辉愠怒道："你怎么有脸装作什么都没发生一样？"

洛羿的睫毛抖了抖，轻声道："我真的希望什么都没发生。"

温小辉冷笑一声："别装了，你第一次骗我的时候，也这么说过，要是让你重新选一次，你还是会做同样的事。洛羿，从今往后你说的每一句话，我都不会相信。"

洛羿闷声说："我真的希望什么都没发生，我希望我们普通地相遇，普通都开始，没有任何利害关系，我们可以毫无顾忌地信任对方。"

温小辉嗤之以鼻："你少在这儿恶心人了。"说完，他起身要走。

洛羿再次拉住他的手腕："我们聊聊天不好吗？"

"我跟你没什么可聊的。"

温小辉想要甩脱洛羿的手，却怎么都办不到，他厌恶洛羿做的一切，忍不住火气上涌，甩手狠狠给了洛羿一耳光，破口大骂："放开！你让我恶心！"

这一巴掌不仅打散了洛羿的热情，好像也把他打蒙了，他偏着头，半天没回过神来。

温小辉喘着粗气，惊怒地瞪着洛羿。

洛羿缓缓转过了脸来，瞳仁漆黑，像深不见底的井："我真的很想你，你离开这里之后，有好多次我都想把你抓回来，让你只属于我一个人，让你再也不能走出我的视线。我不喜欢任何人类，他们都很低级，充斥着低级的欲望，像低级的蠕虫一样只是活着，可你不一样，在你身边，我能感觉到自己的存在。"

洛羿说这些话的时候，脸上没有一丝表情，既不狂烈，也不急躁，就好像在陈述一件特别严肃的事，用认真的、偏执的眼神看着他，那近乎冷酷的冷静，让温小辉紧张得发抖，他现在唯一还能相信的，大概就是洛羿真的对他有着扭曲的偏执的占有欲。

洛羿低下头："好想回到从前，我后悔了，我愿意一直装下去。"

温小辉额上渗出了冷汗，嘴唇微微颤抖着。洛羿的身体高大强壮，不复从前的少年之姿，光是体形上的差异，已经给了他沉重的压迫感，遑论洛羿这个人带给他的恐怖阴影。他又恨，又怕。

洛羿站起身，细心地整了整他的头发，说："我这几天可能没办法陪你，你有什么需要就跟保镖说，不要自作主张，好吗？"

温小辉推开他，转身冲进了浴室，砰的一声摔上了门。

洛羿看着那扇代表拒绝的门，眼神暗淡了。

接下来的几天，洛羿早出晚归，有时候甚至一整天不回来，这让温小辉多少能松一口气。面对洛羿的每一分每一秒，他都难以畅快地呼吸。

其间，医生来了一次，给他换了药。换药的时候，温小辉终于看了一眼自己的鼻子。脸上其他地方都消肿了，唯有鼻子依然肿成一大块，他的鼻骨没有完全断，但是裂纹很深，明显歪了，要调整过来，后续还要做两到三次手术，可能还要加填充材料。他一直对自己的脸极有自信，哪怕身边的人十个有九个整容，他都没动过念头，没想到有一天他要被迫做手术。

医生给他换了块小点的纱布，整个人看上去正常多了，可他又忍不住对着镜子哭了。

哭累了,他想给罗羿打个电话,刚拿起手机,手机就响了起来,他一看来电显示,竟然是黎朔。

自那次之后,他和黎朔再没有联系。就像他想的那样,黎朔应该是彻底放弃他了,没想到他会再接到黎朔的电话。他对着那个名字愣了几秒,便按掉了。

他还记得洛羿说过的话,他不想把黎朔牵扯进来。

没想到黎朔没有放弃,接二连三地打电话,温小辉干脆将手机调了静音,他不敢接黎朔的电话,他现在的情绪极差,他怕自己忍不住对着黎朔哭诉,那样太荒谬了。

过了一会儿,电话铃声停了,一条短信发了过来。

温小辉打开一看,黎朔问他:你还好吗?需要帮助吗?

温小辉眼眶一热,视线顿时模糊。他犹豫片刻,回了一条信息:黎大哥,我很好,但是我们不要再联系了。

电话再没有响起过。

温小辉脱力地仰躺在床上,想着黎朔总是绅士儒雅的笑容,心里一阵空落落的,脚下的路都是自己走出来的,落到这步田地,真是个笑话。

没过多久,洛羿回来了,一进屋就直奔卧室,看到温小辉好端端地在屋里,似乎松了口气。

温小辉冷冷地看着他,一言不发。

洛羿道:"黎朔给你打电话了,他想干什么?"

"不知道。"

"他怎么这么爱多管闲事?他以为自己是谁?"洛羿目光冰冷,微眯的双眼让人嗅到一丝危险。

"你别打黎朔的主意!"温小辉腾地站了起来,"离他远点。"

洛羿抱胸倚在墙上:"如果他能做到离你远点,我就会离他远点,我非常讨厌他,如果他还不死心,我会让他死心。"

温小辉握紧了拳头:"洛羿,别让我更恨你。"

洛羿微微愣怔,低下了头,扭身离开了房间。

洛羿走了之后,温小辉换了好几口气,这才感觉乱蹦的心脏逐渐平静了下来。他仔细回想了一下刚才的事,黎朔短信的内容颇为奇怪,像是知道了什么。如果黎朔知道了什么，那必然是罗睿说的……

他想来想去都觉得有道理，罗睿是不是担心他出事，所以有点病急乱投医了？他心里一紧，犹豫要不要给罗睿打电话，万一在电话里说了，洛羿不也知道罗睿去找了黎朔了……可是，他都能想到的，洛羿会想不到吗？

他赶紧拨通了罗睿的电话。

罗睿接电话的时候，声音明显有点不自然。

温小辉开门见山地问："你是不是跟黎朔说了什么？"

"啊，也……也没有啊。"罗睿音量低了下去。

温小辉厉声道："你去找黎朔干什么？黎朔跟我有什么关系！"

罗睿委屈地说："我没去找他，是他给我打电话的。"

温小辉愣了愣："他给你打电话说什么了？"

"他问我你最近怎么样。"

"问你？"

"嗯，问我。他说，他看到你之前找他咨询过的一支股票出大事了，所以想问问你有没有什么损失。但是你之前不是关机了几天吗？所以他就问我了，然后我……"

"然后你就说什么了？"

"我……"罗睿小声说，"我没说什么，就说你撞到鼻子了，正在休息。"

"真的？"

"真的呀。"

温小辉心想，也许是罗睿在电话里不敢多说，但他也无法证实。罗睿至少有这个智商，在洛羿窃听的情况下否认，否则他真怕洛羿把罗睿也当作眼中钉。

温小辉叹了口气："总之，我的事不要告诉黎朔，如果他再给你打电话，你就说我过得很好。罗睿，我不能把黎朔牵扯进来，你懂吗？"

罗睿闷闷地"嗯"了一声，难过地说："Baby，我好想你，我什么时候能见到你？"

温小辉的心一下子软了，轻声说："不知道呢。"

"阿姨现在好忙啊，你都不回来看看她吗？"

温小辉把头发搓得蓬乱成一团,眼里满是疲倦:"过几天吧。"

"你在敷衍我吧,洛羿是不是把你关起来了?"

"没有。"

"你为什么不承认?!"

"关起来我还能给你打电话吗?你想太多了,我只是……我们之间有些问题要解决,解决完了我就回去,真的,我没事,你别瞎想了。"

挂了电话,温小辉呆坐了半天才起身下了楼。

洛羿正在打电话,见他下来了,和那边说了几句就放下了手机。

温小辉走了过去,直视着他:"我想回家看看,再这样下去罗睿会以为我被绑架了,我妈也会起疑心的。"

洛羿面无表情地说:"怎么你身边的人一个个都这么爱多管闲事呢?他有那么闲吗?"

温小辉瞪起眼睛:"罗睿就像我亲弟弟,他关心我怎么会是多管闲事?"

洛羿转过脸去,脸色有些阴沉。

温小辉急道:"我到底什么时候能回家?"

洛羿沉默了一下:"我给你半天时间,但你必须跟保镖寸步不离。"

"好。"温小辉一想到自己连人身自由都要得到洛羿的许可,怒气就噌噌噌往脑门上冲,他没好气地说,"那就今天吧。"

洛羿点点头:"你去吧,晚饭之后必须回来。"

温小辉冷冷剜了他一眼,转身上楼换衣服去了。

保镖开着车,带他回了家。

车已经开到了他家单元楼的楼下,保镖看着他上了楼,然后在楼下等他。

他掏出钥匙进了屋,恰巧冯月华在家,一看到他就吓一跳:"哎呀,你怎么突然回来……你鼻子怎么了?"

温小辉摸了摸鼻子,装作若无其事地说:"喝多了摔了,磕了一下,没事儿,几天就好了。"反正鼻子贴着纱布,也看不出来究竟伤得怎么样。

冯月华白了他一眼:"让你不要喝酒不要喝酒,还敢成天嚷着养生,这下好了,要是破了相你就哭去吧。"

温小辉勉强笑了笑:"我再也不敢了。"

"吃饭没有?刚下飞机吗?你行李呢?"

105

"在车上呢，司机在楼下等我，我晚上还得走。"

"去哪儿？"

"还出差。"

冯月华皱起眉："这还没完了？刚回来就要走？"

"嗯哪，忙嘛！忙过这段时间就好了，谁叫你儿子红了呢。"温小辉嬉笑着过去抱住她，撒娇道，"好想妈妈。"拥抱着全世界最亲密的人，温小辉动荡、痛苦了许久的心，终于得到了一丝抚慰。

冯月华笑了："行了行了，别腻歪，想吃点什么？"

"随便做点就行，我就是赶回来看看你，跟你聊聊婚礼的事儿。"

说起婚礼，冯月华的眼睛都亮了起来："现在结婚可真够麻烦的，哪像我和你爸那时候，领个证，吃个饭，拜见父母，就回家过日子去了，现在讲究太多了。场地是 Ian 订的，请帖是我单位的小姑娘帮我在网上买的，今天我去看了衣服，你来帮我挑挑……"

两人边看衣服，边聊婚礼的细节。温小辉看得出来他妈这段时间很累，很需要倾诉，一想到自己在她最需要的时候却不能来帮忙，他就又愧疚又难过。

挑好了衣服，冯月华很高兴地去做饭了，温小辉给罗睿发了条短信，让罗睿晚点关店，他过去见一面。他怕自己再不见罗睿一下，罗睿就要报警了。

吃饭的时候，冯月华聊起了婚礼日期和去美国的时间，都比温小辉想得要早，婚礼定在下个月，之后可能马上就要去美国。

温小辉以前还会觉得有点舍不得，虽然待个一年半载就会回来，可他现在只希望他妈快点出国，一是出于安全考虑，二是……他知道洛珲对他的纠缠不会轻易结束，他不想让她知道这些，他妈帮不了他，反而徒增烦恼。

吃了顿饭，他留下一张银行卡，叮嘱了他妈几句，就走了。

回到车里，他对保镖说："去世贸路。"

保镖从后视镜里看了他一眼："老板说吃完饭就送你回去。"

"他说吃完饭回去，没说吃完饭多久，去世贸路。"

保镖拿出电话，想打给洛珲。

温小辉抓住了他的手腕："这里过去也就二十分钟，我就待十分钟，你要是打电话,我现在就跑,耽搁无关紧要的三十分钟和额外增加工作量,你想要哪个?万一我磕着碰着了,你怎么跟你老板交代?"

保镖叹了口气,犹豫片刻,无奈地放下了手机,发动了车。

晚间不堵车,很快就到了,罗睿的店已经打烊了,但里面还有灯光,是罗睿在等他。

他推门进去,直奔办公室:"罗睿。"

办公室的门被推开了,罗睿看到他,一双小鹿般的眼睛瞪得溜圆,猛地抱住了他。

温小辉哭笑不得,摸着他的小鬈毛安慰道:"我没事我没事,乖了,我这不是好好的?"

罗睿哽咽道:"小辉,你好像走到跟我完全不同的世界去了,怎么会变成这样的?"

温小辉鼻头一酸,也有点想哭,他刚想多安慰罗睿几句,突然发现办公室里还有人,看清那人时,他愣住了。

黎朔?

温小辉一把抓着罗睿的肩膀,怒道:"是你把他叫来的?"

罗睿咬了咬嘴唇,大声道:"对,我不能看着你被洛羿伤害却什么都不做吧!"

"你蠢啊你!"温小辉气得一把推开他,"你以为你什么都知道,你知道什么!谁让你自作主张的?谁让你多管闲事的?"

罗睿单薄的胸膛剧烈起伏着,眼泪唰唰地掉了下来:"我……多管闲事?我……我只是担心你……你变得我都不认识了……你把我的小辉弄哪里去了?"

温小辉一口气提了上来,差点咽不下去,看着罗睿哭得皱成一团的小脸,指责的话再也说不出口了。他握紧了拳头,狠狠地看着黎朔,不知道该说什么。

黎朔走了过来,温和地递给罗睿纸巾:"好了,别哭了。"他随手带上了门。

罗睿接过纸巾,捂住了脸,小声呜咽着。

温小辉低下了头,沉声道:"黎大哥,很抱歉给你添麻烦了,这么晚了,你回去吧。"

107

"我找人调查了常红集团董事长，洛羿是他的私生子，你是常行一个情妇的没有血缘关系的弟弟，对吧？"黎朔直勾勾地盯着他。

温小辉吃了一惊，脸色有些苍白。

"常红集团的股票被围剿，这支股票在短短两个月内翻了十六倍，然后在一个高位被套走了近百亿元资金，如今差点跌破发行价，数千股民被套牢了，损失惨重。同一时间公司和老板的很多负面新闻出来，常行因为涉嫌做假账、偷漏税、非法集资、行贿、违反证券交易条规等多项罪名正在被调查。有人说，用这种方式套现的幕后黑手正是他自己，因为常红负债累累，多处资产被法院查封，已经到了破产边缘，他想大捞一笔跑路。"黎朔不疾不徐地说着，脸上虽然没什么表情，但目光犀利明亮，他深深地看着温小辉，"但现在看来，这里面有洛羿的身影，他们父子关系一定很差吧？"

温小辉咬了咬嘴唇："黎大哥，这些事本来跟你没有关系，你就别蹚这浑水了。"

"看到你这样，我有点心疼。"黎朔的目光落到了温小辉的鼻子上，"确实跟我没什么关系，但是我既然已经知道了，让我坐视不管，我做不到。"

温小辉眼眶一热："黎大哥，我不值得你这样做，你别管了好吗？"

黎朔抱胸看着他："你愿意像现在这样吗？被洛羿监听电话，控制人身自由，被欺骗、受伤，你愿意过这种日子？"

温小辉闭上了眼睛。谁想过这种日子？可他能怎么办？洛羿是个疯子，他一个人受着就算了，怎么能把他在乎的人再牵扯进来？

罗睿抹掉眼泪："我眼看着你跟洛羿认识后，那个没心没肺、开朗乐观的温小辉变成现在这副愁眉不展的样子。我真的受不了，凭什么你要让他把你变成这样？你让黎大哥帮帮你吧，洛羿那么可怕，你一个人要怎么摆脱他？"

温小辉眼眶发酸，视线模糊了："你们……帮不了我。"

"你没试过，怎么知道我帮不了你？"黎朔走了过来，轻轻摸了摸他的脸，"小辉，我珍惜你这个朋友，跟罗睿一样，我不想看到你变成这样，变得这么陌生，这么……悲惨，让我帮你吧。"

温小辉哽咽道："你们不懂，洛羿是个疯子，是个怪物，他很危险，他非常……危险。"

黎朔笑了笑:"我不会怕一个毛头小子的,当然,我也不会轻敌。其实,我很早就开始计划离开京城了,我跟我的合伙人在公事上产生了一些矛盾,准备拆伙,正好我找到了新的合伙人,在S市。我决定过去了,你愿不愿意跟我一起去?"

温小辉眨了眨眼睛:"挺远的。"

"正是因为远,洛羿才不容易找到你。"

"可是……我怎么走,他的保镖一直看着我?"

"这个我会想办法,你把地址告诉我。"

温小辉犹豫着,他真的不想把外人牵扯进来,如果罗睿和黎朔因此遭遇不好的事,他一辈子都无法原谅自己。

黎朔温和地说:"小辉,相信我,这是你最后自救的机会了。"

温小辉咬紧牙关,把洛羿家的地址告诉了黎朔。

黎朔摸了摸他的头:"别怕,你会离开那个怪物的。"

温小辉点点头,又使劲摇头:"不行,我妈怎么办?我家在这里!"

"阿姨那里交给我。"罗睿说,"她马上就要去美国了,怎么也要有一段时间见不到你,我会亲自跟她解释,等你稳定了,我再设法帮你们联系上。"

"可是……"

罗睿抓住温小辉的手:"我也舍不得你走,可是你不能再这么下去了。洛羿太可怕了,他看着我的眼神,就好像……就好像会吃人,他会把你身边所有人都赶走,让你孤立无援。到时候你就真的完蛋了,难道你要跟这样的疯子纠缠一辈子吗?"

温小辉深吸一口气,用力摇了摇头。

罗睿一把抱住了他:"Baby,我会想你的,我会想办法去看你的。"

温小辉闭上了眼睛,心脏不安地跳动着。

保镖在外面敲玻璃门,温小辉依依不舍地松开了罗睿,不放心地叮嘱道:"你们不要勉强,这是我自己的事,我自认倒霉……"

"别说了,这不只是你自己的事。"罗睿揉了揉眼睛,"回去吧,保护好自己。"

温小辉看了两人一眼,推门走了。

回到了车上，温小辉抹掉了眼泪，脑子一团乱。他降下车窗，任凭夜风呼呼地吹着他的脸，他的大脑逐渐降温，他后悔了，他真的把罗睿和黎朔牵扯进来了，他怎么能这样做呢？洛羿是多么危险的一个疯子，罗睿和黎朔会不会被洛羿报复？答案几乎是肯定的。如果他们出事了，就算他身体自由了，他的心也会被内疚的大石头压一辈子！

温小辉用力抱住了脑袋，感觉自己的头要炸裂了。就在头疼得死去活来的时候，他的脑海中突然蹦出来一个人——邵群。

现在回想起来，邵群会不会是知道什么，而且知道得远比他以为的多。那个时候邵群急着想让他去法国，也许是为了……让他避风头？

他不敢确定邵群会是那么有良心的一个人，但确实有这个可能。说不定邵群可以帮他，以邵群的背景，不会害怕洛羿吧？要是邵群肯帮他，罗睿和黎朔也许就不用出头了。

可是，他和邵群非亲非故，邵群凭什么帮他？如果那次去法国进修的机会，是邵群出于对员工的仁慈，那么邵群对他也算仁至义尽了，而他却愚蠢地拒绝了……

现在想想，邵群那句"你可不要后悔"真是意味深长啊。

他用力揪着头发，虽然觉得希望渺茫，但他还是想试一试……

✵
第八章
逃离

——我说过很多谎，但我对你是真的

回到别墅，洛羿亲自开门迎接他。

温小辉看也没看他，径自走了进去。

洛羿道："你去看罗睿了？"

温小辉"嗯"了一声，他并不意外，保镖决不会为他隐瞒的。

"这回他放心了吗？"

温小辉嘲弄道："怎么放心？"

"我并没有限制你的自由，我只是为了保护你。"

"你要保护到什么时候？虽然我不懂法律，可是我也知道打官司耗时好几年是常见的事儿，尤其是这么大的经济案，说不定取证就要一年半载的。"温小辉扭头瞪着他，"难道我要一直待在这里，不能外出，不能上班，不能回家，连见我妈一面都得跟你汇报？"

洛羿安抚道："等你的伤好得差不多了，我会送你去上班的，只要有保镖跟着就行，这样不好吗？你在这里，跟我一起在我们的家里，一切还像以前一样，有什么不好呢？"

温小辉躲开他伸过来的双臂："任何事都不可能像以前一样，以前我认识的洛羿，已经死了。"

温小辉上楼洗了澡，拿出刚从家里带来的笔记本，开始写辞职信。

当他意识到自己可能要离开这里的时候，他以为在他心目中重之又重的工作，比起亲人、朋友、家乡，反而是最容易割舍的。

然而，当他写了个开头，在写到自己辞职的原因时，他又突然感到一阵深深的不舍。

想起几年前的自己，因为通过了聚星的面试而兴奋得一晚上睡不着，做着月薪一千五百元的实习生，依然觉得很自豪，每天勤恳地学习，感觉自己越来越牛。后来慢慢地成为正式员工，又因为 Raven 的离开、聚星的分家而获得了进修、升职的机会。直到今天，他不仅是聚星的骨干之一，也成了国内小有名气的彩妆师、造型师，拥有一个粉丝二十万的自媒体账号和自己的网站、书，有源源不断的活儿和各种邀约，前途大好。

而现在，如果他想摆脱洛羿，他就要全部放弃。

他勉强敲完几个字之后，靠在床头，闭上了眼睛。

真的要放弃一切吗？所有的成就、积累、关注、光环，都会化作乌有……可是，他还有什么选择？难道他要一直被洛羿禁锢，过这种乱七八糟的日子？

至少他还有洛羿给他的大笔"抚养费"，生活上应该没有问题。也许等过了几年，洛羿就把他忘了，他可以回到自己喜欢的地方，过想过的生活。

他叹了口气，重新睁开了眼睛，继续写辞职信。

写到一半，洛羿上楼了，眉宇间带着疲惫。

温小辉不经意地抬头，似乎才意识到洛羿穿的是西装。不知何时，洛羿看上去已经如此成熟了，尽管他才十九岁，却有着成熟男人的身体和稳重沉静的气质。当他不说话的时候，甚至带着一种近乎冷酷的严谨，一个眼神、一个动作，都给人以难言的压力。

是他以前瞎了，还是洛羿演技太好，他怎么会把一头小狼崽子，看作一只温暖的羔羊？

洛羿看着他的电脑："干什么呢？"

"上网。"温小辉合上了笔记本盖子，放在了一边。

"是不是很无聊？我陪你玩游戏好不好？"洛羿露出俊朗的笑容。

"我要睡了。"温小辉掀开被子钻了进去。

洛羿走了过来，一手按着床垫，俯下身来，在温小辉耳边轻声说了声："晚安。"

温小辉闭上眼睛，一动不动。

直到洛羿进了浴室，温小辉突然睁开了眼睛，翻身下了床，走到桌前，看到了洛羿的手机。

他想给邵群打电话，但他的手机被监听了，唯一的联络方式，只剩下洛羿的手机了。

他听着浴室里传来了水声，壮着胆子打开了洛羿的手机，输入了他默背了很多遍的邵群的号码。

当他输到第五位数的时候，通讯录的智能系统自动显示了一串匹配的号码，正是邵群的！

温小辉心里猛地一冷，手机差点脱手掉落。

通讯录里邵群的号码显示的名字是邵总……洛羿为什么会有邵群的

号码?

温小辉努力告诉自己要冷静,他仔细把所有事回想了一遍。

邵群对洛羿和常行的事似乎知道很多,但不愿意说。邵群曾经多次警告他,邵群甚至想让他去法国……如今在洛羿的手机里发现了邵群的号码,这证明两人早有联系,而且邵群对洛羿和常行之间的恩怨,恐怕不仅仅只是知道而已。也许,洛羿捆绑起来围剿常红股票的资金,其中就有邵群的一笔……

温小辉越想越觉得有这种可能,邵群这种无利不起早的人,怎么会特地去打听别人家的恩怨?他恐怕是从头到尾对整件事都知之甚多,所以良心发现,不希望温小辉卷进去,才一再警告以及让温小辉离开,只可惜温小辉没听。

温小辉紧捏着手机,不知道该不该打这个电话。

如果邵群和洛羿是一伙的,怎么可能会帮他?可是,邵群确实曾经想帮他,也许他有一线希望。

他挣扎了半天,按下了通话键。

电话响了两声,接通了,邵群低沉的声音从那头传来:"你怎么拿这个号码联系我?"

温小辉咽了咽口水:"邵公子,我是温小辉。"

电话那头的人沉默了一下,邵群恶狠狠地说:"你找死是不是?洛羿知道吗?"

"不知道。"温小辉的语气带了一丝哭腔,"邵公子,我知道我没脸说这话,咱们根本谈不上有交情,可是……"

"你知道就好,我给过你机会,你不要,不要再给我打电话。"

"邵公子!"温小辉低声喊道,"您可不可以帮帮我?"

"我凭什么帮你?"

"我不知道。"

"你脑子有病是不是?"

温小辉哽咽道:"我不知道还能找谁,我想离开京城,想离开洛羿,但他把我软禁起来了。我不知道谁能帮我,所以……我想试试。"

邵群冷笑一声:"给我一个帮你的理由。"

温小辉顿了半天:"我是您的员工。"

"过几天签完合同,聚星的股份我就转让了,你不再是我的员工。"

"那……您当初说要带我去沿海一带,现在还算数吗?"

"不算。"邵群冷酷地挂了电话。

温小辉深吸了一口气,用力抹掉了眼泪,其实这样的结果他早就预料到了,只是还是失望。他确实找不出任何理由让邵群帮他,两人非亲非故,没什么瓜葛,邵群又不是心慈面善的人,怎么可能为了他惹不必要的麻烦?

他只是抱着一点点希望,如今那一点点希望也破灭了,难道他真的要让罗睿和黎朔为了他涉险吗?即便他获得自由了,万一他们俩有什么闪失,他如何能安心?

浴室里的水声停止了,温小辉吓得心脏漏跳了一拍,赶紧把和邵群的通话记录删除了,把手机放回了原位,回床上躺着。

过了一会儿,洛羿出来了。

温小辉偷偷睁开一点眼缝,但决定继续装睡。

很快,他感觉床垫下陷,洛羿坐在了床上,用轻柔的声音说:"我们现在隔着这么近的距离,我却感觉离你好远。"

温小辉心里有些堵得慌,如果耳朵也能关上该多好。

"小舅舅。"洛羿小声说,"要怎么样,你才愿意原谅我呢?"

温小辉默默翻过了身去。

黑暗中,洛羿勉强能辨认出温小辉,仅仅是一个背影,就能让他平静下来。只是离得这么近,心却那么远……

这个事实让洛羿感到窒息。

后悔吗?他曾这样问过自己很多次,在温小辉毫不犹豫地签下遗产转让合同的时候,在温小辉第一次知道自己骗了他的时候,在温小辉为了帮他而愿意去找常行的时候,他都问过自己后悔吗。

他是不允许自己有"后悔"这种多余而没有用处的情绪的,他所走的每一步都在计划之中,他所做的每一件事都毫无偏差地指向他的目的地。他为了扳倒常行准备了好几年,没有人能阻挡他要做的事。他以为他的计划完美无缺,可他从来没想过,会出现一个最大的、难以控制的变数,那就是温小辉。

他说不清自己用了多少时间和精力去控制这个随时可能失控的因

素，他克服了所有可能导致他失败的原因——包括温小辉，所以，后悔吗？不，他不能后悔，不会后悔，不敢后悔，常行一定要在他面前消失。而温小辉，这个最大的变数，最大的弱点，这个全世界绝无仅有的人，必须被他掌控在手里，他不能让温小辉离开他，就像他不能开车不握方向盘。

温小辉反复改了几版，终于把辞职信写完了。

写完之后，他手抄了一份，打算有机会的时候，直接或者转交给琉星。

他知道他这样贸然辞职，琉星肯定会气死，这种不负责任的背弃行为，真不是他愿意干出来的。

洛羿依然每天早出晚归，有时候大中午跑回来，只为了亲手给他做一顿饭。不得不承认，当洛羿想要扮演一个完美的好人时，他就可以是一个完美的好人，为了哄温小辉吃一顿饭，他的声音和神态温柔得好像能滴出水来，连保镖都看得眼睛发直，可正是同一个人，能冷酷地将在乎的人送给敌人做人质。

温小辉有时候被洛羿搞糊涂了。恍惚之间，他会觉得洛羿的身体里住着两个人。当洛羿又一次端着甜点要喂他的时候，他忍不住了，看着洛羿说："你是不是有双重人格？"

洛羿愣了愣，笑道："不是。"

"成天演戏不累吗？"

洛羿笑看着他："大概是习惯了，我觉得这样对你是理所当然的。"

"收起你的理所当然吧，理所当然这样对我的洛羿，对我来说跟你不是一个人，他在我心里死了，或者从来没存在过。"温小辉站了起来，冷冷地说，"你这样让我害怕，如果我还有什么利用价值，你不妨直说，能办的我一定办，总比最后一个知道真相的好。"

洛羿脸上的笑容慢慢褪去，他淡声道："我不会再骗你了。"

温小辉冷笑一声，满脸嘲讽地看着他："如果真的是这样，那么就是我没有利用价值了，对吧？我真高兴啊。"

洛羿胸口一阵闷痛，温小辉那敌视的眼神像刀一样扎了进来，他闭了闭眼睛："对，你已经没有利用价值了，可我还有很多东西想从你那里得到。"

温小辉脸上的肌肉有些扭曲,看着洛羿的目光充满了愤恨。

"很多东西……"洛羿深深看着温小辉,"你的笑,你的关怀,你以后的时间,我全都想要。不,不只是想要,我志在必得,决不会让给任何人。"

"洛羿,你真的以为在你那么对我之后,我还会和你和好如初?我看起来像那么傻吗?有本事你就拿条链子拴我一辈子,不然我早晚要离开,早晚要去过没有你的人生,我会认识新的人,我会结婚生子,过没有你的人生!"

洛羿脸色一变,眼神中一闪而过的狰狞之色把温小辉吓得心脏几乎停跳。洛羿身体欺近温小辉,轻轻地说:"如果你一年不能原谅我,我们会有两年、三年、五年、十年,总有一天我会让你重新接纳我,但是别的念头,你最好想都别想。"

温小辉瞪直了眼睛,难以置信地看着洛羿。

洛羿勾唇一笑:"你以为我随口说说吗?我是认真的。"

温小辉恶狠狠地说:"你这个疯子!"

洛羿笑了笑:"吃甜点吗?"

温小辉感到一股寒意侵袭了他身体的每一个细胞,他已经不知道该如何形容他对洛羿的愤恨与恐惧,他觉得自己被一只无形的手扼住了,这只手让他窒息,让他无处可逃。洛羿带给他的一切,都让他终身难忘。

这样做不了主也望不到尽头的日子,转眼就过了一个月。

温小辉每天都在和洛羿周旋,越来越感到疲倦。这期间,他和罗睿以及他妈都保持着联络。罗睿只字不提那天在他店里发生的事,电话里说的都是不痛不痒的话题,就好像什么都没发生过。直到他妈婚礼前夕,他和罗睿通话时,罗睿让他"把需要的东西都带上",而且强调了两遍。外人听来,似乎是带上他妈婚礼上所需要的东西,可温小辉敏感地觉得罗睿是在提醒他带上自己的东西,他们是打算在婚礼上帮他离开?

挂了电话后,温小辉辗转反侧了一晚上无法入睡。

洛羿当然同意他去参加他妈的婚礼,可一想到即将迎来的可能的暴风雨,温小辉就感到阵阵心悸。

婚礼前几天,温小辉对洛羿说,他要去取钱。

"取钱做什么?"洛羿打开一个28英寸的行李箱,高兴地说,"我今天去给你买了好多衣服,你来试试。"

温小辉瞄了一眼,洛羿虽然自己从不热衷于打扮,但品位不错,把自己对极简风格的喜好也发挥到了给他买衣服上。所以洛羿的衣服里,风格浮夸或时尚的都是他买的,优雅简约追求品质和剪裁的都是洛羿买的。

"我妈结婚,我总不能空手去。"温小辉说。

洛羿拿起一件衬衫,在温小辉身上比画了一下,期待地说:"试试吧。"

温小辉接过衣服:"我想以我妈的名义存一笔钱。"

"可以啊,你要存多少?"

"很多。"

"一会儿我让宋奇打电话跟银行预约,明天他会带你去。"

"好。"温小辉这才拿上衣服去换。他辞职之后,需要一笔钱支撑他过一段时间。当初他对洛羿给他的钱嗤之以鼻,现在看来,人果然要向现实低头,如果没有那笔钱,要他放弃一切就这么走了,会需要比现在多好几倍的勇气。不过他得确保他取钱的时候,不会被追踪,所以他要把钱从自己的账户里提出来,一部分留给他妈,一部分存进罗睿的卡里。

换上一身HUGO BOSS的当季新款西装,温小辉拢了拢半长的头发,呆呆凝视着镜中的自己。他依旧苍白消瘦,腰肢纤细,裤管绷直,延展开来的两条腿又直又长。他鼻子上的纱布已经拆了,鼻梁依旧有些青肿,一道红痕横跨鼻骨,尽管跟他精致的脸有一丝"违和",但又奇异地看起来楚楚可怜。

洛羿走了进来,在立身镜中和温小辉四目相接。

温小辉垂下了眼帘。

洛羿真诚地夸赞道:"真不错。"

温小辉毫无反应。

洛羿笑了笑:"你还记得我送你的第一件衬衫吗?你的笑容我到现在还记得,只是一件衣服就能让你那样对我笑,对我来说,这就是时装的意义了。"

温小辉冷淡地说:"很多人小时候喜欢给洋娃娃打扮,长大了喜欢给宠物买衣服,道理是一样的。毕竟,我是你最喜欢的玩具。"洛羿的形容非常精准,他就是一个玩具,是洛羿最喜欢、最趁手、不能跟任何人分享的玩具。

但也只是玩具。

洛羿脸色顿时变了,他喃喃道:"那句话,不是我的本意,你胜过我拥有的一切。"

温小辉面无表情地看了他一眼,不为所动。

"我现在要给你什么,你才会对我笑?"洛羿又问道。

温小辉没有回答,无论洛羿给他什么,在他眼里都是毒苹果,他收下已经是迫不得已,又怎么会有半分喜悦?

第二天,洛羿雇的保镖宋奇带温小辉去了银行。

经理把温小辉带进了贵宾室,态度毕恭毕敬,估计心里在嘀咕这是何方贵公子,年纪轻轻这么有钱。

温小辉把他所有的积蓄分成了四部分,大头汇入了一张他用他妈的身份证办的卡里,这张卡是他妈给他的,卡和存折都在他手里,汇入大笔资金他妈也不会知道;他自己这几年赚的钱,有小一百万,他凑了个整汇入了他妈现在用的账户;另外一部分,则汇到罗睿的账上,罗睿应该能想到换成现金给他。

最后,他提了一部分现金,去商场买了最轻最值钱的东西:钻石。

温小辉见保镖在旁边看着,便淡淡扫了他一眼,说:"我送我妈不行吗?"

宋奇一言不发,只是点点头。

晚上回到家,温小辉提着大包小包,洛羿正在准备晚饭,看到温小辉的战利品,笑着说:"买得高兴吗?"

温小辉点点头。

洛羿拿起茶几上的一个礼盒,递给了温小辉:"拆开看看。"

温小辉疑惑地接了过来,拆开丝带,打开了那个绒布盒。里面躺着一套玻璃种翡翠首饰,项链、耳环、手镯、戒指,一整套的颜色几乎无差,质地纯净剔透,水头极好,散发着翠绿莹润的光泽。

温小辉看呆了,他对玉只是略知一二,但也看得出这套首饰极其珍贵。这四件套的任何一件单挑出来,少说也值七位数,而能凑齐一整套颜色、净度、水头都相差极小的，简直堪称极品。这已经不仅仅是奢侈品的范畴了，完全可以做传世珍宝。

洛羿笑着看他："一千二百万元从一个古董商那里买的，送给阿姨。"

温小辉吓得手抖了抖，把盒子放了回去："我妈会吓到的，你自己留着吧。"

"我留着做什么，就是专门送给她的。"

"这么贵的首饰我怎么解释？"

洛羿坦然道："不需要解释，实话实说，是我送的。"

温小辉瞪起眼睛："你……"

洛羿抢先道："是时候让阿姨接触我了。"

"不可能！"温小辉厉声道，"你想气死我妈吗？"

"她早晚要知道，也许早点知道会更好一些，她可以有足够的时间接受。"洛羿的语气很温和，态度却非常强硬，"我们有很长很长的时间要一起走下去，我不可能一直躲起来，所以，要么你亲手送给她，附上我的贺卡，要么我会亲自去参加她的婚礼。"

"你敢！"

洛羿笑着摇摇头："没有什么是我不敢的。"

温小辉气得浑身发抖，他拿起首饰盒，塞进了购物袋里，讽刺道："多谢洛老板，真可惜你当初没这么有钱，不然也不至于浪费三年时间来骗我了。"

洛羿脸色微沉，闷声道："钱对我来说只是一种工具，我对物质生活的要求并不高。等一切结束了，我可以把所有东西都给你，我是骗过你，但我不相信还有谁会比我对你更好。"

"你对我的好，就是把我送去当人质，这一点确实无人能及。"温小辉提上东西，转身上楼。

洛羿深深看着温小辉的背影，眼中满是隐痛。

婚礼当日，温小辉起了个大早收拾自己。他堕落了很长一段时间，每天不修边幅地在洛羿面前晃悠，都快要不认识自己了。从前的他三天不修眉毛都受不了，去超市买个菜都要做好发型。可是在洛羿这里的这一个多月，他怀着一种抵触心理，故意把自己弄得邋邋遢遢，又因为鼻子受伤,洗脸都要用擦的,已经很久没做保养,他今天一定要把自己弄得体面一点。

他给自己修了一下发型,虽然打了好几层遮瑕,依然遮不住鼻子的异样,可整体看上去好多了。

他忙活的时候,洛羿就在一旁不错眼地看着,似乎看着就是一种享受。

温小辉开始想假装视若无睹,可洛羿的存在感太强烈了,他实在忍不住了,从镜子里瞪着洛羿:"你这么闲吗?"

"不是很忙,想看看你。"洛羿淡笑着说,"你的鼻子好了很多,再过一段时间可以进行修复了。"

提起鼻子,温小辉一阵心烦,希望今天能瞒过他妈。

洛羿似乎看穿了他的想法:"放心吧,现在不是很明显,等矫正好鼻骨,就会慢慢消肿,以后就看不出来了。"

温小辉冷哼一声。

洛羿的神情突然有几分黯然:"对不起,我知道你最在乎脸。"

温小辉一言不发,整了整头发,越过他走出了浴室。

"小舅舅。"洛羿叫住他。

温小辉顿住脚步,但没有回头。

"在家里住两天之后就要回来,我等你。"洛羿看着温小辉的背影,瞳仁漆黑,让人看不透其中的情绪。

温小辉心脏有些发紧,因为他猛然之间意识到,如果他从这次婚礼上离开,那么这就是他最后一次见到洛羿了。

一想到这个,他就觉得心脏收缩,一阵剧痛毫无预兆地袭来,他整张脸顿时白了。

最后一次见到洛羿……

他似乎从来没有想过这一点,尽管他应该和洛羿永不相见,可也许他从来没有想过,永不相见意味着什么。

他慢慢地转过了身,看着洛羿。

仔细看看吧,他不知道自己该努力忘记,还是该牢牢地记住这张脸。毕竟是他真心对待过也恨过的人,一次就耗光了他所有的精力,所以必然是终身难忘的,就冲这一点,他也该认真地看这一眼。尽管心口剧痛,双目发胀,痛到难以呼吸,也要不遗余力地看清楚。

洛羿倚靠在门上，露出温柔的笑容。

对这个笑容，温小辉熟悉不已，因为自己曾真心待过一个有着这样温柔笑容的少年，对他好得仿佛要把他捧上天。如果这个笑容能表里如一，那该有多好！从天堂到地狱，也不过是转瞬的事，没有人比他更清楚跌落悬崖的滋味。

他咬了咬嘴唇，声音有些轻颤："我走了。"他握紧了拳头，转身离开了。

带上给他妈买的所有东西，温小辉坐上车，从后视镜里看着远去的别墅，心脏一抽一抽地疼，眼眶渐渐湿了。他不该为离开洛羿而感到难过，他难过的是，自己毫无保留地付出却被残忍践踏过的真心。

他赶到家的时候，才早上七点，他妈正在化妆，一见他进屋就埋怨道："就不能提前一天回来呀，不孝子。"

温小辉马上告饶："我错了、我错了，老板太抠门，刚刚放人。"

"对了，你给我汇那么多钱干什么？"

"孝敬我妈还要理由呀？"温小辉亲了她一口，"给我女神准备的嫁妆之一。"

冯月华笑着白了他一眼，大喜的日子，她嘴角一直挂着笑，什么都影响不了她的好心情："哎，这是谁呀？"她看着温小辉背后的宋奇。

"我助理，来帮忙的。"

"阿姨您好。"宋奇换了一身休闲装，跟普通的年轻人无异。

冯月华点了点头，客气地说："随便坐。"

罗睿拎着气球走了进来，一见到温小辉，立刻放下手里的东西，要把他拽进屋里。

宋奇上前一步，温小辉瞪着他："你在客厅等着。"

宋奇只好退了回去。

两人进了温小辉的卧室，罗睿一把锁上了门，紧张地说："你的证件都带上了吧？"

"都在家里。"温小辉打开抽屉，拿出了证件。

罗睿咽了咽口水："外面那个是不是上次的司机？"

"对，是洛羿派来看着我的。"温小辉也很紧张，"罗睿，你们怎么安排的？我不能让洛羿知道是你们帮了我，我怕他会报复你们。如果有这个风险,我宁愿不走。"

"不会,黎大哥已经安排好了。你所有的票、酒店,都是我用你的支付软件买的,但是你不坐飞机,黎大哥给你准备了车送你走,洛羿查不到的。"罗睿咽了咽口水,因为没做过这样的事,他明显也很担忧,"我把你汇给我的钱都取出来了,黎大哥比我考虑得周到,带着那么多现金不安全,他兑换成了一种旅游支票,不需要身份证明,只要密码就可以领取。那边的房子他也给你找好了,总之,一切都安排好了。"

温小辉隐隐有些担心,总觉得事情不会那么顺利:"我还是不放心,你不知道洛羿有多可怕,而且,那个保镖……"

"保镖我来想办法。"性格一向软弱的罗睿此时却非常果敢坚决,"小辉,我不相信洛羿光天化日能对我做什么。而且,如果他真的像他说得那么在乎你,他不会把我怎么样的。至于黎大哥,他也会离开京城,远离洛羿这个疯子。"

温小辉看着他毫不迟疑的双眸,感动得鼻头发酸,他哑声道:"谢谢你们。"

罗睿摸着他的脸,笑着说:"跟我客气什么!"

温小辉抱住了罗睿,罗睿单薄却温暖的身体给了他莫大的安慰。

婚礼进行得很顺利,温小辉眼看着他妈穿着漂亮的婚纱走向得来不易的幸福,心里又酸又甜,长久以来背负的某种东西终于能放下了。他一直害怕自己不够男人、不够爷们儿,不能给他妈足够的安全感,所以他妈必须泼辣、强悍。自从和Ian在一起后,他妈的性格柔软了很多,他觉得自己可以放心地离开了。

婚礼结束后,他按计划陪他妈待了两天。只是洛羿送的那套翡翠,他没敢拿出来,虽然洛羿每天都会打电话、发短信,好像生怕他丢了一样。

到了第三天,宋奇提醒他该回去了。

他推托说要先和罗睿出去吃顿饭。

两人坐着宋奇的车去了商场,吃饭的时候,他和罗睿坐一桌,宋奇坐在旁边一桌。

吃到一半,罗睿给温小辉递了个眼神,温小辉心脏猛颤了一下,咬住了嘴唇。

罗睿起身去上厕所。

过了几分钟,餐厅门口突然传来了争吵声,温小辉往门口看去,是罗睿跟人吵起来了。

餐厅门口坐满了等位的人,一时之间餐厅内外所有人的注意力都被争吵吸引了,服务员赶紧上去劝架。

可是两方根本不听劝,推搡了起来。

温小辉立刻紧张地说:"宋奇,咱们快去看看!"

两人一起走了过去。

罗睿和人吵得面红耳赤,眼看好像要打起来了,宋奇只好过去拦着,围观的人越来越多,餐厅门口一片混乱。

温小辉趁着宋奇无暇分身,悄无声息地在人群的遮挡下跑了。他走的是安全通道,当他快速跑下楼时,他的心脏跳得极快,他知道楼下应该有车在等着他,如果顺利的话,他今天晚上就能离开京城……

跑下楼,一辆黑色的商务车打着双闪停在街道旁,温小辉毫不犹豫地跑过去,拉开车门想也没想就钻进了后座。

还没等他完整地喘上一口气,就被后座上的人吓得心脏瞬间吊了起来。

洛羿!

稳稳地靠坐在车门上,一脸阴冷地看着他的人,正是洛羿。那双眼睛在昏暗的光线中如饿狼一般毒辣而森冷,仿佛酝酿着血腥的风暴。

温小辉的大脑还没开始思考,身体已经本能地要逃,他刚要去开车门,洛羿高大的身体已经覆了上来,一把扯住了他的手——用要把他的手腕捏碎的力道!

温小辉疼得闷叫了一声,额上立刻冒出了冷汗,此时任何语言都是多余的,他只想逃,逃开这个让他深深恐惧的人!

司机一言不发地打开车门,下了车。

温小辉额上青筋暴凸,脸上细汗直流,他强忍着不想叫疼,可青白的脸色已经藏也藏不住,他终于怒吼道:"你放开我!"

洛羿寒声道:"还跑吗?"

"难道我要被你这个神经病困一辈子?"温小辉奋力挣扎了起来。

车厢被改造过,空间很大,两人撕扯之间,直接滚到了地毯上,洛羿跪坐在温小辉腿上,一双手抓住他两只手腕,按在了头顶。温小辉终于动弹不得,只能惊惧地瞪着他。

洛羿深吸一口气，瞳仁漆黑不见底，带着一种山雨欲来的气势，慢慢低下头，逼近了温小辉："你还是这么蠢，这一点从来没变过，你以为凭你们那些拙劣的手段，可以从我手里溜走？"

温小辉咬牙道："你……你怎么知道的？"

洛羿伸出修长的手指，钩住了他的衬衫纽扣，将那前襟慢慢拉离了他的皮肤，然后猛地一拽，前襟大敞的同时，纽扣也被拽掉了。洛羿捏着那枚纽扣，冷笑道："微型窃听器。"

温小辉脸色极其难看，他全身上下穿的都是洛羿送的衣服，他真是低估了洛羿！他忍不住破口大骂，用被逼到绝路的歇斯底里，肆无忌惮地咒骂洛羿。

洛羿捏着他的下巴，阴冷道："你不该惹我生气的，我本来不想对付黎朔或者罗睿，但他们怂恿你离开我，简直是找死。"

温小辉瞪大眼睛，嘶声道："你敢！"

洛羿露出令人胆寒的笑容："你是在威胁我还是在求我？"

温小辉的身体颤抖着，骨子里对洛羿的恐惧成倍地增长，他不敢想象罗睿和黎朔会因为自己而遭遇不幸，他宁愿自己承担所有，也不能拖累别人！他狠狠咬着嘴唇，目眦尽裂，不知道该如何才能阻止洛羿这个疯子。

洛羿轻声道："威胁对我是没有用的，倒是如果你求我，我可以考虑放过他们一次。"

温小辉感到阵阵寒意侵袭全身，牙关都在打战，他深深喘了口气："洛羿……别再做让我更恨你的事。"

洛羿微微勾唇："这不是求人的态度。"

温小辉脸上的肌肉都有些扭曲，他哑声道："你到底想怎么样？"

洛羿俯下身，眼神温柔如水，说出来的话却像刀锋一般森冷："我要你对我笑，我要你拿你的一切发誓不会离开我。"

温小辉握紧了拳头，身体因为愤怒而剧烈颤抖着，由于动弹不得，他狠狠挣扎了一下，喉咙里发出了一声绝望的低吼。

洛羿是不是要把他逼到绝路才肯罢休？！

洛羿看着他猩红的眼睛，狼狈的神情，那如同末路的小兽一般绝望的样子刺得自己眼睛生痛，心脏揪成了一团。

这不是他想要的，不是！可怎么样才能将一切带回正轨？为什么他越是想要掌控温小辉，人却好像离他越远？他有一千种方法对付一千个人，却想不到一种好方法来对付温小辉，他就好像正握着一捧沙，越是攥紧，流失得越快，流失得越快，就越是想要攥紧……最终他手里还剩下什么？

看着温小辉充满恐惧与恨意的眼神，他平生第一次体会到了什么叫作恐惧。他曾经被大火包围都能泰然等死，他以为自己一向无所畏惧了，可他现在害怕了。他害怕这一次事情不会如他所愿，他害怕温小辉在今后的每一天都用这样的眼神看他，他害怕他自以为算无遗策，最终却输得一塌糊涂。

就在两人痛苦僵持的时候，突然，伴随着砰的一声巨响，被撞击的车身剧颤，两人都朝前滚去，洛羿也一时松开了钳制温小辉的手。

温小辉的身体更适合在车厢里活动，他很快爬了起来，要去够车门。

洛羿一把抓住了他的胳膊，将他拖了回来。温小辉的另一只手在车厢里胡乱抓着，意外打开了前车座的一个抽屉，他的手伸进了抽屉里，很快就握住了什么东西，想也没想地回身狠狠朝洛羿的脑袋砸了过去。

洛羿闷哼一声，身体往一旁偏去。

温小辉瞪大眼睛，吓得手一松，咣当一声，低头一看，是一根手臂粗的红木镇纸！

洛羿甩了甩头，用手捂住了伤口，看着温小辉，眼中带着浓浓的哀伤。

温小辉不住地往后退去，直到背部抵住了车门。

洛羿的眼神开始有些涣散，他小声说："别走。"

温小辉身体狠狠发抖，牙关咬得咯咯直响，整个人都不知所措。

洛羿的眼圈瞬间红了："别走……求你了。"

温小辉心脏一痛，一种难言的压抑和绝望让他几乎难以喘息，这个封闭的车厢对他来说已是阿鼻地狱，当他拉开车门的时候，他觉得自己不仅仅是想逃离洛羿，而是逃命，再看洛羿那伤心的眼神一眼，他一定会窒息。

在他跌跌撞撞滚下车的瞬间，他听到洛羿用带着哭腔的声音说："我说过很多谎，但我对你是真的。"

温小辉用尽全身力气，阻止自己回头看洛羿，他怕自己一旦回头，就真的走不了了。

恍惚中,他被人架了起来,塞进了另一辆车里,那辆车疾驰而去。

"温先生、温先生?"

司机连续叫了好几声,温小辉才回过神来,他茫然地转向驾驶位,在后视镜里,看到了自己满是眼泪的脸。

年轻的司机松了口气:"我是雇主派来送你的,我眼看着你上错了车……刚才撞那一下也是不得已,你没受伤吧?"

温小辉摇摇头,用手抹了把脸,那已经冷了的眼泪,冻得他指尖发麻。

他递给温小辉一张手机卡:"换上这张卡吧,以前的卡别用了,还有很多防止追踪需要注意的事情,我在路上一样一样告诉你。"

温小辉接过来,用颤抖的手换了手机卡,刚打开手机,几条短信就蹦了出来,是黎朔发来的,让他上了车告知一声。

温小辉把电话打了过去,黎朔略显紧张的声音从那头传来:"小辉?"

温小辉忍着想哭的冲动,颤抖道:"黎大哥,你在哪里?"

"我已经在S市等你了。"

"罗睿怎么办?洛羿可能会报复他,我不能就这么走了。"

"罗睿明天的飞机去澳洲,他会躲一段时间,你不用担心。"

"我怎么能不担心?洛羿他……"洛羿受了伤,恐怕无暇去管罗睿了吧……

"小辉,你必须马上离开,其他的你不要想了,下次你不会再有这样的机会了。"

温小辉无言以对,他知道黎朔说得半点没错,他再也不会有这样的机会了,一旦他再落到洛羿手里,洛羿可能会拿铁链子把他永远拴在屋子里。

黎朔安慰了他几句,就挂了电话。

温小辉躺倒在后车座上,累得手指都无法动弹。

他这一走,会发生什么?黎朔走了,罗睿应该也会顺利离开吧?琉星拿到他的辞职信会作何反应?他妈呢?他妈能理解他的消失吗?罗睿会如何向他妈解释?他还会再回自己的家乡吗?他何时才能再见到亲人、朋友?他这一走,是不是就失去了一切……

温小辉闭上了眼睛,任眼泪顺着脸颊滑落,他感觉自己背后是猛虎,身前是悬崖，找不到一点光明的出路，离开这座城市真的能结束他的痛苦，还是另一段噩梦的开始？为什么他没有一丝解脱的喜悦，反而深深地恐惧与担忧？他已经不敢去想了。

不知不觉地，他睡着了，带着忐忑和眼泪。

这一觉他睡了很久，直到清晨的阳光从车窗里漏了进来，他才捂着眼睛醒了过来。

车不知道什么时候已经停在了加油站，司机也在休息，正发出均匀的呼吸声。

温小辉的眼睛肿得几乎睁不开，他好半天才适应了光线，慢慢坐了起来。大半个晚上扭曲的睡姿，让他的脊椎酸痛，整个人萎靡不振。

天亮了，他们开了半个晚上，肯定已经离开京城了，他算是逃出来了吗？

突然，他的余光瞄到手机在闪，他拿过来一看，虽然手机卡换了，可那些社交软件的账户没有换，他的微博提示收到了好几条新消息。他随手打开了，却看到了一张令他浑身发冷的照片。

昨天半夜，他的账号发布了一条新的微博，配图是罗睿的手被绑着的照片！

他平时在网上常跟罗睿互动，也时常开玩笑，这条微博的文字完全是玩笑的口吻，再加上罗睿低着头看不到表情，他们的粉丝都在底下调侃、起哄，任谁都不会往"绑架"之类的方向想。可他已经脑门充血，情绪濒临崩溃了。洛羿知道他的账号和密码，这是谁干的根本不需要猜测！

他猛地撞了一下前座，急迫地喊道："我要回去！带我回去！"

司机惊醒了："怎么了？"

温小辉厉声道："马上带我回去！我不走了！"

司机愣了一下："发生什么事了？"

温小辉差点把手机贴到他脸上："马上、送我、回去。"

司机皱起眉："温先生，我的任务是带你离开，我不可能送你回去，除非你让我的雇主改主意。"

温小辉着急给黎朔拨去了电话，却是占线的。

一想到罗睿现在在洛羿手里，温小辉害怕得浑身血液都要凝固了。

他顾不上太多，抖着手把手机卡换了回去，就要给洛羿打电话。

他不走了，他可以自己承担一切，算他自找的，也不会连累别人。

号码还没拨出去，一个电话却突然打了进来，一个完全陌生的号码。

温小辉犹豫了两秒，接通了电话。

电话那头传来一个明显伪装过的电子音，用怪异的腔调说："罗睿的事我在处理。"

温小辉愣住了："你是谁？"

那个声音继续说："别管，他很快就没事了。"

"我……我凭什么相信你？你……你到底……是谁？"

"还记得我说过，罗睿像我一个故人吗？"

温小辉脑中白光一闪，突然反应过来，这是邵群！他握着手机的手全是汗，几乎快要抓不住了，他充满不确定地说："好像……记得。"

"算我卖你个人情，我只能帮你到这儿了。"

邵群挂断了电话，温小辉听着那嘟嘟的忙音，一颗心上不下下地悬在了半空。

司机夺过他的手机，把电话卡抽了出来："会被追踪的，以后这张卡你不能再用了。"

"不行，我要确定我朋友安全。"温小辉伸手想去抢。

司机把自己的手机塞给他："我们要马上离开，你可以给雇主打电话让他改变主意，否则我必须带你走。"

温小辉咬着牙开始给黎朔拨电话，可是电话一直占线。

司机发动了车。

温小辉叫道："我现在不能走！你敢发动，我就跳车了！"

司机回过头，无奈地说："温先生，你看看路牌，我们在哪里了？即便现在返回，也要开五六个小时才能到京城，最快的方法，应该是到最近的大城市坐飞机回去。所以你还是老实坐好，在我们到达下个城市之前，电话应该能打通了。"

温小辉看了看路牌，知道司机说得没错，他只能泄气地靠回了椅背，脸色苍白得吓人。

司机把车开回了高速，温小辉一双眼睛死死盯着手机。

大概过了半个小时，手机响了起来，在第一声响铃结束之前，温小辉已经接通了手机，声音抖得不成样子："黎大哥，罗睿被洛羿……"

"我知道，小辉，你冷静点，我知道。"黎朔打断他，光是那沉稳的语调，就给人一种心安的力量，他说，"你放心，罗睿已经没事了，我刚才跟他通过电话。"

"啊？"温小辉心想，邵群这么厉害，他究竟是通过什么手段让洛羿放人的？

"具体情况罗睿也说不清楚，我上午一直在动用关系找人，结果刚刚接到他的电话，说洛羿突然让他走了。你可以给他打个电话确认一下。"

温小辉长吁一口气，一时手脚发软，连手机都有些握不住，让他有种劫后余生的错觉。

黎朔柔声安慰道："现在没事了，你可以安心离开。"

温小辉含糊地回了两句，就匆匆挂了电话，给罗睿拨了过去。

罗睿很快接了电话，声音还有些慌张："喂？"

"罗睿，是我。"

"小辉！"罗睿激动地叫了一声，"你离开京城了吗？"

"离开了。"温小辉眼圈有些发烫，"让你受委屈了，你有没有受伤？"

"放心，我没事儿，他问我你去了哪儿，但我不说，他也没把我怎么样……对了，他好像受伤了。"

温小辉想着洛羿脸上的血，身体狠狠抖了抖。但洛羿还能干出绑架的事，显然伤得不重。

"也不知道他为什么突然放我走了，我还以为……"罗睿想起来还是心有余悸，"总之，我现在没事了，你别担心。"

温小辉知道原因却不能说，邵群当然不想公开得罪洛羿，洛羿是个疯子，至于邵群究竟用了什么方法让洛羿放人的，就不得而知了。如果他的猜测没错，那么在围剿常红股票这件事上，邵群可能分了一杯羹，这样邵群手里必然会有洛羿的把柄。当然，这些都仅是他的猜测，他也并不想知道其中原委，他在乎的，只是罗睿安全。

温小辉吸了吸鼻子："你没事就好，洛羿把你被绑着的照片用我的账号发到了微博上。"

"天哪……"罗睿紧张地说，"这个疯子胆子怎么这么大？"

"粉丝都以为是开玩笑的……我已经删掉了。"

罗睿重重呼出一口气："我现在在家呢，下午我去找阿姨，我改签今天的机票去澳洲。"

温小辉想到他妈，一阵头疼："我不知道我妈看了我的信，能不能理解……"

"我会帮你说服她的，等她明年从美国回来，也许你们就可以见面了。"

温小辉叹道："罗睿，你回去之后你穿的衣服什么的都扔掉，换一部手机和一张卡，生活中尽量不要提起我的去向，洛羿很擅长窃听之类的，你要小心。"

罗睿倒抽了一口冷气："我知道了。"

温小辉有些哽咽："Baby，下次不知道什么时候才能见到你。"

"我会去找你的，你到了新的地方，要尽快好起来，开始新的生活。"

"好。"温小辉捂住了眼睛，热泪顺着指缝渗了出来，心脏剧痛，好像被一股力量生拉硬拽着要脱离身体。这颗心已经千疮百孔，不知还能不能正常地运作了。

车厢内陷入无尽的沉默之中，平坦的水泥路在余光中飞快掠过，窗外的风景就如同一去不复返的时光，不能追，不能赶，只能眼睁睁看着它流逝。温小辉将头抵在车窗上，看着看着，目光就失去了焦点……

开了两天的车，他们终于来到了S市。这是温小辉第一次来这个滨海城市，湿润的空气和夏季的热浪让他感到很不适应，一离开车里的空调，他身上就出了汗。

司机提着他的行李，将他送进了一家酒店，敲开房门，黎朔出现在了温小辉面前。

温小辉一脸憔悴，看到黎朔的瞬间，有种想哭的冲动。

黎朔叹了口气，摸了摸他的头，接过行李："进来吧。"

司机对黎朔点了点头，走了，温小辉恍惚间被拽进了客房。

黎朔把他按在椅子里，有些担心地问："小辉，你还好吗？"

温小辉闭上了眼睛，声音沙哑："我不知道，我感觉像在做梦……我现在成什么了？失踪人口？有家不能回，有身份不敢用，有工作不敢留，跑到一个陌生的地方，开始新生活。我没做错什么，为什么要像一个逃犯？"

黎朔温言道："小辉，没有人的人生是一帆风顺的，每个人都要经历难以承受的磨难,时间早晚罢了。你碰上了,没错,但不要灰心,办法是想出来的,路是走出来的,你现在需要的,是放平心态,好好开始生活。慢慢你就会发现,生活可以回到正轨。"

"真的可以吗?"温小辉看着黎朔,"我觉得我早已经脱轨了,真的还能回去吗?"

"能。"黎朔坚定地说,"一定能,只要你不放弃自己。"

温小辉低下头,捂住了脸,哑声道:"可我不知道以后该怎么办!"

"先什么都不要想,休息一段时间,我给你租了房子,晚上带你过去。等你闲得发慌了,你就可以去找个工作,或者自己创业。总之,你这么年轻,什么事都会过去的。"

温小辉抬起了头,哽咽道:"黎大哥,谢谢你,你帮了我太多了,我都不知道怎么报答你。"

黎朔淡淡一笑:"我曾经慎重考虑过要不要帮你,后来想了想,如果我不伸手,眼看着你越来越痛苦,我一定会瞧不起自己,所以……不客气。"说完,他耸了耸肩。

温小辉看着黎朔英俊儒雅的笑容,眼眶再次发热。他对黎朔的感激和崇拜已经不能单纯用语言形容,他也感到很愧疚,他和黎朔说到底只是朋友,黎朔却愿意冒着危险对他伸出援手,而他一定给黎朔造成了不小的麻烦。

温小辉洗了个澡,睡了一觉,黎朔带他吃了顿饭后,将他送去了一个小区。

黎朔给他租了套两室一厅的房子,面积虽然不大,但是新装修的,非常干净漂亮。屋里的电器家具一应俱全,温小辉一眼就喜欢上了这个温馨的小窝,这里让他想起他在京城的家,那个住了二十几年的家。

"这里很不错,周围都是住宅区,吃饭购物都方便,交通也很便利,你要是懒得出门,可以打电话叫外卖。"黎朔拉开窗帘,看着窗外的风景,"下面是小区的公园,绿化做得很好,觉得闷的话,可以养只狗。"

温小辉淡淡一笑:"我连自己都懒得养活,还是别糟蹋狗了。"他现在只想把自己关起来,不接触任何人,最好跟整个世界脱节,那样他才会觉得安全和安心。真难以想象,他以前是个外向的、爱玩的、几天不出门就会憋得发慌的人。

黎朔朝他眨了眨眼睛："觉得闷了也可以给我打电话，咱们两个都是外地人，可以一起去挖掘一下当地和周边城市好吃好玩的东西。"

"好啊。"温小辉装作很有兴趣地回道。

黎朔看着他无神的双眼，心里有些难受。

温小辉发呆地看了一会儿窗外，突然想起了什么："黎大哥，你要在这边开事务所了吗？"

"嗯，我的合伙人其实已经开了一年多了，没怎么做起来，我入股之后，会进行一番大的整改，还打算开一所会计师培训学校。"黎朔笑了笑，"本来以为能休息一段时间，忙不完的工作呀。"

"多充实啊，我以前也讨厌工作，真希望每天睡到自然醒，然后天上掉钱。"温小辉低声笑道，"后来发现，真的过上这种生活，也没什么好羡慕的。"

"你想工作，随时可以去工作，如果你怕同行认出你来，就自己创业。"

"没事儿，我还没那么出名。我休息一段时间再说吧。"

黎朔给他介绍了一下周围的超市、地铁、健身房什么的，又安慰了他两句就走了。

这时，太阳落山了，客厅里逐渐暗了下来。温小辉没有开灯，像是没有骨头一样瘫软躺在沙发上，眼睁睁看着光线被黑暗吞没，他感到无边的孤独，好像全世界只剩下了他一个人。

初到 S 市的那两三个月，温小辉过了一段浑浑噩噩的日子。

他每天吃了睡、睡了吃，清醒的时候就看看电影、玩玩游戏，不想出门、不想打扮、不想跟任何人接触。黎朔工作太忙，硬拉着他出去了几次，但大部分时候都无暇顾及他，他就那么堕落了下去。他找不到生活的乐趣，找不到前进的方向，视线所及的地方，都是无边无际的灰色。

直到有一天，他鼻子疼得睡不着觉，终于决定去医院看看的时候，发现自己套不上他来时穿的那条裤子。

他抓着裤腰，僵住了。

他胖了吗……他踩着裤脚，像僵尸一样蹦到了立身镜前，第一次被镜中的人惊呆了。

这是谁？

镜子里的人胖了足有二十斤，乱糟糟的枯黄的头发，毫无光泽的皮肤，肆意生长的眉毛，浓重的黑眼圈和眼袋，浮肿的鼻梁，惨白的嘴唇，憔悴的神情，他终于明白为什么黎朔最后一次见他时，会先惊讶然后皱眉。镜子里的人，连他自己都要认不出来了。

这……这是谁啊？！

温小辉"嗷"地叫了一声，踢掉了裤子，泄愤般将镜子踹倒在地，镜面"哗啦"一声摔了个粉碎。他狼狈的样子被分割成了一模一样的十几份，讽刺地躺在地上，逼着他看清自己。

他无力地坐倒在地，捂着脸号啕大哭。这不知道积攒了多久的怨与痛，如决堤的坝，眼泪流得肆无忌惮、流得汹涌滔滔。原本空荡荡的房间，瞬间被伤痛、愤怒和不甘充斥了，变得拥挤，变得让人难以呼吸……

温小辉哭了很久，哭到嗓子沙哑，哭到全身抽搐，指尖都没了力气，哭声才弱了下去。

他睁开眼睛，看着头顶的吊灯，也许是经过了眼泪的洗礼，他的视线好像清明了很多，那一层浮在心头、遮在眼前的薄雾像被大雨冲刷过一般，散了。

他在地板上躺了半天才撑着身子爬了起来，从柜子里翻出一身宽松的运动服换上，洗了把脸，带上钱和病历，出门了。

他知道他的鼻子为什么疼，他应该在一个月之前就去医院复诊，跟医生沟通进一步的治疗方案，可他没去，也许是忘了，也许是讳疾忌医，他从心底里不想面对自己的鼻子。可想到镜子里那个窝囊、狼狈的男人，如果让他从今往后的每一天都对着那样一张脸、那副神情，他不如一头撞死。

到了医院，医生把他说了一顿，由于骨裂还没有完全好，他不及时就医，引发了一点炎症，还好不严重，但也要尽快进行第二次手术了。

温小辉看着镜子里自己的鼻子，露出难看的笑容："医生，手术完之后，我的鼻子是不是就要变样了？"

"你现在都变样了，还指望手术后一样啊？"

"那……那就顺便给我垫高点吧，整个好看点的鼻子。"温小辉轻轻摸了摸自己的鼻骨，心痛不已。

"那是肯定的，你长得这么帅，鼻子高点肯定是锦上添花，不用怕。"

"哈哈，我也这么觉得。"温小辉安慰自己，他以前自拍了那么多照片，不怕以后记不起自己真实鼻子的样子。

手术日期确定下来后，温小辉回家开始戒油戒辣戒任何刺激的食物。他脱光了衣服站在镜子面前，简直想把镜子里那个有着小肚腩和粗腰的蠢货揪出来暴揍一顿，侧过身一看，好像连屁股也有些下垂了，简直不能忍受。

换上睡衣后，他冲进厨房，把所有的零食、啤酒、方便面都扔了，去超市买了一大车健康低脂的食物。他终于无法忍受自己这样堕落下去，他是温小辉，他要变回真正的温小辉。

冬天是藏肉御寒的季节，连健身房里的人也明显少了起来，温小辉成了那个每天来报到的奇葩，健身房里的每个工作人员都认识他了。

温小辉塞着耳机，拎着水壶往跑步机走去，一个肌肉男走过来。

这人是他的私人教练田田。

温小辉扭了扭腰："瘦了八斤，离我的目标还有五斤。"

他的私人教练田田伸出食指摆了摆："不不不，我跟你说过多少次，不要再关注体重，重要的是线条，是形体！瘦得跟麻秆一样再轻有啥用？完美的体态，除了长腿、翘臀、有力气的腰之外，还要有体力，懂不懂？"

温小辉翻了个白眼："像你一样？"

"是的，就像我一样。"田田得意地一扬下巴。

"那你怎么还单身？"

田田大骂："不要揭人伤疤！"

温小辉懒得理他，开始做热身运动。

田田开始调整坡度。

"喂，又加坡度！你想玩死我啊。"

"你的腿部肌肉现在已经很有力量了，是时候增加一点难度了，二十分钟，跑完来瑜伽室找我。"

温小辉塞上耳机，激昂的音乐钻进了大脑，他调整呼吸，开始了一天的训练。

上一次的鼻梁手术很顺利，用假体固定住了断裂的地方，但他不太满意假体的效果。虽然是又高又挺，但他怎么看都觉得假，跟医生商量过后，决定等一两年后鼻骨彻底长好了，就把假体取出来，到时候视情况而定——是换成自己的耳骨，还是能彻底摆脱假体？

不管怎么样，现在只要等一个来月消了肿，他的鼻子就看不出异样了。他在积极地减肥、健身，他意识到如果不能调整回最好的状态，即便离开了洛羿，他还是生活在黑暗中。

他不想那样活着。

跑完步，他跟着田田开始做全身肌肉的塑形，以前他非常讨厌运动，又累又会流汗。现在他体会到了运动的乐趣，既能让他在一段时间内忘却所有的不愉快，还能让他回到家之后睡个好觉。而且，在这里有人陪他说话、陪他喝茶，让他不至于太寂寞。

训练完后，他想拉上田田去吃饭，田田说有约了，他只好给黎朔打电话，黎朔刚好有空。

两人约在一家西餐厅。

温小辉刚洗完澡，一身清香，穿着一身运动服都挡不住时尚的气息。黎朔远远看到他，朝他招了招手。

温小辉走了过去："黎大哥，久等啦。"

"没事，我刚到。"黎朔含笑道，"这么有精神。"

"刚运动完，兴奋嘛。"温小辉笑着说，"点菜吧，饿死我了。"

"看到你这么有精神，我就放心了。你前几个月刚来这里的时候，真是……"黎朔欲言又止。

"很糟糕是吧。"温小辉低下头，浅浅一笑，"我知道，那段时间确实相当糟糕，活得浑浑噩噩，直到有一天我发现我胖得连牛仔裤都穿不下了，我就吓醒了，哈哈哈。"

黎朔感慨道："你现在这样我很欣慰。"

"让你担心了。"温小辉真诚地说，"黎大哥，你真是个好人，特别特别好的人。如果没有你，我不知道我现在会怎么样。"

"客气的话就不用说了，相识一场是缘分。"黎朔举起柠檬水，"来，碰一下，庆祝你减肥成功。"

温小辉大笑起来。

两人一边吃饭，一边聊工作。黎朔的事务所刚起步，非常忙，但看他言辞之间的兴奋之色，显然前途大好。温小辉很替黎朔高兴，他觉得自己也该考虑一下以后了。

刚好黎朔也问起:"过完年你想不想找找工作？我可以帮你介绍介绍。"

温小辉想了想，道:"不想去给人打工了，想自己开一家小美发店，赚的够生活就行。"

"也好呀，找点事做很重要。"

温小辉伸了伸懒腰，淡笑道:"是啊，找点事做，就不会胡思乱想。"

黎朔轻叹了一声，没说什么。

温小辉用勺子舀着冰激凌，一口一口地往嘴里送，冰凉的刺激感让他的牙齿微微有些打战，寒气直冲脑门儿，思维好像一下子活了起来，不知怎么的，他又想起了洛羿。

刚到S市的时候，他日也想夜也想，常常要靠酒精或通宵游戏来麻痹自己，让自己疲倦到了极致才能倒头就睡。现在好多了，每天想起那些糟心事的时间明显下降，而且，似乎不那么痛了。

时间是治愈一切的良药，他除了坚信这一点，别无他法。

黎朔把他送回家后，他一个人研究起了韩国某个美妆大师的新书，老本行扔了半年，是时候该补充一点新鲜血液了。

正看着呢，手机响了一声，他拿起来一看，是罗睿给他发了一封邮件。这个邮箱是专门为了联系罗睿建的，两人时不时通信，这也是他联络他妈的唯一渠道。

他妈比他想象中要坚强、理智，这段时间反而在安慰他，给他看自己在美国的照片，让他放心不少。他以为又有他妈的照片了，急忙打开了。

这次没有照片，只有简短的一行字：邵群找我要你的联络方式，给不给？他说他不是要告诉洛羿。

温小辉愣了愣，考虑了片刻，回道：给吧。

邵群既然帮过他，应该不会再把他卖了，不管怎么样，他欠邵群一份很大的人情。

很快地，那边又回信了：Baby，我好想你。

温小辉心里酸酸的：我也想你，想死了。

罗睿发过来一个哭泣的表情：过完年我想办法去找你，等我。

温小辉眼前有些模糊。

一部电影没看完,一个陌生的电话打了进来,他预感到是邵群,一接电话,果然是:"邵公子。"

"嗯,在哪儿呢?"

"在……S市。"温小辉小心翼翼地说。

"不用防着我,我要想告诉洛羿,不会等到现在的。"

温小辉松了口气:"邵公子,谢谢您。"

"没什么,我高兴就行。"邵群顿了一下,"我也打算去S市。"

"啊?"

"我之前不是说了吗?在京城我家里人老管着我,太烦了。我想去沿海一带发展,正好有朋友在S市,我们在谈一个项目,你来帮我一段时间。"

"我能帮您什么呀?"

"我暂时缺个公关。"

"您开口了,我义不容辞。"他不愿意欠人家人情,既然邵群有用得着他的地方,他决不会推辞。他在聚星那么多年,公关能力绝对合格。

不管邵群当初帮他是不是为了今天能用得着他,他都感激邵群,而且跟邵群这样的人相处,互惠互利、两不相欠其实是最好的方式。

"嗯,那就好,等我到了联系你。"

邵群真是雷厉风行,没几天就到了。

两人一见面,邵群扫了他一眼就说:"你是不是胖了?"

温小辉忍着骂脏话的冲动,笑着说:"嘿嘿,胖了一点,正在减肥。"

"你现在这样正好,太瘦了很难看。"邵群拿出烟塞进嘴里,伸手进兜里找打火机。

邵群穿着一件灰色的羊绒长风衣和同色系的西装,几缕碎刘海随性地飘在额前,手腕上露出来的黑金钻表点亮了一身的低调优雅,在人来人往的街道,只有他好像站在伸展台上。

温小辉很狗腿地跟路人借了个火,给邵群点上烟。他忍不住回想起第一次见邵群,这个男人的外表曾经令他十分震撼。

不过,这种人是一般人不敢企及的,邵群倒不是有多恶,只是相当薄情。

邵群抽了口烟:"我一会儿还有事,跟你说说我接下来的项目,过年期间我还会过来。你有没有车？"

"没有。"

"没事，我到时候安排司机。"邵群大致说了说他谈下来的房地产项目。

温小辉听得一知半解，末了，他说："邵公子，您真看得起我，我能做好吗？"

"就是让你去拜访客户，跟他们套套近乎，难吗？"

"不难。"

"那就行了。"邵群瞥了他一眼，"你现在干什么呢？"

"没干什么，年后打算自己开个美发店。"

"嗯，缺钱吗？"

"不缺。"

"你等我电话吧。"邵群掐了烟，转身上车了。

温小辉看着绝尘而去的汽车，心情特别复杂，虽然邵群是他的恩人，但他始终对邵群有防备心和畏惧心。

第九章
发疯

——我人生中唯一正常过的时光，就是温小辉在我身边的时候

"还没有消息吗？"昏暗的房间一隅，一个人端坐在阴影中，声音低沉而压抑，好像包裹着化不开的寒冰。

"只能确定是往南方去了。"曹海站在沙发前，一只手不停地抚摸着腕表，神经质的动作透露他的紧张，他额上不断渗出细汗，打湿了一绺鬓发。

"这也叫答案？"陡然升高的音调叫人不寒而栗。

曹海下意识地后退了一步："洛羿，我已经尽力了，我现在从黎朔的社会关系入手……他肯定是请了什么专家，把行踪抹得干干净净，再给我点时间，应该能找到他们。"

"你还要多少时间？你找的人难道不够'专家'？"洛羿站了起来，一双眼睛透出刺骨的寒光，气势压得人抬不起头来。

"我……我也受到很多限制，律师协会的正在调查我，我这时候不能有大动作。你……你也是，常行正在预备反击，这时候你不想对策，反而把时间和精力花在找人上，你疯了吗？！"

洛羿一步跨到他面前，居高临下地看着他："你问我疯了吗？"

曹海深吸一口气，看着洛羿的眼睛，他有种被毒蛇缠身的错觉，他后悔刚才说出的话。

"我告诉你。"洛羿低声说，"我人生中唯一正常过的时光，就是温小辉在我身边的时候。"

曹海狠狠打了个寒战，因为他知道洛羿说的是真的。温小辉不在，洛羿连装也懒得装。这个年仅十九岁的青年，骨子里就像一条盘桓千年的剧毒藤蔓，已经腐朽到了根基，他向阳的一面只有温小辉能看到，如今温小辉不在了，他就会任凭自己堕落进黑暗之中。

曹海举起手，做出投降的姿势："我会……继续找，但是我真的力不从心，你不要再逼我了。我求你清醒一点，常行不会放我们的，他现在出来了，会想尽一切办法翻盘、报复。就算你现在把温小辉找回来了，你还要分神保护他，何必呢？他现在不知所终，反而安全。"

"你害怕了？"洛羿斜睨着他。

"我能不害怕吗？我有家有室有老婆孩子，我不该害怕吗？你难道不害怕吗？如果你真的在乎温小辉，你不害怕他出事吗？他现在走了，其实是件好事。"

洛羿的脸色越发阴沉了，黑眸中酝酿着寒冰风暴，他握紧了拳头，缓缓地说："你知道今天是什么日子吗？"

曹海愣了愣："大年三十？"

"对。"洛羿别过了脸去，宽厚的肩膀此时却微微有些发颤，"他答应过我，以后的每一个年都会陪我过。"

曹海顿时觉得洛羿又可恨又可笑又可怜。两人在洛羿十一二岁的时候相识，洛羿是他见过的最聪明的少年，他一开始就为这种超常的智商而感到害怕。事实证明他确实应该害怕，因为就连洛羿的亲生母亲都害怕。他曾经以为洛羿将所有事情都算计到了，然后冷酷地执行，现在看来，洛羿唯一错算的，就是人心——洛羿自己的心、温小辉的心。

有些错误犯一次就致命，而洛羿犯的刚好是这样的错误。

曹海看着洛羿，摇了摇头，悄无声息地离开了。

洛羿站在偌大的客厅正中央，环顾四周，空荡荡的，他忍不住转了个身，再转身，什么都没有，没有生气、没有言语、没有笑声，更没有那个他想要看到的身影。他从出生起就在这栋房子里，快二十年了，他曾经以为他对这栋房子的记忆，永远会是常行阴毒的双眸、洛雅雅恐惧的眼泪、哑巴保姆呆滞的脸。可不知道从什么时候开始，每一幅跟这房子有关的画面里，都有温小辉——笑的样子、哭的样子、耍赖的样子，甚至最后冷漠、憎恶的样子，全是温小辉，到处都是。

洛羿只觉得天旋地转，身体虚软地倒在了沙发上。他瞪大眼睛看着头顶的水晶灯，看着看着，眼眶酸胀，视线逐渐模糊了。他掏出手机，登录了温小辉的账号，发了一条新的微博，只有短短三个字：我想你。

他会看到吗？他在跟谁过年？

洛羿用手遮住了眼睛，感觉身体轻得好像要飘上云端，一点力气都使不出来。在这个安静得落针可闻的大房子里，他只能听到自己的心跳声，一声一声，跳得又沉又疼，让他有种全世界只剩下他一个人的错觉。无人叨扰的环境里，他终于有勇气思考一个问题：他做的一切究竟值不值？

这个问题让他感到恐惧，因为答案可能否定他过往的所有，可他越来越无法逃避,冥冥之中,似乎有一双熟悉的眼睛在静静地看着他、质疑他、拷问他。

值吗?他对温小辉做的一切,所换来的一切,值吗?

洛羿的手移到了胸口,紧紧抓住了毛衣,连带着皮肉,即使是这样,也不能缓解半点痛楚。

你在哪里……

人生中头一次,温小辉将要独自迎接新年。

黎朔回美国了,他谁也不能联系,于是他自己打扫卫生、储备食物、置办年货。

大年三十那天,他提着大包小包从商场出来,在路边站了半个小时都没打到车。街上人本就不少,司机还大半回家过年了,他对这座城市的公共交通完全不熟悉,一时不知道该怎么回家了。他环顾四周,突然发现了商场底层是一家保时捷4S店。一辆酒红色的911静静地停在窗口处的旋转台上,在聚光灯的照射下,缓慢地转动着,闪亮的车漆、流线型的车身,配上那骚气的红,让温小辉顿时产生了一股冲动。

他提着一堆购物袋,走了进去。

店里只剩下两三个员工,个个都打哈欠看表,等着下班回家,见他进来,还是礼貌地迎了上来:"先生,您想看什么车?"

温小辉把购物袋放下了,指着那辆911:"我要那辆。"

"呃……"店员一时没反应过来,"您要看看产品图册,选一下配置吗?"

"不用,我就要它。"

店员回头看了看:"它是展示车,可以打八五折。"

"嗯,就要它,我今天能开走吗?"

店员惊讶地看着温小辉,还是不敢相信有人会这么轻率地买一辆豪车,就像进超市买个菜一样:"没那么快的先生,有很多道手续要走。"

"什么时候能好?"

"得过完年了。"

温小辉撇了撇嘴:"那我怎么回家?"

经理走了过来:"先生,我送您回去,顺便跟您签一下购车合同。"

"行。"

温小辉稀里糊涂地跟着经理上车了。

直到回了家,拿着证件签完预付合同,交了钱,温小辉才反应过来自己刚才花了一大笔钱,买了一辆他觊觎已久的跑车。

这算他这辈子最冲动的一次消费了,可他一点都不后悔,他若不奢侈一把,简直对不起洛羿的慷慨。

他打开音乐,开始贴对联、窗花,把新买的餐具摆在桌子上,准备年夜饭。想起自己年后就能开小跑车出去嘚瑟了,他"哟呵"大叫了一声,然而回应他的,只有不知所云的Hip-Hop。

天色渐暗,窗外时不时传来烟花的声音。温小辉给自己做了好几道菜,上桌摆好后,他掏出手机——拍了下来,拍到最后,想起来自己无处可发,心里涌上难言的失落。

他把电视的音量开到最大,听着闹腾的春晚,面对一桌子菜和单副碗筷,抓着筷子的手开始有些使不上力气。

他勉强抬起手,夹了一块排骨,却掉在桌子上。他懊恼地"啧"了一声,想把那块排骨夹起来,可是手指开始不听使唤,软得像面条一样无法着力,眼看着排骨上的汤汁把新买的桌布弄脏,温小辉气急败坏地将筷子拍在了桌上,用手抓起排骨塞进了嘴里。

香嫩的排骨入口的瞬间,滚烫的眼泪也跟着夺眶而出。

他吐出了排骨,抓起桌上的酒,对着瓶口猛灌了一大口,辛辣的酒液入喉,呛得他面红耳赤,一股热浪直冲脑门,眼泪如泄洪一般不受控制地狂流。

他放下酒瓶子,抓起了手机,他想找人说句话,说什么都行,跟谁说都可以。他鬼使神差地打开了微博,却猛然想起来他早已经不登录自己的账号,而是另开了一个小号。这个小号只关注了自己和罗睿,当他打开小号的时候,他呆住了。

他之前的账号自他离开京城的那天起,就再没有任何实质的更新,最近却发了二十几条完全一样的微博,内容只有三个字:我想你。

没有固定的时间、没有可循的频率,只是每隔一段时间,就发布这么三个字。评论里纷纷猜测他受了情伤打击,行为失常了,其实他们猜得也没错。

温小辉泪眼模糊地看着那几十条一模一样的微博，心脏痛到无法呼吸。

洛羿，做这些事情究竟有什么意义？你该知道我们永远也回不去了……

准备了一下午的年夜饭，温小辉最终一口也没吃下去，他关掉了电视，吞了一片安眠药，将自己深深地埋进被子里，用睡眠度过了人生中最难熬的一个春节。

春节假期过后，邵群搬来了S市，带着温小辉四处应酬。

温小辉强迫自己打起精神，每天嘻嘻哈哈的，把邵群的生意伙伴哄得很开心，邵群对他也很满意。

有一天，温小辉喝多了，被邵群架着从夜总会走了出来。温小辉稀里糊涂地挂在邵群身上，指着天上的星星，发神经般地大喊："万能的邵大公子啊，赐我一颗星星吧。"

邵群瞪了他一眼："再叫唤我就把你扔路边。"

"您……嘻嘻嘻，您不会的。"

司机看到他们，连忙下了车来帮邵群，两人把温小辉弄上了车。

邵群整了整西装，没好气地说："给你放三天假。"

"谢谢邵大公子。"温小辉打了个酒嗝，凑到邵群旁边，睁着一双蒙眬的眼睛看着他。

温小辉嘿嘿傻笑道："哎，您初恋是个什么样的人？"

"忘了。"邵群冷淡地说。

"初恋怎么能忘呢，初恋是最不能忘的。"温小辉头昏眼花，有些看不清邵群的脸，他努力凑了上去，越凑越近。

邵群转过身来，捏着他的下巴："你找打是不是？"

温小辉一时没反应过来："啊？"

"算了，真打了你，洛羿那个疯子该缠上我了。"

"洛羿"两个字就像冬日里的一桶冰水，劈头盖脸地照着温小辉的头顶淋了下来，这比什么醒酒药都管用一万倍，温小辉几乎是立刻就清醒了一半，他大睁着眼睛："什……什么？"

"我说你不要发疯，洛羿正到处找你呢。"

"谁发疯了？"温小辉抹了一把脸，心脏狂跳起来，"洛……洛羿会找到我吗？"

"早晚的。"邵群想了想，"不过，他最近应该没空管你，常行的案子要开庭了，又是一场腥风血雨。"他的口气听上去有几分看热闹的兴奋。

"我不会让他找到我的。"温小辉低声说。

邵群瞥了他一眼："知道什么叫'不可抗力'吗？如果洛羿的力是100，那么你只有10。洛羿就是你的不可抗力，有时候做人要看开点，反抗不了的时候，不如想办法让自己少遭点罪。"

温小辉仔细品着邵群的话，越听越觉得逻辑混乱，但他不敢反驳，因为他被吓醒了。他哆嗦着缩回车座里，心里七上八下，充满了不安。

半晌，他轻声说："邵公子，您喜欢过什么人吗？"

"没有。"邵群面无表情地说。

温小辉不再言语，他刚才居然蠢到想和邵群谈谈心，也许是太寂寞、太孤单了，他已经大胆到试图和邵群闲聊了，简直是疯了。

邵群这种人会懂什么？

温小辉捂住了眼睛，他希望能再来一瓶，让自己醉到不省人事，这样他就什么都不用想了。

年后，温小辉一边跟着邵群应酬，一边筹备起了自己的造型工作室。

生活突然之间变得忙碌，虽然很累，却让他觉得很充实。他脑子里每天充斥着选址、装修、器材、设备、招聘等一大堆乱七八糟的事情，几乎没空去想别的。到这时候他才幡然醒悟，原来想让自己不去想洛羿，不该靠酒精和游戏，只要忙起来就好。

某一天，在他盯装修的时候，无意间刷出一条弹窗新闻，是常行的案子开庭的消息！

温小辉抓着手机的手颤抖，犹豫半天，还是点了进去。那条新闻以很官方的措辞对常红集团股票、圈钱、行贿等一系列事情进行了概括，这些都是网上流传已久的，倒是常行的照片吸引了温小辉的注意。那是一张侧面的照片，他穿着笔挺的西装，表情沉稳严肃，没有一丝狼狈，这个角度看上去，跟洛羿好像……那笔直如刀锋的鼻梁、紧抿的唇线和绷直的下巴，尽管洛羿的五官更像洛雅雅，可神态、气势，活脱脱就是常行的翻版。

温小辉想起洛羿的话，他说，他和常行是一种人，他们这种人，只能留一个。温小辉叹了口气，关闭了网页，常行的案子，应该分散了洛羿很多精力，所以他这小半年过得很平顺，从最开始提心吊胆怕被洛羿找到，到现在已经麻木了。

他已经习惯了这个陌生的城市，习惯了全新的生活，也交到了新的朋友，今年稳定下来之后，他还可以去美国看他妈。总之，生活在一点点回到正轨，虽然心脏的某一部分已经彻底死了，但也并不妨碍他努力去寻找活着的乐趣，他希望一切真的到此为止了，他真的能展开全新的生活了。

入夏，他的工作室正式开始营业了，而邵群的项目启动之后，招的人多了，也就不怎么需要他了，他刚好能把全部精力花在工作室上。

他招聘来的人，有几个还真的认出了他来，不过被他严令保密，到底他也就是个小网红，还没那么大的影响力，所以这方面他也不怎么担心。

温小辉有真本事，又对经营这一套完全熟悉，所以工作室做得非常好，第二个月就有当地的时尚杂志要采访，被他婉拒了。

这期间，他的鼻子又出了点状况，去医院修复了一次，比之前倒是秀气了一点，他还挺高兴的。

到了八九月份，S市最炎热的季节，满大街的女性都穿起了吊带短裤，温小辉也开始秀身材了。他不仅体重恢复到了满意的水平，还因为长期健身，体态和肌肉都变得更好看了，人也精神了起来。他每天领着一帮员工，给他们讲课、带他们练习，听着他们一口一个"老师"地叫着，仿佛又回到了当初在聚星的时光，那是他最好的一段时光，家庭、事业、友情，什么都有……

这一天，温小辉正趴在办公室里吹空调，他的助理敲门进来了："老师，邵公子来了。"

"哦。"温小辉理了理头发，走了出去。

邵群站在门口，还是一如既往的英俊不凡，温小辉意外地发现，他身后还跟着一个人。

那是个跟邵群差不多年纪的男人，中等个头，很瘦，皮肤很白，穿着特别朴素，应该说有点土，一直低着头，相当腼腆的样子。

温小辉意外，不是因为邵群带了人来，事实上邵群之前也带人来过，他意外的是，这个人跟邵群看上去根本不是一个世界的。他有点怀疑是不是两人只是刚好站在了一起而已。

邵群招呼了他一声。

温小辉愣了愣，换上职业笑容："邵公子呀，好久不见啊。"

邵群身后的人抬起了头来，那是个面容十分清秀的男人，有一双透彻明亮的眼睛，嘴唇殷红，鼻头圆圆的，显得很温和，看上去怯生，朴素的衣着和毫无设计感的发型，让他站在这里跟整个环境都格格不入。

温小辉几乎是一瞬间就想到了罗睿。当然不是现在那个漂亮精巧的罗睿，而是十来年前，那个低着头、缩着肩膀走路，经常露出小鹿一般受惊的表情的罗睿。那个罗睿自闭、压抑、不会打扮、不会说话、不会和人正常交流，因为经常被欺负，永远是胆怯的、懦弱的、沉默的。如果不是认识了他，罗睿可能永远都会是那副样子，而且随着年龄的增长，情况会越来越糟。眼前的这个男人，是不是因为没有碰到一个像他这样的朋友呢……

可是，这个人为什么会和邵群一起出现？

温小辉对那个男人笑道："嗨，我叫Adrian，你也可以叫我Adi。"

男人木讷地点点头："你好，我叫李程秀。"说完快速看了他一眼，就自惭形秽地低下了头。

温小辉在心里叹了口气。

邵群拍了一下温小辉的肩膀："给他换个精神点儿的发型。"

温小辉笑着对李程秀说："来，这边请。"他把李程秀领到洗头的地方，实习生走了过来，他道，"不用，我来。"

实习生惊讶道："老师，你要给他洗头发？"

"你去把我的东西拿出来准备好。"

李程秀乖乖躺下，有些紧张地闭着眼睛，似乎从来没受过这样的待遇，梗着脖子，生怕自己的头太重压到别人的手。

温小辉柔声道："别紧张，把脖子放松。对，没事的。"

李程秀渐渐放松了下来。

"你的头发真软,摸起来很舒服。"

李程秀轻轻"嗯"了一声。

温小辉直白地问:"你和邵公子是怎么认识的呀?"

"我们初中,同校。"

"原来是老同学呀。"

温小辉亲手给李程秀修了一个清爽的发型,李程秀本就长得不错,五官虽然不是很出众,但是组合在一起就是让人觉得干净、温顺、舒服,越看越耐看,此时配上那柔软舒展开来的发型,更显出几分青春洋溢。

邵群看上去很满意,双手插兜站在一旁,歪着脑袋看了一会儿,露出满意的表情。

邵群带着李程秀走后,温小辉心里憋闷,给黎朔打了个电话约对方吃饭,他想跟黎朔聊聊天,说说罗睿。毕竟在这座城市,只有黎朔是跟他有共同回忆的——邵群不算,他们从来不是朋友。

晚上和黎朔吃饭的时候,温小辉聊起了他和罗睿上学时候的事,说到好玩的地方,乐得前仰后合的。

黎朔一直微笑着看着他:"好久没看你笑得这么开心了。"

温小辉笑道:"是吗?人家都说我笑起来好看,我当然要多笑笑。"

"对,要多笑。"

"对了,你跟你对象最近怎么样了?"温小辉好奇地看着他。

他知道黎朔前段时间谈了恋爱,他看过照片,听说还是个大学生,长得特好看,不过这段时间没信了。黎朔跟他抱怨过有点幼稚,还要相处看看。

黎朔无奈道:"三天两头要闹分手,我同意分手,又哭着喊着不干了。唉……我们性格大概差别太大了,一个要求的是陪伴,一个想要的是更成熟的感情。"

温小辉嘻嘻笑道:"一开始不是还说人家可爱。"

"是很可爱,可也很任性,有时候很迷人,有时候又很让人头疼,我仔细想过,如果我不能包容这些,那么就不该继续耽误彼此的时间。"

温小辉摇了摇头,浅笑道:"你还是这样。"

"怎样?"

"我倒觉得，人家要求的未必是你随叫随到的陪伴。"

黎朔挑了挑眉："哦，那是什么？你们可从来没接触过，你就能分析别人的内心了？"

"是啊，但我接触过你。"温小辉眨了眨眼睛，"我想象得出你俩相处的时候是什么样的。"

"什么样的？"

"冷静的、理智的、好像永远有所保留。黎大哥，你什么都好，但只有一点让你在感情里不会太顺利。"

"什么？"

"人家是不是说过'我觉得你根本不爱我'？"

"还真的说过。"

"对了，这就是你给别人的感觉。"

黎朔眯起眼睛，半晌，笑了："有意思，我总觉得自己没做错什么，但还是会受到一些莫名其妙的指责，不只是这段感情，在以前的感情里也出现过。"

温小辉耸耸肩："我不知道你是真的对人家没太多感情，还是天生就这样？总之，你就像花钱雇来的男朋友一样，体贴是体贴，完美是完美，但就是感觉不到爱。"

黎朔叹道："我也不知道……我觉得我很真诚，也尽力做一个男朋友应该做的事，可是……"他的表情看上去有几分苦恼。

"算了，烦恼这个也没有用，我觉得，你可能还是没遇到真爱。"温小辉做了个打枪的姿势，瞄准黎朔，嘴里发出"biu"的音效，"等你碰到你命定的那个人，你就完蛋了。"

黎朔扑哧一笑："你是认真的吗？"

"哈哈，我瞎说的，宿命论嘛，不就是借口吗？"

"我倒是觉得，还是性格的问题。"黎朔认真地说，"我还是应该去找一个性格温柔、安分、不闹腾的。"

"嗯，也许吧，祝你成功。"温小辉举起茶杯。

两人轻轻碰杯，对视一笑，豪气地一口干了。

吃完饭，温小辉开着小跑车回家了。等红灯的时候，他发现自己又回到了那种孤独的状态，实在无所适从。

他忍不住掏出手机，打开邮箱，给罗睿发了封邮件：Baby，我好想你，你谈恋爱了吗？

罗睿很快回了：没有，人家看不上我。

温小辉回道：瞎了眼吧，咱们找更好的，但是千万要看清楚人。

罗睿回道：我知道。

温小辉笑了笑，他在心里默默为那个只有一面之缘的李程秀祈祷，不为别的，只因为李程秀有一点像自己牵肠挂肚的朋友。

过了几天，黎朔发给他一个新闻链接，温小辉打开一看，说的是常行在辩护的时候突然爆出重要证据，说自己受人威胁，他的律师团像四大金刚一样坐在他两侧，脸上带着精英特有的傲慢与自信。

温小辉回了条消息：这是什么意思？

黎朔很快回道：常行的律师团相当厉害，如果他输了，可能这辈子出不来了；但如果官司打得好，很可能最后就是缓刑，然后不了了之。法庭上的事，很难说，现在就看检方能拿出什么更有力的证据了。

温小辉打了几个字，然后全删掉了，他干脆拨了黎朔的电话。

黎朔接通电话后，淡淡笑道："我就知道你会在意。"

温小辉微微愣怔，然后不自觉地加快语速："是人都有八卦之心嘛，他们报道的东西太长了，我也不太看得懂。"

"其实我也说不准，现在有很多猜测和分析，但最终会怎么样，肯定连当事人都说不准，我们也只能是猜测而已。总之，常行现在抛出来的这个证据很有分量，洛羿现在一定焦头烂额，常行一旦没事了，就会对他展开报复。"

温小辉的心里咯噔一下："那要什么时候才会判决啊？"

"不太清楚，即便判决，这才是一审，常行肯定还会上诉，这个案子怎么也要拖个几年吧。"黎朔笑道，"这是好事，这样洛羿可能就没有时间找你了。"

"他一直在找我吗？"温小辉闷闷地说。

黎朔意识到自己说漏了嘴，尴尬地说："我不该告诉你的。"

"其实我知道。"在这之前，邵群已经告诉过他，而且，那些微博……只是他一直逃避去想这个问题，他现在过得很舒心、很自在。就当他逃避现实好了，他宁愿活在这个根基不稳的梦里，至少他吃得下饭、睡得着觉。

"你怎么知道的？罗睿告诉你的？"

"不是，我了解洛羿。"

黎朔沉默了一下："我们当然要尽量避免被他找到，但是就算真的有那一天，你也不要慌，我们都会帮你的。"

温小辉笑了笑："谢谢，我知道。"

"小辉，一切都会好起来的。"

"好。"温小辉开玩笑道，"你以后不要再叫我小辉了，尤其不能在我工作室里叫，这名字土死了。"

黎朔扑哧笑道："好，我只在私下里叫。"

挂了电话，温小辉忍不住又打开了微博，发现这段时间，那句不断重复着的"我想你"，又增加了几条。评论里的各种臆想和猜测已经越来越诡异，但没有人会去回应。

那一条接着一条的、固执而执着的"我想你"，就像被不断垒放筹码的天平，天平的一端越来越重，直到有一天不仅仅是失衡，很可能将天平一起掀翻。他甚至能想象洛羿在发出这些东西时的表情，必然是阴鸷的、低沉的、酝酿着风暴的，或许同时……也是伤感的、痛苦的……

温小辉想起两人的最后一面。

他失手打伤了洛羿，他还记得当时那刺眼的血和洛羿含着眼泪的眼睛，洛羿求他"不要走"，至今那句话所用的音调、语气都还清晰。恍惚之际，他会觉得不可思议，明明多年以前，他们刚相识时，是坦荡荡走在阳光之下的，到最后却被黑暗和绝望所束缚，几乎让他难以呼吸。造成这一切的是洛羿，想要纠正这一切的也是洛羿，事到如今，他连恨的力气都丧失了，对洛羿深入骨髓的恐惧和防备，让他只想逃得远远的。

人生若只如初见啊……

第十章
下车

——我知道我错了，从你不再对我笑的那一刻起

FU JIA YI CHAN

沉闷的夏天很快就走到了尾声，温小辉这个纯粹的北方人，也终于能从那种湿热的气候之中得到一丝解脱。随着冬日的接近，有一个日子也在越来越紧迫地逼近——洛羿的生日。

他对洛羿的生日有很多回忆，他忘不了第一次给洛羿过生日时，那个少年脸上惊喜温暖的表情。他想，那个时候洛羿的喜悦，应该是真心的吧？还有洛羿十八岁的生日，他为之准备了良久，最后却因为常行的出现而泡汤了。生日就像过年一样，是他曾经对洛羿的一个承诺，只不过他再也不可能践诺，因为承载诺言的，首先是谎言。

可无论如何，这个日期还是深深地刺痛了他的眼睛。

助理看他在发呆，提醒他道："老师，省台那批选秀的要拍杂志照，化妆就安排在……"

"除了这一天，哪天都行。"温小辉指着那个刺眼的日期。

"哦，好的，我去跟他们沟通。"

温小辉抚住了额头，一瞬间感到很疲倦："去吧。"

把那天空出来有什么意义呢？他只是怕影响工作，他这么安慰自己……

洛羿生日那天，温小辉还是照常去了工作室，只不过一整天神不守舍，在把咖啡倒进键盘里之后，他实在坐不住了，抓起外套下楼吃饭。

回家后，手机就提醒他有一封新邮件，他打开一看，是罗睿发来的，内容是：洛羿来我店里了。

温小辉心里咯噔一下，一股寒意直冲脑门，他打字的时候手指都在发抖：他去干什么？！他要是敢做什么你赶紧报警！

过了一会儿，罗睿回了：他没有为难我，他来订一个蛋糕，说今天是他二十岁生日。

温小辉反复看着屏幕上那几个细小的字，感到一阵窒息的痛苦，他深深地吸了一口气，眼前有些眩晕。

"洛羿，以后的每一个生日我都陪你过。"

他曾经信誓旦旦说过的话，反复在耳边回响，就像紧箍咒一般，吵得他头痛欲裂。

他呆坐在客厅的沙发上,从下午一直坐到了天黑。过了好久,手机再次响了起来,罗睿发过来一封很长的邮件:小辉,洛羿说他知道我跟你有联系,还说他知道你在哪里,之所以不来找你,是因为他跟常行的事还没有了结,不想再让你陷入危险。他还说,你必须等他。我觉得他在虚张声势,咱们不用太相信他的话,但是也不得不防,你跟黎大哥商量商量,有什么办法让他找不到你,我有点害怕……

温小辉看着这段话,只觉得浑身发冷。不知道为什么,他觉得洛羿是真的知道他在哪儿了,他又不是完全地人间蒸发,以洛羿的本事,总有一天会找到他吧。

他握紧了拳头,阵阵恐惧袭上心头。

他要再换个地方吗?不,难道他要再次舍弃好不容易步上正轨的生活?除非他切断和所有人的联系,否则,他真的能摆脱洛羿吗……

洛羿,你为什么不能放过我?

战战兢兢了几天,洛羿没有什么动作,温小辉逐渐放松了警惕。这件事他没有跟黎朔说,说到底他和黎朔只是朋友,黎朔没有义务帮他处理私事,何况是惹麻烦的事,他只能走一步看一步了。因为他一直在Ｓ市,他妈自从去了美国后就一直没回来,他打算过完年去他妈那儿看看。毕竟他也在美国待过一年,如果觉得能适应,他干脆就不回来了吧,隔得那么远,他会更安心一些。

当然,他还是给黎朔打了电话,想约他吃个饭,顺便把李程秀叫出来认识认识。

三人约在了温小辉很喜欢的一个泰餐厅,黎朔先到了,温小辉和李程秀刚好在门口碰上,一起走了进去。

没想到,黎朔和李程秀一打照面,两人都露出惊讶的表情。

"程秀?"

"老板?"

温小辉瞪起了眼睛,怪叫道:"你们认识?你们怎么可以背着我认识啊?我当介绍人的成就感呢?赔我!"

黎朔很是喜悦,站起来和李程秀握了握手,李程秀也是又惊又喜,但也显得很局促。

黎朔显得非常高兴,主动为两人拉开椅子:"来,我们坐下说。"

温小辉撇了撇嘴:"我要点这儿最贵的。"

黎朔笑着摸摸他的头:"乖,点吧。"

从言谈中,温小辉才知道,李程秀曾经在黎朔合伙办的会计师培训学校学习过,后来又去了他的公司实习。虽然李程秀后来辞职了,也没有再联系过,但黎朔对这个内向但勤恳的员工印象很深刻。两人聊得不错,温小辉在旁边吃吃喝喝,完全像个电灯泡。吃饱之后,他偷偷观察着两人的表情,李程秀腼腆、客气,黎朔则是一贯的风趣优雅,让李程秀也不似之前那般拘谨了,面上也有了血色。

人是群居动物,需要交流和感情,温小辉有些失落地想,他也好想罗睿,好想他妈。

吃完饭,他送李程秀回家。

到了地方,李程秀没有下车,而是用明亮的眼睛看着他,欲言又止。

"怎么了?"

"我们……刚认识,你为什么对我这么好……"李程秀说到最后,甚至是惭愧的,他这样的人,最难以承受的反而是别人的好,因为他会想要加倍奉还。

温小辉笑着摸了摸李程秀的脑袋:"我有个朋友跟你像,应该说以前的他,跟你很像,所以我总是忍不住想帮你。"

"他……是怎样的?"

"他是我最好的朋友,甚至某种程度上,我把他当我儿子在照顾。他小时候特别胆小、懦弱,因为软弱,常受人欺负,后来我罩着他,他就慢慢地有自信了。我教他怎么娱乐、怎么跟人交往、怎么打扮。他现在很爱笑,有一家特别出名的甜品店,一个月纯利润十多万。程秀,你跟他一样,都很优秀、善良,你值得更好的感情、事业和人生,但你先要从心底肯定自己,过去的所有不愉快都忘了吧,你肯定会好起来的。"

李程秀眼圈有些发红:"Adi,我相信你。"

温小辉嘻嘻笑道:"哎呀,我真是个好男人,回去吧,下次再约你出来玩。"

"路上小心。"李程秀感激地看了他一眼,才下了车。

温小辉看着他的背影直到消失,心里很不是滋味。照顾一个比自己弱小的人,能让他体会到被需要和使命感,这比被别人照顾还能让他振作。所以,他认真地想把李程秀当作罗睿那样去保护,即便是一个感情寄托,也是现在他急需的。

回家之后,温小辉给罗睿发了封邮件,让他转告他妈,他打算过完年,找到人代管工作室之后,就去美国找她。想到再过两个月就能见到他妈了,他心里酸楚不已,从小到大两人从未分开那么久,他因为自己的事一年多不能与母亲说上一句话,真是不孝。

这次去了美国,大概短时间内不会回来了吧……

过年的时候,黎朔没回美国,李程秀无家无室,长居S市,而他也同样孤身一人,三人自然是一起过年。比起去年的孤寂,今年温小辉还挺开心的,至少又有人做饭,又有人说话。

黎朔和李程秀在厨房忙活,他窝在沙发里看电视,被综艺节目逗得哈哈大笑。

李程秀不愧是大厨,做出来的东西不仅好看好闻,更是好吃到让人想哭,温小辉从来没吃过这么丰盛的年夜饭,三人有说有笑,共同迎接了新一年的到来。

温小辉看着窗外不断蹿上天空的烟花,很文艺地把它们当流星许了个愿,愿他在乎的人都平平安安,也愿自己能和他们早日团聚。

过完除夕,他回到自己家,翻出了箱子,开始收拾行李,他飞美国的机票是初七的,考虑到这次去可能要待很久,他一共准备了三个大箱子。

他聘请了一个经理代管工作室,反正他也不靠工作室吃饭,只要不亏损就行。他想好了,去了美国,他要养一条狗或者一只猫,他妈毕竟重新组建了家庭,不会再把全部精力放在他身上,而他的感情也需要一个寄托。

一想到又要去一个全新的地方展开生活,他心里很忐忑,但其实在S市的这两年,他已经习惯了这种缺乏归属感的生活,现在也不过是换一个地方继续没有归属感罢了,何况那里还有他的母亲。

初四那天,温小辉跟他聘的经理吃了顿饭,交代了很多东西。初六等员工上班的时候,他会再做一次告别。也许他不久就会回来,也许要几年,他没有什么具体的计划,仅仅是感觉到了被洛羿寻找的威胁,所以他急着想逃,因而走得相当仓促。

吃完饭,他照常开着小跑车回家,想着他的爱车也开不了几回,多少有些遗憾。以前他觉得钱、名气、豪宅、豪车能带给他难以言喻的快乐，可当他什么都有的时候，他很长时间笑不出来。毕竟这些东西大半不是他自己赚来的，他每踩一次油门，都可能被迫想起洛羿，噩梦一般。

车开到小区楼下，他刚拐进停车位，猛然发现靠楼道口的地方站着一个人，大过年的小区人特别少，光线很暗，他没看清人，只是吓了一跳，隐约觉得那身影有点眼熟。

当他停好车，拉开车门刚要下车的时候，他的心脏突然猛地颤了一下，那个身影，似乎是……他抓着车门的手开始发抖，猛地又关上了车门。不，不可能、不可能……冷静……温小辉……冷静。

可他头皮已经炸开了。

不，不会是他，是他吗……不不不。

温小辉在心里大吼了一声，他哆嗦着，无论如何都不敢下车了。

阴影里的人走了出来，轻轻拉开了车门，俯身，声音温柔若清风："下车吧。"

温小辉身体抖得像风中残叶，他不敢抬头，寒冬腊月天，汗水顺着脸颊直往下流，他几乎本能地想要拉上车门，然而车门被那只有力的手固定住了，他根本无法撼动半分。

一只手放在了他的肩膀上，洛羿那熟悉的声音在他耳边响起："小舅舅，下车。"温情如暖阳，却又冰冷如寒霜。

温小辉狠狠一咬下唇，强迫自己从那种至深的恐惧中找回一点行动力，他用力挥拳击中了洛羿的腹部，也顾不上关车门，发动了车就想跑。那种想要逃离洛羿的冲动，已经深埋骨髓，变成了他的本能。

洛羿的呼吸突然变得有些粗重，他一把揪住了温小辉的脖领子，蛮横地将人整个拖了出来，温小辉左脚绊右脚，扑通一声摔倒在地。

砰的一声巨响，车门被他恶狠狠地关上了，温小辉回头看着自己的车，就好像最后的希望在眼前破灭了。

一双穿着手工皮鞋的脚出现在他视线中，那裤脚笔挺得像刀锋，温小辉眨了眨眼睛，恍惚之间，眼前出现了他们初相逢的画面。

当时他被洛羿的自行车刮倒在地，当那个少年跑过来时，出现在他视线中的是雪白的白球鞋和宽松的运动裤，少年如太阳般耀目的笑容和身上清爽的味道，就像那个春天微醺的风，温柔地拂过他的脸，带给他最暖最甜的一段时光。

五年了，物是人非。

如果……如果他心中的那个少年，那个叫作洛羿的、温柔体贴又聪明的少年是真实的就好了。他好想那个洛羿，好想好想，想到时隔这么久，都会心痛如绞。这一场闹剧般的经历，到了最后的最后，给他的感觉已经不是欺骗和仇恨，竟是痛失所爱。他觉得他爱过的人死了，他当作最重要的家人、朋友的那个人，在这个世界上永远地消失了。

再也不能更痛了。

他被一双有力的手从地上提了起来，他终于抬起头，透过模糊的视线，看着眼前的人。

好陌生啊。

明显变得更加成熟和阴沉的那张脸，明明是熟悉到空手可以描绘的五官，却显得那么陌生。那个他从前只需要平视的、可以毫不费劲就勾肩搭背的少年，如今有着让他必须仰视的身高和健壮的身体。他亲眼看着一头小狼崽长大，可他毫无察觉。

洛羿深深看着温小辉，一寸一寸地、生怕遗漏似的看着，一年多的时间，五百多个昼夜星辰，他没有一天能把这张脸从脑子里剔除掉。他曾经想过让一个人如此影响自己的大脑究竟应不应该，可后来他发现，这无关应不应该，他无法控制自己。

温小辉住在这栋洋房的一二层，他眼看着洛羿扯过他的钥匙，打开了门，把他推了进去，大门在他身后被用力带上了。

客厅灯大亮。

温小辉看着逼近的洛羿，一步步后退，最后终于因为抵到了餐桌而无路可退。

洛羿扔下钥匙，慢腾腾地脱掉了黑风衣，淡淡地说："想知道我怎么找到你的吗？"

温小辉咽了咽口水，说了重逢之后的第一句话："你怎么找到我的？"他颤抖着咬住下唇，以极低的音量说，"你为什么就不能放过我……"

洛羿的眼里骤起了一场风暴，又慢慢平息，他从那种狂怒中找回了理智，他松开了手，凝视着温小辉。漆黑的眼神中有了一点清明，他紧

159

皱眉头，望着温小辉狼狈的、悲愤的样子，无措之下，竟然还有一丝委屈。

那天晚上，洛羿一直挨着他说话，说分开的时间里自己在做什么，得到了什么，失去了什么，尽管语调温柔，可温小辉还是听出了那隐藏至深的愤怒。他知道洛羿很愤怒，因为他的离开，所以哪怕是他有想要背过身去这样细小的举动，都会招致洛羿情绪的变化。洛羿努力维持的温柔表象下，是一座随时可能喷发的火山，只要他说错、做错一点，就会把洛羿引爆，这个人比从前更加危险了。

温小辉不知道是怎么睡着的，大概是实在太累了，那一觉他睡得很沉。

第二天醒来，早餐的香味飘进他的鼻间，他恍惚地从床上爬了起来，大脑从浑噩到清醒，花了比平时还要长的时间。当他意识到那阵香味是缘何而起时，他狠狠打了个寒战。

洛羿……洛羿找到他了，他自由的假象被彻底捏碎了。

其实他私心里知道总会有这么一天，曾经他以为，当这一天到来的时候，会天塌地陷。可事实上，他很平静，也许是做了太久的心理准备，他平静而麻木地接受了。

他掏出手机，给罗睿发了封邮件，用异常淡然的语调告诉罗睿，洛羿找到他了，他去不了美国，让罗睿以工作室为理由，跟他妈解释一下。然后，他关了手机。

洛羿不知何时，悄然出现在了门口，静静地看着他。

温小辉抬头看了他一眼。

洛羿露齿一笑，那笑容是那么好看，简直叫人如沐春风："小舅舅，来吃早饭。"

温小辉沉默地下了床，洗脸、刷牙，然后坐在桌前吃起了饭。

他突然之间觉得很累，想起自己曾经的那些挣扎、反抗，究竟有什么意义呢？早知今日，他那时候逃离京城做什么？如果他早学会认命，他就不会让亲友伤心、受累，而他，大概也能少吃些苦头。

他不知道他现在的心态，该叫随遇而安，还是叫破罐子破摔？总之，他感到麻木。

"好吃吗？"洛羿给他拌好沙拉，又剥了三只大海虾，"好久没给你做早饭了，你不在，我很少做饭，手都生了。"

温小辉没说话，只是低着头吃饭。

洛羿支着下巴，静静地看着他，眼中流动着一种难以形容的复杂思绪："你的鼻子很好看，完全看不出来受过伤。"

温小辉依然没什么反应。

"你的新发型也很好看，最近是不是健身了？肌肉都结实了不少。"

洛羿自顾自地说了半天，温小辉给予的回应，只有——沉默。

洛羿的嘴唇抖了抖，拳头在餐桌下紧了又松，最终，他捏着温小辉的下巴，强迫温小辉抬起了头："怎么了，是打算跟我冷战吗？"

温小辉放下碗筷，淡淡地说："我只是突然想通了。"一夜之间想通了。

"想通了什么？"

"我跟你回去，但我希望能上班，能见我的家人、朋友。"温小辉的眼神有些游移，似乎在缓解说出这些话时，心脏那种窒息般的压抑。

"当然。"洛羿看着温小辉，明明他应该高兴，温小辉主动要跟他回去，可不知道为什么，他体会不到什么喜悦。他知道温小辉变了，从前那个没心没肺的、无忧无虑的、成天嘻嘻哈哈的温小辉，不知道什么时候不见了。

温小辉擦了擦嘴，起身离开了餐桌。

洛羿看着他的背影，心脏阵阵痛。他想起罗睿说过，他让温小辉变了一个人。是的，他已经许久没见过曾经那个温小辉了，久到他怀疑那个温小辉是否存在过。

再没有一刻，让他比现在更清楚地意识到，他毁了他最重要的人。他夺走了温小辉的快乐、对人最质朴的信任和笑容。这比温小辉对他的冷漠，还要让他痛上十倍、百倍。

他到底做了什么？

可他无法放手，他做不到，温小辉的存在，已经成了他的一种"养分"，让他还能感受到活着的唯一乐趣，没有这个人，他无所谓生死，只是行尸走肉。

所以，他无法放手……

洛羿似乎并不急着回京城,反而在温小辉租的这栋房子里住下了。

他的作息跟从前一样,六点起床,运动四十分钟到一个小时,回来洗澡、准备早餐,然后把温小辉叫醒,稳定得就像个机器人。温小辉从很早的时候就觉得,一个能自律到这种程度的人,还具有非凡的智慧,是没有什么办不成的,事实证明,果然如此。

这天,温小辉正戴着耳机、一动不动地坐在电脑前打游戏,突然有人摘下了他的耳机。

温小辉头也没回,只是手从键盘和鼠标上垂了下来。

洛羿轻声道:"你每天玩这么久,眼睛会受不了。"

温小辉没说话,只是木木地看着屏幕。这个游戏真没什么好玩的,但能让他在这栋到处都充斥着洛羿的味道的房子里,逃避一时片刻。

洛羿道:"罗睿打了电话来。"

温小辉猛地回头,见洛羿手里正拿着手机,他一把夺过手机,深吸一口气,放在耳边:"喂?"

电话那头一阵沉默。

"罗睿?"温小辉的声音不禁哽咽了。

罗睿深吸一口气,颤抖着说:"不管怎么样,你也不该关机啊。"

温小辉眨了眨湿润的睫毛,小声说:"你通知我妈了吗?"

"嗯,阿姨说她要回来,我拦不住了。"

温小辉闭上了眼睛:"我会回去见她。"

"小辉……"罗睿的声音充满了无力感。

事到如今,两人都不知道该说什么了,尤其是通过洛羿的电话,那种大费周章最后却落空的感觉,让人格外伤感。

温小辉咬了咬下唇,尽量平静地说:"我挺好的,就这样吧,回去见。"

挂了电话,洛羿按着他的肩膀:"不多聊一会儿?我自己的手机没有监听。"

就算没有监听,他也总觉得每一句话都逃不脱洛羿的耳朵。温小辉把手机放在了桌上,起身离开了椅子,打算上楼睡觉。

刚走出两步,洛羿突然拉住了他,柔声道:"是打算一直这样吗?嗯?当我不存在?"

温小辉感到一阵胆寒,他知道他在不断地触怒洛羿,洛羿的耐性就像正在漏气的气球，在一点点耗光，可他只是想将自己封闭起来，这样他才觉得安全。

洛羿见他不说话，又道："成天闷在家里不好，我们出去走走吧。"

"我不想去。"

"要去。"洛羿揉了揉自己的头发，"去你的工作室看看吧，顺便给我剪剪头发。"

温小辉看着洛羿的头发，确实有点长了，以前洛羿的发型都由他一手包办，他走了之后……

洛羿似乎看出了他的疑问，笑着说："你以前说过，不要让别人碰我的头发，所以这是我自己剪的。"他拍了拍温小辉的背，"去换衣服。"

温小辉只好照办。

换好衣服下来，洛羿手里已经拿着他的外套，体贴地给他穿上，然后拉着他的手出门了。

温小辉的车就停在楼下，昨天下了一场脏兮兮的雨，车上全是落叶和泥点子，看上去有些狼狈。一想到要跟洛羿待在那样狭小的、密闭的空间里，即便是自己最喜欢的车，现在看来也面目可憎。

洛羿笑道："你最喜欢的不是兰博基尼吗？妈妈的那辆你拿去开吧，如果你不喜欢那个颜色，就换个颜色，要是不喜欢那个车型，就再买一辆。"

"我喜欢这辆。"温小辉按开车锁，坐进了驾驶位。

洛羿随后钻进了副驾驶位："我只是想给你很多东西，任何你想要的东西。"

"我现在什么都有。"温小辉嘲弄地说，"你给的三千万赔偿费，够我花一辈子了。"

洛羿皱起眉："那不是赔偿费。"

温小辉发动了车，不想争辩这种问题。

洛羿整理了一下语言，闷声道，"那笔钱只是……我想你会开心……我做错了事，希望你原谅我。"

温小辉把手里的真皮挡杆握得咯吱响，他咬牙道："你从来没觉得自己错，不用装了。"

洛羿看着他，双眼明亮如星辰："我知道我错了，从你不再对我笑

163

的那一刻起。"

温小辉暗自吞了口气，他差点就又为以前的事跟洛羿争论起来。可笑，能争出什么结果，又有什么意义呢？

洛羿见他抿嘴不说话，心里一阵抽痛，他转过脸去，深邃的双眸毫无焦距地目视着前方："所以那不是赔偿费，只是想让你高兴一点，我可以把我拥有的都给你，只要我们能回到从前。"

温小辉平淡地说："我说过，你说的每一句话，我都不会再相信。即便你给我再多的钱，对我来说，三千万和三千亿没什么区别，我根本不知道怎么花，我也用不着，所以毫无意义。如果你真的想要补偿我，就该让我自己选择怎么生活。"

"除非你选择的生活里有我。"

温小辉脸部的线条有些僵硬，他在拼命克制自己流露出怒意，当无力感堆积到一定程度的时候，就滋生了难以想象的愤怒。那愤怒不单单是针对洛羿，还针对无可奈何的自己和这个让他无能为力的世界。

"必须有我。"洛羿小声说。

那句话如童言般固执任性，却让温小辉丝毫不敢掉以轻心。

第十一章
回家

——永远别妄想他们会回到从前,没有什么东西,能够「重新开始」

FU JIA

YI CHAN

到了办公室，温小辉才想起来，今天是新年假期结束的第一天，也是他准备要来工作室跟员工告别的日子，多么巧，他确实要告别了。

他走进工作室，所有人都准备好了，站成两排齐声说："老师早。"

温小辉笑着摆摆手："早。"

众人的目光落到了他背后的洛羿身上，像洛羿这样好看得如同从银幕里走出来的人物，走到哪儿都是目光的焦点。

洛羿微微一笑，优雅而绅士。

"呃……"温小辉一时没想到该怎么介绍洛羿。

洛羿落落大方地笑道："大家好，我是他外甥。"

经理开玩笑道："哇！老师，你们家的基因太好了吧，有没有妹妹可以介绍给我啊？"

温小辉尴尬地笑了笑。

"我今天来跟大家暂时告别，过一段时间我可能会回来，但还没定，以后大家要听陈经理的话，有什么不懂的地方可以给我发邮件。"

"是。"

温小辉看了看洛羿："你去那儿坐吧，先洗一下头，我跟经理说几句话。"

洛羿冲他露齿一笑："你给我洗吧。"

温小辉腮帮子鼓了鼓，低声道："那你在那儿等着。"

温小辉把陈经理叫进办公室，就工作室的管理跟他又细聊了一会儿，重要的事情强调了几遍，才把公章、钥匙之类重要的东西给了他。

离开办公室，他看到洛羿坐在椅子上，两个女实习生正围着他聊天，都是一脸娇羞的模样，洛羿的脸上始终挂着得体的笑容。

温小辉走了过去："来洗头吧。"

洛羿起身跟了过去。

温小辉坐在凳子上，对洛羿道："躺下。"

洛羿脱下外套，躺在了躺椅上，脑袋悬在水槽上，睁着眼睛看着温小辉。

温小辉打开水龙头，润湿了他的头发。

洛羿轻声说:"你这个角度看起来也很好看。"

温小辉的手指在他柔软的发间游移,让水充分打湿发丝。他听过一句很矫情的话,说头发软的人心也软,显然是胡说的,洛羿的心,是他接触过的人里最狠、最硬的,尽管他的头发是那么柔软。

他打上洗发水,修长的手指穿梭在黑发里,抓挠着头皮。

洛羿闭上了眼睛,嘴角带着享受的微笑。

温小辉看着洛羿光洁的额头和又长又翘的睫毛,这个角度的洛羿,他看过很多次。他曾无数次买了新的洗护产品,拿洛羿的头试验,他为洛羿洗头的次数,比为他妈洗得还多。两人会谈笑风生,那曾经是非常温情的时刻。

洗完了头发,洛羿坐回椅子里,从面前的半身镜里看着温小辉。温小辉低垂着眼帘,沉默地给他吹头发。

洛羿注视着镜中专注于工作的温小辉,越看,眼神变得越发温柔。这是他记忆中的温小辉,不阴鸷、不沉默、不沮丧。此刻的温小辉,一如几年前在聚星工作时那认真的样子,这才是温小辉真正的样子,真好!

修完头发,他看上去又小了几岁,原本也不过二十的年纪,若不是刻意西装革履,根本压不住蓬勃的学生气。

温小辉在镜中看了看他,又看了看自己,初相识的时候,温小辉比现在的洛羿还小一岁,转眼五年就过去了,时光飞梭,不给人一点回首的余地。

洛羿淡笑道:"五年了,好快啊。"

"是很快。"温小辉喃喃说道。

"还是你给我剪的头发最好看。"

温小辉收拾好自己的东西,跟工作室的人告了别,便头也不回地离开了。

他想起自己工作了五年,有很深感情的聚星工作室,当初他连回去说声再见的机会都没有,如今类似的场面,他难免触景生情。

洛羿一只手轻松地提起沉重的行李箱,另一只手搂住温小辉的肩膀:"我知道你喜欢这份工作,回京城之后,你想回聚星也可以,想自己再开工作室也可以,一切都不会变。"

一切早都变了,温小辉在心里默默地说。

167

刚回到车上,温小辉的手机响了起来,他拿起来一看,是黎朔打来的,他大概预料到黎朔会说什么,但他又急于想知道李程秀怎么样了,犹豫了一下,他还是接了。

"小辉。"黎朔的声音急躁而紧张,"洛羿找到你了?"

温小辉故作轻松地说:"啊,是,你别紧张,我挺好的。"

"你现在在哪里?我去找你。"

温小辉笑道:"我在工作室啊,黎大哥,你还是先忙自己的事吧,我挺好的,我觉得……"他看了洛羿一眼,咬了咬牙,道,"我们之间有些误会,现在在积极地沟通。以前是我太幼稚、太小题大做了,也给你们添了很多麻烦。现在我没事了,过段时间我就回京城了,有空我来看你。"

黎朔疑惑道:"你现在说的话,是出自你自己的意愿吗?"

"当然是啊。黎大哥,我和他之间的问题有些复杂,但不是不能解决的,与其继续逃避,还是痛快解决比较好,我现在很好。"

黎朔沉默了一下:"好吧,我们保持联系。"

"好,你注意安全。"

挂断电话,洛羿道:"你说得很好。"

温小辉冷声道:"我不是为了你。"

眼见着温小辉脸上的笑容在转瞬间消失,洛羿的心脏跟着揪了起来。

回家之后,温小辉开始收拾行李,还有房子、车等一系列的事要处理,他打算都交给洛羿。

洛羿给他泡了杯茶,轻声道:"我们暂时不回去。"

温小辉动作顿住了:"不回去?"

"常行的案子判了,一审判了他十二年,他正在准备上诉,这时候回去太危险,留在这里反而比较好。"

温小辉把衣服扔在了地上:"你是跑我这儿避难的吗?"

"不是,我只是来找你,你的事对我来说是最重要的。"

温小辉讽刺地笑了笑,没回话。

洛羿认真地说:"曾经我以为我活着的目标就是扳倒常行,可是你出现了,我说过,现在你才是我的目标。"

"与我无关。"温小辉把行李箱归回原位,就想离开房间。

洛羿拉住他的胳膊，低头看着他："我陪你去美国看你妈妈吧？"

温小辉瞪着他："你看我妈干什么？"

"那套玉饰你还没送吧，那由我亲手送给她好了。"

"你敢！"温小辉厉声道。

相比温小辉的暴躁，洛羿的表情可谓和风细雨："没有什么是我不敢的，只有我想不想。"

"你不准出现在我妈面前！"温小辉揪起他的衣领，"你死心吧，别为难我妈。"

洛羿低下头："那我该怎么办？"

温小辉难受地看了他一眼，转身要走。

"对不起，小舅舅，对不起……"洛羿颤声道，"你告诉我该怎么做，我什么都愿意做。"

"今天是……五年前，我最后一次见到妈妈的日子，她陪我过了年，那是第一次她从年三十陪我到年初七，然后她就走了，消失了快一个月，再见到她的时候，她已经……我……其实什么都没有，所有我觉得重要的东西，到最后都没了，所以我敢孤注一掷，向夺走我一切的那个人复仇……"

温小辉的脸色变得苍白如纸，洛雅雅的容颜再次浮现在了他面前。其实，那么多年不见，他本不该记得她的长相，可遗传了她容貌的洛羿，成了他生命中永不磨灭、刻骨铭心的记忆，所以，他清楚记得她的脸，就像他永远无法忘记洛羿的脸。

那实在是无可挑剔的绝色容颜，可惜一个薄命，一个薄幸。

洛羿的字字句句如刀子一般钻进了他的心里，体内仿佛有什么东西像血一样在流逝，那也许是他的精力，他感到四肢发软，大脑逐渐变得空白。当他心慌意乱的时候，他本能地选择逃避思考。

他不能再被洛羿迷惑，他之所以摔得几乎爬不起来，就是因为他曾信任这个人——不止一次，他不会再让自己陷入那样的旋涡。

他摇着头，喃喃说道："洛羿，不要跟我装可怜，我不相信、我不相信你说的任何一句话。"

洛羿闭上了眼睛，眉头深锁，脸上浮现明显的痛苦，他重重地换了一口气："我们不去美国了。"

温小辉松了口气，慢慢掰开了洛羿的手，脱离了他的钳制。

洛羿看着温小辉的背影，有些脱力地靠在了门框上，脑中思绪纷乱不堪。他看着天花板，眼神从毫无焦距的迷茫到慢慢聚焦的清明，深邃的黑眸中闪烁着坚毅的光芒。

短短几天时间，温小辉仿佛回到了刚来到这里时的状态，呆滞、堕落、魂不守舍，只是跟那时不同，有洛羿料理他的起居，他不会昼夜颠倒，也不会三餐不继。只是在洛羿身边，他似乎失去了笑的能力，就如同住在狼窝里，心弦随时都紧绷着。

洛羿每天都想和他说更多的话，变着花样给他做好吃的，给他找好看的电影、好玩的游戏，可他大多没什么反应，洛羿看在眼里，每每难受得不知所措。

有一天，家里的门铃突然响了。

温小辉听到门铃的时候，还没反应过来，因为他家那个门铃等同于摆设，除了物业和送快递的几乎没人按过。

洛羿笑着看了他一眼："去开门看看。"

温小辉看了他一眼，顿时紧张起来："你干了什么？"

洛羿叹道："我没干什么。"

温小辉带着疑惑走了过去，打开了门，门外的人让他顿时忘了呼吸。

"小辉！"罗睿风尘仆仆，在见到温小辉的一瞬间，眼圈就红了，他猛地扑到了温小辉身上，用力抱住了温小辉。

温小辉的身体后仰，险些被扑倒在地，他愣怔了两秒，还不敢相信怀里的人是他最思念的朋友："罗睿？"

罗睿抱着他哇哇哭了起来。

温小辉鼻头一酸，眼泪也跟着掉了下来，他用力回抱住罗睿，冰冷的心脏顿时被注入了丝丝暖流。

罗睿哭得像个刚找到妈的小孩儿，温小辉吸着鼻子，猜测着罗睿为什么会突然出现在这里，他看向了洛羿。

洛羿耸耸肩："不是我让他来的，是他自己给我打了电话。"

罗睿哽咽着说："我想见你嘛……不看到你，我不放心。"

温小辉叹了口气："都说了我没事了。"

罗睿抹掉了眼泪，回头看了洛羿一眼，充满了敌意："我们进屋说。"

洛羿就像什么都没发生过一样，礼貌又优雅地说："你们聊，我去做点沙拉。"

罗睿拉着温小辉的手就进了卧室。

门一关，罗睿就紧张地问："你怎么会被他找到的？"

"早晚的事吧。"温小辉淡淡一笑，"你真的觉得我能躲一辈子吗？"

罗睿神情黯然，其实他们都知道，温小辉有家有妈，怎么可能一直不出现？他咬着嘴唇："那现在该怎么办？"

"能怎么办啊，事情都过去这么久了，我也冷静了不少，我觉得洛羿是真的变了，我想看看他的表现吧。"

罗睿瞪大眼睛："你……你还敢相信他？"

温小辉笑而不语。他已经打定主意，不再让他妈、罗睿和黎朔为他操心，他不想再因为自己的事，让无辜的人受牵连，没有人有义务为他付出，他怎么能让罗睿和黎朔再次承担洛羿那个疯子的怒火呢？让他自己来吧，这本来就是他一个人的事。

"温小辉，你疯了吗？"罗睿拔高了音量，"他根本不是正常人，他那么危险，那么可怕，他一直骗你，你怎么还会想相信他？！"

温小辉捏了捏他的脸："别这么紧张，他现在对我挺好的，我想来想去，大概以后也碰不到比他对我更好的人了，干吗不给他一个机会呢？"

罗睿难以置信地看着他："你脑子出问题了吗？你说的话是真心的吗？"

"是真心的。"温小辉笃定地说，"洛羿一直很执着，我也挺感动的，我觉得他真的变了，他对我很好。"他说得连自己都快要相信了。

罗睿张着嘴，僵硬地看了他半晌，然后低下了头，想了半天才抬起头来："小辉，你知道的，从小到大我都没什么主见，我觉得你说得、做得都对，你让我怎么做，我就会怎么做。可是这件事……我真的不觉得你做得对，洛羿再怎么变，也抹不掉他曾经做过的那些事。而且我根本不觉得他会变，他会装呀，你忘了吗？你还能相信他？"

温小辉笑道："你这次也听我的吧。"

"我当然希望你是对的，可是，我真的很担心……"

"我现在对他也没什么利用价值了，他对我应该是有感情的，再试一次吧。我对黎大哥也是这么说的，如果见到我妈，我也会这么说。"

罗睿沮丧地捂住了脸，闷声道："我觉得不对，哪里都不对。"

温小辉揉着罗睿柔软的小鬈毛，眼中流动着难言的伤感，喃喃道："没有什么对不对的。"这条路是他自己走出来的，他得走完。再怎么浑浑噩噩地过日子，也总比让洛羿去祸害别人来得好。他不知道以后会怎么样，他甚至不知道明天会怎么样，他只知道他多半是没救了，不能连累别人。

卧室的门被敲响了，洛羿端着两份水果沙拉走了进来，放到他们中间，笑着说："自己做的酸奶，尝尝看。"

温小辉拿起一份递给罗睿："尝尝吧。"

罗睿犹豫着接了过来，洛羿对他温和一笑，仿佛曾经绑架他的事并未发生过。他最害怕的，就是洛羿这种虚伪和善变，他根本分不清温小辉到底想干什么。

洛羿坐在温小辉旁边，柔声问道："晚上想吃什么？"

"随便。"

"那就做串串吧，微辣的好不好？"

温小辉心神一颤："好。"

以前洛羿还上学的时候，他们常去罗睿的店里吃火锅，几乎把所有火锅的花样都尝过了。那真是一段很美好的时光，那个时候，洛羿还乖巧地一口一个"罗睿哥"，罗睿还会把他当小孩子，偶尔调戏一两句。如今变成这幅光景，叫人不忍面对。

"我去买东西，你们聊吧。"

洛羿走后，罗睿的神态明显放松了不少，他吃了一口沙拉，轻声道："洛羿可以装成任何他想让人看到的样子。"

"我知道。"

"你不害怕吗？"

怕，非常怕，温小辉在心里说。但他摇了摇头，没说话。

罗睿重重叹了口气："Baby，我希望这次你也是对的，你大部分时候是对的，这次你千万别出错。"

温小辉笑道："放心吧。"

"你什么时候回京城？"

"不急，我的工作室还要处理一下。过段时间吧，我给我妈发了封邮件，跟她解释了一下，她可能过段时间再回去。"

罗睿点点头："你要待多久，我在这里陪你好不好？"

"我也不确定，你店里还要看着，别在这里耗太久了。"

"店里反正跟以前一样，我不在也没什么差别。"罗睿靠在他身上，"这么久不见，我有好多话想跟你说。"

"我也是。"温小辉说起了自己这一年多的经历，其实倒也没什么好说的，他自己都觉得这五百多天过得浑浑噩噩，有时候想不起来自己究竟干了什么。离开京城后，他好像一直处于一种放空的状态，好像在S市的这段时光，对他而言没有半点价值，所以不值得记得。

罗睿静静地听着，一段时间的分离，并未让两人生疏半分，反而变得格外亲密，他们依然有说不完的话。

温小辉说完自己的，便问道："你呢？这段时间怎么样？"

罗睿抓了抓头发："老样子。"

听着罗睿像个小姑娘一样说着细碎的生活，温小辉感觉心脏都变得柔软。他多希望时间能固定在这一刻，让他觉得什么都没变，如同从前很多个午后，他就这样和罗睿无忧无虑地聊天。

可惜，这一切在洛羿进门的时候，被拖回了现实。

洛羿买了很多食材，在厨房里忙碌了起来，两人再没什么心情聊天了，罗睿帮温小辉整理东西，提前打包好，等回京城的时候可以直接寄走。

洛羿做好了火锅，就招呼他们吃饭。

火锅底料是他们以前常吃的那种，就连串串也是按照他们的口味选的，洛羿的这种细心有时候让人胆寒。

桌上除了吃的，还摆了两瓶他们都很喜欢喝的葡萄酒。

洛羿看着他们笑道："从超市出来，正好有一家店在卖这种酒。"

罗睿别过了脸去，他对着洛羿就无法掩饰自己的怒意，可他又是个生性软弱的人，他惧怕洛羿。

洛羿拉开椅子："来，坐，已经煮得差不多了，可以吃了。"他摆好碗，调好蘸料，还给两人倒上酒。

温小辉为了不让罗睿太尴尬，给他不停地夹吃的，和他说话，跟他喝酒。饭桌上的洛羿几乎是隐形的，没人搭理，但他面无异色，一直笑意盈盈地给他们添东西。

慢慢地，两人都越喝越多，酒到浓时，情绪更浓，喝得也就越来越无所顾忌。

"你们别喝了，喝点茶解解酒吧。"洛羿给两人倒上茶，他们却充耳不闻。

洛羿起身开始收拾碗筷，温小辉和罗睿还在大着舌头胡侃，许久未见，他们有着说不完的话。

直到洛羿把一桌子都收拾干净了，两瓶酒也见了底，罗睿看上去好像要睡着了，洛羿把他架了起来，送进了客房的床上。

再回来找温小辉，温小辉已经自己站起来，躺在了沙发上。

洛羿拍了拍他的脸，轻声道："小舅舅，要睡去床上睡。"

温小辉的眼睛睁开一条缝，含糊地说："罗睿呢？"

"去睡觉了，你也去睡觉吧。"

温小辉闭上了眼睛，显然就打算在这里睡了，他醉得根本走不了几步路。

洛羿干脆把他背了起来，温小辉挣扎了两下，就随他去了。

进了卧室，洛羿把他放在床上道："洗个澡吧，你一身火锅味和酒味，就这么睡了，明天你自己该生气了。"

温小辉摇摇头，翻了个身，就沉沉地睡着了。

第二天，温小辉在严重的疲累中醒来。

他好久没喝过这么多酒了，因此也好久没感觉这么累过，哪怕是曾经在健身房里待一整天，发泄似的、自虐似的运动，也不会像现在这样，全身肌肉好像瞬间沉了几十斤，连一根手指头都懒得动。

宿醉之后，头痛欲裂，他勉强抬起手，遮住了眼睛，窗外漏进来的光线太灿烂耀眼了，他沉重的心情和阴暗的现状如同躲在黑影里的吸血鬼，见不得也配不上这样的阳光。

昨晚的记忆很模糊，但他至少记得他是和罗睿喝的，所以喝得再多、再难受，也值得。

他在床上睁着眼睛躺了一会儿，勉强忍着酸痛爬了起来。他身上、床上都很干净，空气中只有淡淡的酒味和清洁剂的味道，洛羿清理过。洛羿的体贴始终如一，这一点他从来没挑出过毛病来，说来也是诡异，一个人居然能把温柔和残忍都做到极致。

他穿好衣服后，想起了罗睿，于是走出了房门。

余光穿过走廊，温小辉看到洛羿从沙发上站了起来，他放下膝上的笔记本，走了过来，脸上洋溢着一种不加掩饰的耀眼笑容："起来干什么？多休息一下吧。"

"罗睿呢？"他一张嘴吓一跳，嗓子怎么能哑成这样？

"还睡着呢，他比你还醉。"

温小辉打开客房的门，见罗睿果然在床上睡得呼呼的，这才放下心来，有洛羿在，他总是很紧张，对任何事。

洛羿轻轻带上门："起来了就吃点东西吧，吃完可以继续休息一下，昨晚你喝太多了。"那口气温情体贴，一如往昔。

"嗯。"温小辉不着痕迹地躲开他，往餐厅走去。

洛羿愣愣地看着自己的手，僵硬地垂了下去。

打开保温盒，清淡的早餐摆在面前，温小辉沉默地吃了起来。

洛羿坐在他对面，看着他。

洛羿笑道："看到你们昨晚吃喝得那么开心，我也很开心。"

"并不是因为你。"温小辉面无表情地说。

洛羿脸色微变："你是故意想让我生气吗？"

"没有，我只是实话实说，我开心是因为见到了罗睿，跟你没有关系。"

洛羿微眯起了眼睛，刚才那种明朗的、由内而外透出的喜悦的神采完全消失了，他的目光又变得阴鸷。

"哦，还是有的，毕竟是你做的饭、你买的酒。"温小辉倚靠在椅背上，冷冷地看着洛羿。

只是，洛羿永远别妄想他们会回到从前，没有什么东西，能够"重新开始"。

第十二章 伪装

——有谁会不喜欢这样一个完美的人呢？如果他是真的

回到久违的家乡，温小辉从机舱里走出来，深吸了一口气，感受了一下有别于南方干燥的空气，然而天空灰蒙蒙的，这一口吸进去的，显然不只是空气。

上了车，温小辉尽量坐得和洛羿远一点，然而后座空间就那么小，车厢里陷入尴尬的沉默之中。

过了好久，罗睿说话了："小辉，阿姨明天就回国。"

"这么快？"温小辉心里一紧，他虽然很想他妈，可到了这一刻，他突然意识到自己其实没做好准备，不禁胆怯了起来。

洛羿似乎看穿了他的心思："别怕，如果你需要……"

"不，我不需要你跟我一起去。"

洛羿黯然道："好，我不去，但你要把那套玉饰送给她，你答应我的，在她婚礼那天就该送。"

温小辉生怕洛羿执意要去，连忙妥协："好吧。"

罗睿从前座扭过头来，小声说："我会陪你去的，别紧张。"

温小辉感激地看了他一眼。

司机把他们送回了洛羿家，温小辉下了车，仰头看着面前的别墅，心中感慨万千。缘起缘灭，都在这里，最后信赖与感情双双黯然死去，也在这里。这儿是这个世界上他最不愿意踏入的地方，可也是他终生记忆最深刻的地方。

洛羿更是握紧了他的手，扭头看了罗睿一眼："你是第一次来我家吧？"

罗睿愣愣地点点头，不知道为什么，脊梁骨一阵发寒，他认识洛羿这么久，确实是第一次来到洛羿住的地方。

洛羿笑了笑："我就不请你进来了，司机会送你回去，明天我再送他回家。"

罗睿再次点点头。

温小辉道："小妈，保持联系，明天见。"

"明天见。"

罗睿走后，洛羿搂了搂温小辉的肩膀："欢迎回家。"

温小辉握紧了拳头，一股寒意直逼脑门。那口气浅淡的四个字，他听来却透着丝丝的冷,他知道对于他的离开,洛羿一直压抑着愤怒,也许现在的一情一景,都让洛羿回忆起了不想回忆的东西。

"愣着干什么?进来吧。"洛羿牵着温小辉进了屋,笑着说,"这栋房子没有你,就好像丢了魂一样,它在等它的主人。"

"我不是这里的主人。"温小辉受不了洛羿那种阴森的口气。

"我说你是你就是。你还记得我生日的时候,咱们拍的视频吗?这两年我想你的时候,就会拿出来看。"洛羿诚挚地说,"这个世界上除了你,没有人真心对过我。"

温小辉心脏一颤,他偷偷掐了自己一把,冷冷地说:"雅雅为你付出了那么多,到头来在你眼里她算什么?"

"你不懂。妈妈很矛盾,她厌恶我的出生,害怕我的成长,可又摒弃不了母性的束缚,她爱我吗?可能吧,但她也恨我、怕我。所以我说,妈妈的死亡是解脱,不只是从那个人那里解脱,其实也是想离开我。"

温小辉心中一寒,这些足以击碎他的心的话,洛羿从来没对他说过。他不忍去想,他的姐姐那十多年里究竟遭受了怎样痛苦的煎熬,她与恶狼为伴,又生下了一匹幼狼。事到如今,连他也觉得,雅雅的选择对她来说是最好的。

"所以只有你。"洛羿坚定地说,"只有你,纯粹地待过我。"

温小辉沉声道:"你要我说多少遍,我想要好好对待的人,不是你。"

"哪怕是伪装过的我,那也是我。就是我,没有别人。给我一个机会吧,让我们回到从前吧。我只想要一个家人,我能把你想要的都给你。"

温小辉后退一步,慢慢拉开了两人之间的距离,他双目炯炯,直视着洛羿:"洛羿,不可能的,你怎么还是不明白?除非时光倒流,你从没骗过我,否则什么都不可能。你想要我留在你身边,我没别的选择,我奉陪,你想让我怎么样,我统统答应,只要你别为难我的亲人朋友。但是,我们之间只能这样,只能到此为止了,不可能回到从前。"

说完,他径直走向了自己的房间,不想再看洛羿的脸。

躺在那张熟悉的床上,温小辉却辗转难眠,睁着眼睛熬到了天明,勉强爬起来,洗了个澡,准备去机场接机。

洛羿也起来了,沉默地为他挑好衣服、做好早餐,让司机送他去机场。

临出门前，洛羿执拗地问道："你有一天会不会原谅我？"

温小辉平静地看了他一眼，转身走了。

目送温小辉的身影消失在了车里，洛羿掏出了手机，拨通了一个电话，低沉的嗓音在空旷的客厅回荡："我需要你去做一些事。"他没有耐性等那么久，他迫切地想要看到温小辉对他重新展露笑颜，无论付出什么代价。

温小辉特别忐忑地和罗睿出现在了机场，他反复强调："一会儿见了我妈，一定要配合我说话，我妈现在过得很好，不要让她为我担心。"

罗睿闷闷地点点头。

温小辉揉了揉他的小鬓毛："你也不用为我担心。"

"我听你的，你可不要逞强。"

"放心吧。"温小辉咧嘴一笑，"你忘了吗，人生目标就是不劳而获，现在不是实现了吗？多好啊。"

罗睿勉强笑了笑。

飞机降落了，温小辉等在出口处，望眼欲穿。终于，他看到一个熟悉的身影走了出来。

"妈！"温小辉大叫一声，眼眶顿时就湿了，他冲了过去，用力抱住了他妈。

冯月华也激动得热泪盈眶，狠狠捶了一下他的后背，接着就在他怀里哭了起来。

"妈，我好想你、我好想你。"温小辉闻着她头发的清香，感受着她熟悉的体温，心里的委屈、憋闷、痛苦再也压抑不住，统统顺着眼泪淌了出来。

"你这个浑蛋，事先什么也不说，说走就走，你哪里像是想我……"冯月华呜咽着责骂。

"妈，对不起，我对不起你。"温小辉的眼泪流了满脸，心里无法形容地难受，拥抱着世界上最亲密的人，他却不敢、不能说一句实话。他心里有那么多委屈和苦闷，却不能跟小时候一样向自己的母亲撒娇抱怨，以前天大的事好像父母都能解决，长大了才知道，越大的事越要自己扛着。

冯月华又重重捶了他两下，把脸埋进了他的肩窝，肩膀剧烈抽搐着。

179

罗睿在一旁也红了眼圈。

温小辉低声安慰了她好久,三人才离开机场。

上了车,冯月华擦掉眼泪,声音沙哑地说:"罗睿,不好意思啊,失态了。"

"阿姨,你跟我客气什么?"

温小辉搂着他妈的肩膀:"妈,这次我哪儿也不去了,我不走了。"

冯月华抓着他的手,深吸了一口气:"你跟洛羿……"

他低下头:"妈,我和他……和好了。"

冯月华瞪大了眼睛:"你说什么?"

温小辉尽量露出轻松的表情:"我们之前有些误会,我才去S市的,现在误会解开了,我们就……"

冯月华一巴掌拍在了他脸上,厉声说:"你是不是还没睡醒?!"

温小辉感觉脸颊火辣辣的,他舔了舔嘴唇,硬着头皮说:"妈,我现在很清醒,那段时间里,我们把对方当家人,后来又……总之,之前有过很多误会,这两年他也成熟了不少。"他一边说,一边觉得讽刺,这些话恐怕是洛羿最想听的,也是他面对亲人、朋友唯一能说的,偏偏都是谎言。他倒希望是真的,他希望他和洛羿之间,只是有一些误会,而不是有解不开的怨恨。

冯月华呆呆地看着温小辉,神情复杂得难以形容,她张了张嘴,以极低的声音说:"我管不了你了是不是?"

温小辉心中一酸:"妈,我能照顾好自己,你别为我担心了。"

冯月华闭上了眼睛,靠在座椅上,满脸的疲倦。

温小辉又心疼又内疚,轻轻给他妈按着太阳穴。

冯月华沉默了良久,才睁开眼睛,平静地说:"你让他来见我。"

温小辉的手僵在了半空中:"妈,这个就……"

"你不是要跟他和好吗?他好歹是雅雅的儿子,按辈分该叫我一声姥姥吧,不该带回来让我见见吗?"

温小辉咽了咽口水,饶是再伶牙俐齿,在他妈严苛的目光下,也无法反驳。

罗睿从后视镜里看了他们一眼,大气都不敢喘,额上冒出了冷汗。他其实和温小辉一样,小时候是有点怕冯月华的,虽然冯月华对他一直很好,但她的强势和泼辣一直存在于他成长的记忆中。

温小辉抿了抿唇:"好。"

"就今天。"

"妈,你刚下飞机,先休息一下吧。"

"我不累,你今天就叫他过来。"冯月华扭头看向了窗外,不再说话。

温小辉紧皱起眉头,犹豫着掏出了手机。他反复要求洛羿不准出现在他妈面前,没想到他妈却主动要求见面……两人见面之后会发生什么?手指轻颤着给洛羿发了条短信,让洛羿下午三点来他家。

回到家,冯月华去洗澡了,温小辉和罗睿在厨房做饭。

罗睿低声道:"阿姨要见洛羿,会不会有问题?"

温小辉故作轻松道:"应该没什么吧,我妈又不会吃人。"

罗睿若有所思地看着他。

做好了饭,三人围坐着吃了起来。他们都默契地没有提起洛羿,而是聊了聊分开的近两年时光。

温小辉静静听着冯月华说起在美国的生活,她脸上洋溢着幸福的微笑,让他感到无比欣慰。

吃完饭,他们在客厅聊天,温小辉不住地看着时间,越发紧张。

下午三点,门铃几乎是准时响了起来。

冯月华的胸膛明显地起伏了一下,盯着家里的门板看。

温小辉站起身去开门,他家的大门和客厅用一道屏风挡住了,他抓着门把手,深吸一口气,打开了门。

洛羿微笑着站在门外,他今天没有穿西装,而是一身休闲装和球鞋,甚至戴了一顶鸭舌帽,让他看上去完全就是副学生模样,洋溢着青春烂漫的气息。

因为洛羿的成熟和高智商,温小辉常常忘了他实际才二十岁。这身打扮,显然很能让人放松警惕。

洛羿眨了眨眼睛,小声说:"别紧张。"

温小辉从鞋柜里拿出一个纸袋,低声道:"你自己给她。"那是洛羿让他给他妈的玉饰。

洛羿接过纸袋,然后走进了屋里。

冯月华和罗睿齐齐转头看向他们。

洛羿露出阳光温和的笑容，大大方方地说："阿姨您好，罗睿哥，你也在呀。"

罗睿很是不自在。

冯月华愣了愣，不知是因为洛羿那九分相似洛雅雅的脸，还是因为洛羿身上那种清爽斯文的少年的气质。无论是哪个，显然她都很惊讶。

温小辉不知道冯月华想象中的洛羿是什么样子的，至少一个八岁就想烧死自己父亲的被称为"怪物"的孩子，在她眼里肯定不会有什么好形象，所以，他能理解他妈的惊讶。就像当初的他，又怎么会相信，那么温柔体贴的洛羿心里藏着恶魔呢？

冯月华从愣怔中回过神来，原本紧绷的情绪被错愕取代后，脸就再也板不住了。她轻咳一声："嗯，你好，坐吧。"伸手不打笑脸人，无论她对洛羿有多少疑问和成见，此时都无法表露。

洛羿和温小辉走到沙发前坐下了，洛羿殷勤地把礼物放到冯月华面前："我也不知道该怎么称呼您，叫您阿姨好像错辈了……哦，这是一点心意，本来您结婚的那天就该送到，但是……那时候我和小舅舅有些误会呢，让您也跟着操心了。"他露出腼腆的笑容。

冯月华马上道："阿姨就阿姨吧，真叫姥姥还把我叫老了。你的心意我领了，礼物我就不收了。"

洛羿笑道："这份礼物，不仅仅是冲着小舅舅，更是我代替妈妈对您表示感谢，就算是看在妈妈的分上，您也应该收下。"

冯月华叹了口气，摇摇头："我对雅雅……有些对不住的地方，这礼物我确实不能收，我心领了。"

洛羿有些失望地说："那我就放在这里，让小舅舅代您保管了。我知道您对我有很多顾虑，有一天如果您能真心接纳我，再收下也不迟。"

洛羿的话说得滴水不漏，让冯月华想拒绝却无法开口，从洛羿进门到现在短短两分钟，气氛已经变得和所有人预想的都不一样了。

温小辉不知道该喜该忧，他以为洛羿会受到严厉的指责和质问，可他那一向强势的母亲，在面对如此平和礼貌的洛羿时，根本爆发不出来。

冯月华大概也意识到了这点，轻咳一声："这事不是主要的，我今天找你来，一是要看看你到底是什么样的人，二是跟你聊聊小辉的事。"

洛羿乖巧地笑着："阿姨您说。"他摘下鸭舌帽，理了理被压得乱翘的头发，随意的动作竟透出几分天真。

罗睿已然看愣了，温小辉更是哑口无言，洛羿的演技简直无可挑剔。

冯月华事先想好的话全都派不上用场，一时竟然不知道该说什么了，她顿了一下，有些结巴地说："嗯……你现在在做什么？"

"自己开公司呢。"洛羿有些无奈地说，"创业挺辛苦的。"

"这么小就开公司？你几岁了？"

"快二十一岁了，我毕业早。"洛羿笑道，"小舅舅没和您说吗？我是跳级上的大学。"

"哦，好像说过。"冯月华看了温小辉一眼，神情很复杂。

"虽然辛苦，但是前景很好。而且有小舅舅在我身边鼓励我，我觉得特别踏实。"洛羿几乎笑弯了一双眼睛，"阿姨，我坚持想送您礼物，是因为我实在不知道该怎样感谢您。您和叔叔帮助了我妈妈，而小舅舅又帮助……不，应该说，他拯救了我。"

冯月华睁大了眼睛，支吾着不知道该怎么回答。

洛羿又是腼腆一笑："我小时候没人管我，性格很自闭、很古怪，常常好几天都不跟人说一句话，想法也异于常人。但是自从小舅舅来到我身边，教会我如何像正常人一样交流、行事，可以说他为我打开了一个新的世界。如果不是他，别说开公司了，我可能连上学都困难。"他扭头冲温小辉笑。

温小辉咽了咽口水，简直不知道该作何反应。

冯月华眨巴着眼睛，脑子顿时乱了。

四个人坐着聊了一个多小时，温小辉眼看着他妈从洛羿还未进门时的气势汹汹，到逐渐唠起了家常，虽然表情依然有些生硬别扭，可是从头到尾都没能说出一句过激的话。

他知道他妈是做好了准备给洛羿下马威的，甚至很可能代替他抡起菜刀。当初他妈曾经把欺负他的那个老师追着打了半个操场，护犊的时候是天不怕地不怕的，可是洛羿软得就像一团棉花，从头到尾笑面迎人，别说是他妈了，就连他和罗睿都会在恍惚间被洛羿唬住。

最后，他妈居然留洛羿吃晚饭。

洛羿特别殷勤地要下厨，还微笑着补充："小舅舅不会做饭，都是我做的，我手快，你们看看电视，等一会儿吧。"

洛羿去厨房做饭了，留下三人面面相觑。

冯月华轻咳了一声："嗯……这孩子跟我想象中的不太一样。"

温小辉有些沮丧："你想的是什么样的？"

冯月华皱起眉，一时也不知道该如何形容。

其实她不说，温小辉也能猜出来，一个八岁就想烧死自己亲生父亲的"怪物"，任何人都会将他想象成阴沉的、古怪的、冷血的、残酷的、失常的，其实洛羿跟这些形容词完全吻合，只不过，当他想要伪装的时候，任何人都看不出来。而他又无法告诉他妈洛羿的真面目。

冯月华想了想，又问："他看着挺好的，你们之前是因为什么吵架的？"

温小辉干涩地说："有一些误会，不好说。"

冯月华叹了口气："真是没想到，怎么会这样？雅雅的儿子呀，这是命吗？怎么会这样呢……"

是啊，可不是命嘛！天底下有几个人能经历这么多乱七八糟的事！

"他是你姐姐的儿子，虽然没有血缘关系吧，但毕竟你和雅雅感情很好……"冯月华又叹了口气，"雅雅是真的把你当亲弟弟，你重视他也是应该的。"

温小辉的头几乎垂到了胸口，他现在只觉得满心讽刺，特别讽刺。他无时无刻不想离开洛羿，却要在所有人面前装作一切正常。洛羿现在甚至把他妈都唬住了。他掐了掐手心的肉，勉强笑道："妈，我现在挺好的，你就……不用为我操心了，早点给我生个混血弟弟或者妹妹吧。"

"净胡说，我这个年纪了，Ian 有孩子，我有你，还生什么？"冯月华说完，淡淡笑了笑，无奈地说，"洛羿这个孩子很有礼貌，但是不代表我就放心他了，毕竟他小时候实在很不正常。"

温小辉点点头，心中苦笑不已。

过了一会儿，洛羿做好了一桌饭菜，还拿出他家尘封已久的餐具，摆得漂漂亮亮的，特别讲究，然后招呼他们吃饭。

温小辉家里没人会做饭，他爸是完全不进厨房，他妈做饭是熟了就行，他更是懒，在这个家里，从来就没出现过这样丰盛精致的晚餐。看着那一桌子色香味俱全的饭菜，不禁让人觉得生活都美好了起来。

冯月华忍不住夸了一句:"挺香啊。"

洛羿露出好看的笑容:"阿姨,您快尝尝。"他主动给冯月华拉开椅子,懂事又殷勤。

吃饭的时候,气氛更加祥和,冯月华打听了很多洛羿的事,洛羿都回答得滴水不漏。一整个下午,他表现出来的就是一个阳光、温和、聪明、开朗,正在勤奋创业的年轻人,而且长得那么好看。若不是冯月华对他有先入为主的看法,一定无法不喜欢这样一个年轻人。

有谁会不喜欢这样一个完美的人呢?如果他是真的。

吃完饭,洛羿还想收拾碗筷,被冯月华阻止了。她在洛羿把饭后的水果沙拉端到面前的时候已经觉得不好意思,坚持让洛羿去客厅看电视,自己收拾。最后,被温小辉抢了过去。

温小辉在厨房刷碗的时候,就不断听着客厅里传来洛羿爽朗的笑声。过了一会儿,罗睿大概是坐不住了,跑到厨房来帮忙,借着水声的遮掩,他小声嘀咕:"他真能装。"

温小辉苦笑一声:"是啊。"

"这样的人好可怕。"

千人千面,着实可怕。洛羿能为了骗他伪装三年,短短一个下午又算得了什么?有时候他都怀疑,洛羿这样不会精神分裂吗?

温小辉收拾完厨房,洛羿也很适时地告辞了,冯月华说:"小辉,你送送洛羿。罗睿,你留下,阿姨有事跟你聊聊。"

温小辉看了罗睿一眼,示意他谨慎点,她妈显然是想从罗睿嘴里听听对洛羿的评价。

罗睿不免有些紧张,无奈地留下了。

温小辉把洛羿送下了楼,夜风一吹,凉爽极了。洛羿伸了个懒腰,笑道:"阿姨比想象中客气多了,你以前真的太紧张了。"

温小辉用力握了握拳头:"都出门了,不要再装了。"

洛羿微微愣怔,就好像被人从美梦中敲醒一样,眼里闪过浓浓的失望,眼神也跟着暗淡了下去:"她是你母亲,我尊敬她、讨好她都是真心的。"

"是啊,你干得很好,天衣无缝。"温小辉胸中憋着一股难以形容的怨气。

185

"小舅舅，并不是我做的所有事都有目的，我只是……想让你高兴。"

"我没不高兴。"温小辉顿住了脚步，"就送到这儿了，你回去吧。"

洛羿柔声道："回去休息吧，你的车过几天就寄到了。等你安顿好了，如果你想回聚星工作，我安排你回去。"

"常行……现在怎么样了？"温小辉始终有点担心。

洛羿表情一暗："他的上诉还在审理中，我不会让他翻盘的。"

"我不管你要做什么，如果牵连到我的家人朋友，我会跟你们拼命。"

"我不会让你和你重视的人有危险，等他的案子宣判了，我会把他的势力连根拔了。"

温小辉将信将疑，心中还是蒙着一层不安的阴影，以至于他短时间内也并不想上班，他宁愿多陪陪他妈。过段时间，他会劝他妈回美国，远离是非之地。

洛羿轻声道："那我走了。"

温小辉点点头。

※ 第十三章

危险

——你给予我的，还有活着的希望

FU
JIA

YI
CHAN

温小辉过了几天格外轻松的日子，在从小长大的房子里陪着自己的母亲，他觉得自己仿佛回到了少年时代。那时候他脑子里除了想出名就是想赚钱，每天用大把时间学习和美容。当初那个男孩儿的确是虚荣又肤浅，可那个时候直来直去的开心，怎么都找不回来了。

为了不让他妈看出异样，他每天还是嬉皮笑脸地该吃吃该喝喝，他的车从S市运过来之后，他想带他妈出去兜兜风，可惜城里空气太差，开敞篷跟蠢货似的，但他还是给他妈化了妆、做了头发、搭配好衣服，带她去商场买东西。

冯月华看着身边提着大包小包的漂亮儿子，心中窃喜："哎，你说你这么走我旁边，像不像富婆带着保镖？"

温小辉眨巴着眼睛："冯太太，你梭的伦家听不懂哎。"

冯月华笑骂道："臭贫。"

温小辉哈哈笑道："妈，你今儿是不是觉得倍儿有面子？"

冯月华得意地点点头，但很快又压低声音说："儿子，你现在到底赚多少钱啊？我警告你啊，你跟谁臭显摆都行，可不能跟你妈充大款啊。"

"你就放心买吧妈！"

冯月华犹豫了一下，又问："你说实话，你花的是不是洛羿的钱？"

温小辉本能地想反驳，可是想想他这些年，自己工作也不过赚了一两百万，跟洛羿那一大笔"赔偿金"根本没法比，他现在能这么挥霍，是哪笔钱给的底气，不言而喻。他倒是没什么不好意思的，因为他和洛羿之间，关于钱的"渊源"太深了。细究起来，洛羿所有的钱原本都是他的，虽然他从没想要，但他不想让他妈心里不舒服。

见他迟疑，冯月华心里就有数了。

温小辉笑道："妈，你别多想，我赚的钱……"

冯月华打断他："我没多想。我知道洛羿很有钱，他送的那套玉饰得要好几百万吧？你找机会还回去，我肯定不能要，这东西烫手。"

温小辉尴尬地说："我知道。"

"你呀，也就是表面上精明，骨子里太单纯了。别人的钱始终是别人的，你不能因为他给你钱，就自己什么都不干了，人什么时候都得给自己留后路，知道吗？"

温小辉哭笑不得："妈，我收入也挺高的，这点东西还买不起吗？你就别瞎想了。"

冯月华叹道："洛羿的身份本来就不太寻常，你们俩上次吵个架就闹成这样，谁知道以后会不会出事？我心里老是想着他小时候的事，总是有点不安心……总之，你也要对他防备着点，千万要保证自己的安全。"

"妈，我知道了。"温小辉在心里苦笑。也不怪他妈怀疑他的收入，若没有洛羿，他也不会有这么多钱，虽然，这些钱不是他想要的。他曾经很爱钱，可真正投入感情后，才发现他曾经以为在金钱面前他必然会弯腰的尊严、低头的风骨却跟站军姿一样挺得笔直。他也不会想到，他宁愿分文不取，也不想和洛羿相识一场。

什么名车、豪宅、花不完的钱，都比不上吹着晚风聊着天来得珍贵，这想法说出去真要让人笑掉大牙，至少换作几年前的他，会嘲笑这份矫情和天真。谁知道经历过后才懂，有些东西是真的千金不换。

两人边逛边聊天，都有些走累了，就在商场找了家咖啡馆坐着休息。

冯月华去上厕所的工夫，他突然看见镜子里闪过一张有些熟悉的脸。他的心脏猛地一颤，一股寒意瞬间侵袭全身，他整个人都僵住了。

是……是常行的保镖！

他不会看错，他绝对不会看错！他肩膀不受控制地颤抖起来，那个人就在他身后不远处，可他根本没有勇气回头。

那个保镖在跟踪他吗？他想干什么？温小辉第一时间想给洛羿打电话，到这个时候，他能想到的人只有洛羿。可他不敢轻举妄动，他抱着一点侥幸的心理，希望这只是巧合。也许保镖根本没注意他，他现在的发型跟以前差别很大，说不定面对面也认不出来……他给自己找着各种理由，就是不愿意接受自己被盯上了的事实，因为他跟他妈在一起啊！他不能允许任何人伤害他妈。

温小辉握紧了拳头，就那么僵硬地坐着，不知道该怎么办。

然而，他并没有机会多想，他能清楚听到背后有脚步声接近，一步一步，就像直接踩在了他心上！

一个黑影进入他的余光，然后，对面他妈刚才坐的位置，被一个男人填满了。

温小辉下意识地往后仰去，他惊恐地环顾四周，咖啡馆里人很多，自己还算安全吧？

保镖露出一抹冷笑："别紧张，我不会把你怎么样，只是和你聊聊。"

温小辉颤声道："你想干什么？"

保镖伸出一只手，手腕上有一道狰狞的横切伤口，看上去触目惊心。他端起一杯水，喝了一口，双目直勾勾地盯着温小辉："这只手现在也就能拿拿杯子了。"

温小辉咽了咽口水，拳头在桌子下握紧了。

"不过我没怪你，我们俩无冤无仇，我是拿钱办事，这算是工伤。"

"你到底想干什么？！"

"我们老板其实一直关注着你的动态，洛羿把你藏了两年，倒是藏得挺好的，可惜他现在放松警惕了。"

"洛羿没有藏我，我是工作调动。"

保镖失笑："别说笑了。我也不跟你废话，直说了吧，我知道你想离开洛羿，但是又摆脱不了他。"他一副叹息的口气。

"我跟他的事和别人无关。"温小辉一直看着大门的方向，他担心他妈随时回来。

"当然有关，至少洛羿现在的一举一动，都和我的老板有关。温先生，你真的以为洛羿保得住你吗？"

"你什么意思？"

"你的家人、朋友、同事，你身边的所有人，我都已经调查得清清楚楚，我相信你也不希望他们因为你出事吧？"

温小辉咬牙切齿："你敢，我会杀了你！"

保镖露出一丝狞笑："不错，这个表情我熟悉，当初你想逃跑的时候，也是这么一副被逼急了的兔子的样子。可惜兔子始终就是兔子，胆儿再肥，也斗不过猛兽。温先生，现在你有一个机会，既能保护自己的家人、朋友，又能得到一大笔钱，还能彻底摆脱洛羿的纠缠，可谓一举三得，而你只需要做一件很简单的事。"

"不管是什么，我拒绝。"温小辉斩钉截铁地说。

保镖身体前倾，凑近他道："温小辉，说句实话，如果我老板出事，我就彻底没了经济来源，而我又没有一技之长，到时候只能铤而走险，干些危险的事了。早一点干晚一点干，对我来说并没有多大区别，所以你最好照办，否则你一定会后悔。"

温小辉双目瞪得溜圆，眼中布满了血丝，愤怒和恐惧已经快要烧断他的理智。

这时，他妈恰巧回来了，他脸色一变，保镖也意识到了什么，快速说道："我会再联系你，如果你告诉洛羿，你知道后果。"说完，他起身头也不回地走了。

冯月华回来了，奇怪地问道："刚才坐这儿的人是谁啊？"

"推销东西的。"温小辉掐着自己的掌心，强迫自己冷静。

"这些人真是太烦了。"冯月华也没在意，继续吃下午茶。

温小辉的脑子里乱成了一团，他看着他妈，眼神逐渐失焦。

怎么办，他该怎么办？

他第一反应是告诉洛羿，从什么时候开始，他觉得洛羿能解决一切？就像洛羿自己说的那样。可是，他既不信任洛羿，也不敢承担走错一步的后果。

把冯月华送回家，温小辉就接到了洛羿催他回家的短信，他才想起来，已经一个星期了。他现在严重心神不宁，若是现在回去，肯定会被洛羿看出来；可是不回去，洛羿起疑心算轻的，多半会直接跑过来把他接去。他犹豫了一下，回了短信，说自己要去罗睿那儿吃点东西，晚些回去。

他需要时间冷静一下，而且，他有两年没吃过罗睿店里的甜点了。

他到罗睿那儿的时候，店正好要打烊，一见到他，罗睿有些惊讶："你今天不是陪阿姨逛街去了吗？"

"逛累了，我把她送回去了。"温小辉环顾店里，跟两年前没什么差别，空气中始终弥漫着一股咖啡的浓醇和甜点的清香，是个让人一走进来，精神会放松，心脏会变得柔软的地方，就像罗睿这个人给人的感觉。

"你都好久没吃过我做的东西，想吃什么？试试新口味？"

温小辉摇摇头，笑道："我要吃我最喜欢的草莓芝士蛋糕。"

罗睿露出温柔的笑容："坐着等我。"

温小辉选了个靠窗的座位坐下了，这儿曾经是他最喜欢的位置，有时候洛羿放学后，他们就会在这儿吃下午茶、聊天，然后洛羿会骑着单车载他回家。那些画面至今还如此清晰，越是美好的东西，摔碎的时候越让人痛彻心扉。

过了一会儿，罗睿端着个托盘走了过来，上面摆着精巧的小蛋糕和水果茶。

温小辉搓着手："来来来，馋死我了。"

罗睿给他倒好茶，拿叉子把蛋糕分成能入口的小块，然后推到他面前："吃吧，管够。"

温小辉捏了一把他的脸："还是我们小妈最贤惠。"

罗睿淡淡一笑。

温小辉埋头吃了起来，香软绵密的蛋糕入口即化，整个口腔充满了美妙的味道。罗睿做的甜点用料好、新鲜，味道绝佳，也难怪每天买蛋糕的人要排队，店里更是一位难求。

罗睿支着下巴，安静地看着他。

温小辉干掉半块蛋糕，抬头看了一眼，失笑："怎么了，这么深情？"

罗睿笑骂道："又臭美。"

温小辉扑哧一笑："这叫自信。"

"是啊，你一直都很自信，整个学生时代，我都希望自己像你一样，这么自信，这么耀眼。"

"现在呢，觉得我走下神坛了吧。"温小辉笑着摇了摇头，"其实也就是个傻子吧。"

"现在，我心疼你。"

温小辉心里一暖，叉起一块蛋糕，送进了他嘴里："我最不想让你担心，可惜我没做到。"他已经决定，自己偷偷雇几个人，二十四小时轮班跟着他妈和罗睿，他已经失去了太多，不能承受更多了。

罗睿抓着他的手，轻轻蹭了蹭："我只要你过得好就行。"

温小辉笑道："你赶紧把自己推销出去，省得我操心。"

"哈哈，我会努力的。"温小辉余光瞄到了什么，他猛然回头一看，洛羿正站在玻璃墙外，他穿着一件T恤和大短裤，脚踩着白球鞋，手旁扶着自行车，正微笑着冲他们招手，青春无敌。

温小辉的心脏被猛击了一下。斗转星移，时间仿佛瞬间倒退了五年，他和洛羿隔窗相望，好像什么都不曾发生，他还是那个温小辉，洛羿还是那个洛羿，过去和现在的影像在眼底重叠，简直叫人肝肠寸断。

罗睿也愣住了，似曾相识的画面，怎能不叫人伤感？

洛羿推门走了进来，露齿一笑："小舅舅，回家了。"

小舅舅，回家了。

温小辉感到心脏骤然剧痛，他深吸一口气，表情无波无澜，平静地说："你怎么来了？"

"想来接你。"洛羿毫不犹豫地说。

"我开车来的。"

"放在这里吧。"洛羿指了指自己的自行车，"晚上很凉快，我载你回去，你已经好久没坐了吧。"

温小辉面无表情地说："我有跑车不开去坐自行车？再说你一个大老板，也不合适吧。"

洛羿将他拉了起来，粲然一笑："低碳环保。我们走了，改天见。"说完，他朝罗睿摆了摆手就带着温小辉走了。

两人走了出去，洛羿拍拍自行车后座："这个位置只有你能坐。"

温小辉上下打量了一番洛羿，忍不住冷笑了一下："洛羿，你打扮成这样，骑着自行车过来，是想跟我玩怀旧吗？"

洛羿深深地看着他："算是吧。"

"我也很怀念从前，但从前只是从前，再像也不是真的，你做这种事不觉得无聊吗？"

洛羿抓着车把的手暗暗握紧了，他低声笑了两声，笑声透着难以形容的苍凉："小舅舅，我智商有167，但我竟然想不出该怎么讨好你。以前真的看不出来，你这么油盐不进。"

温小辉也笑了："这不是拜你所赐吗？当年的我特别容易讨好，带我吃顿好的我能高兴几天，你说的每一句话我都毫不怀疑地相信。洛羿，你让我成长，我也让你成长，彼此彼此吧。"

"你给予我的何止是成长？"洛羿跨上车子，"乖，上来吧。"

温小辉坐上了后车座。罢了，就当消消暑吧，他胸口里郁结着的一团又一团的浊气，若是能被晚风吹散一些该有多好。

193

轻风拂面，令人神清气爽，温小辉闭上了眼睛。这一刻，他什么都不愿意想，只希望自己随着这车子的摇曳，进入梦中，梦里有他埋藏在记忆最深处的幸福。

风中传来洛羿的声音："你给予我的，还有活着的希望。"

温小辉睁开了眼睛，眼圈微微湿润。

到家之后，洛羿准备了一大茶几的夜宵和新出的游戏，沙发上的靠枕显然是新换的，看上去就柔软舒适，洛羿眼神期盼地看着他："我们打游戏吧？"

温小辉心脏轻颤，尽管他说洛羿做的这一切"无聊"，可只有他自己知道，这每一帧的画面，都会让他想到从前。

他因为洛羿的举动而感到愤怒，却又无可奈何。

洛羿把他按到沙发上："来，我教你玩最近最火的一个丧尸游戏，画面非常棒。"

两人坐在沙发上，肩膀挨着肩膀，温小辉看了他一眼，洛羿脸上那帅气的笑容真是刺眼。

想起白天遇到的人，温小辉没有半点心思打游戏，他到现在也没想好究竟该怎么办。

告诉洛羿会怎么样？不告诉会怎么样？

告诉洛羿，也许洛羿能解决，但也许他妈和罗睿会有危险，他不愿意冒这个险；若不告诉……常行要他做的事，必定是对洛羿不利的，因此这是一个他选择哪方的问题。

全世界最让人痛恨的选择。

"怎么了？心不在焉的。"洛羿的手臂从背后环住他，握住了他抓着手柄的手，"这个游戏的预设键跟其他的不太一样，你如果不习惯，我帮你调一下。"

温小辉摇摇头："不用。"

洛羿笑着说："在认识你之前，我根本不知道我想要的是现在这样的生活，谢谢你。"

温小辉对他每天无休止的温柔和讨好快有些招架不住了。以前洛羿从不说这类话，倒是他喜欢言辞调笑，现在听来，怎么这么别扭？

洛羿放下了手柄："你不想玩就不玩，困了吧，我带你上楼睡觉？"

温小辉打了个哈欠，他并不是真的困，只是不想和洛羿独处，他宁愿躲回房间玩手机。

两人一边上楼，洛羿一边声音低缓地说着以前的趣事。他记忆力太好了，能描述所有的细节，让人忍不住在脑海中生成画面。尽管只是短短几步路，他们却走得非常漫长。

等到了房门口，洛羿才淡笑着说："晚安。"

温小辉没有忍住，也轻声回了一句"晚安"，然后他看着洛羿眸中闪过的悸动，心中阵阵酸楚。

第二天，洛羿给他准备好早饭就去公司了，温小辉也回了自己家。

在忐忑度过了几天后，温小辉接到了一个没有号码的电话，他看到来电显示的一瞬间就预感到了什么。果然，接通电话，对面传来了保镖阴沉的声音："下午3点，在解放路46号的咖啡馆见，自己来。"不等温小辉回一句，电话就被挂断了。

温小辉深吸一口气，在报警与否这个问题上挣扎了一个小时，最后，他没报警，而是揣上了一把刀。

临出门前，不知道是出于什么心态，温小辉给自己化了个妆，还换了一身新衣服，用心捯饬了一番。

他妈看他打扮得这么好看，还以为他要去约会，笑骂他臭美。

温小辉走过来亲了他妈一下，笑意盈盈地走了。

一出门，他脸上的笑容瞬间消失了，他攥紧了手里的刀子，开车走了。

到了那个咖啡馆，保镖早已经在靠窗的位置等着，温小辉沉着脸走了过去。

保镖看了一眼，表情说不出有多别扭，讽刺道："打扮得这么精致，你是来走秀的？"

温小辉面对着他，也许是被自己想要做的事吓到了，对这个人他反而不害怕了，他淡定地坐下了，冷冷地说："我就是死的那天也要体面地去死。说吧，你想让我干什么。"

"不是我想让你干什么，而是老板想让你干什么。"保镖上下打量他，"你倒是比我想的有种。"

温小辉眯起眼睛："你什么意思？"

保镖抬了抬下巴："兜里的，是刀吧？"

温小辉脸色一变，手下意识地把兜里的刀攥紧了。

保镖嗤笑道："我玩刀的时候，你可能刚学走路，你那僵硬的半边肩膀，时不时往口袋里伸的手，紧张又悲壮的表情，根本逃不过行家的眼睛。怎么，想捅死我，顶着这张漂亮脸蛋去坐牢？"

温小辉咬牙道："你是个通缉犯，我是正当防卫。"

"你说得有道理，可惜你没有这个机会。"保镖阴森地说，"你敢乱动一下，我会当场把你眼珠子挖出来，整形都救不了你。"

温小辉心里一阵恶寒，肩膀克制不住地颤抖起来。

保镖冷冷一笑："现在收起你的小心思，听我说话。"

温小辉深吸一口气，仇恨地看着他。

"我要你从洛羿那儿找几样东西：一张光盘、一个公章，还有一个文件袋，应该都放在一起。"

"我去哪儿找？怎么确定是你们要的？"

"去哪儿找就要看你自己了。光盘年代久远了，洛羿有可能已经复刻了，但是公章他不会复刻，复刻的没有用，文件也是，所以，你只要找到一个'常红咨询服务有限公司'的公章和一个装了很多资料的文件袋就可以。"

"文件袋里有什么？"

"应该有几份商业文件、票据、行程单，还有一些照片，至于内容，我也不清楚，但你看到了，应该就知道那些是老板要的。"

温小辉沉声道："拿到了，你们想干什么？"

"当然是为了老板的官司。"保镖道，"我们的时间很紧，你必须一个星期内把我要的东西给我。"

"一个星期？我连它们在哪儿都不知道。"

保镖点点太阳穴："想办法，我可以告诉你，那些东西，就是洛羿从你家墙里挖走的。"

温小辉瞪大眼睛："什……么？"

"那些是洛雅雅留着要保命的东西，她放在了你父亲那里，我不管你用什么方法把它们找出来。我会再联系你。"保镖站起身，他走了几步，突然顿住脚步，回头冲温小辉一笑，"你朋友的店生意真好。"

温小辉脸上闪过凶狠的表情，他咬紧牙关，恨不能将眼前的人生吞了。

保镖走后，他在咖啡馆里呆坐了很久。其实他大概能猜到洛羿会把东西放在哪里。洛羿这样的人不值得信任，同时他也不信任任何人，那么重要的东西，一定会放在自己能掌控的地方，所以，东西应该在他家里。

那栋别墅那么大，他不知道该去哪儿找。如果找到了……如果找到了，他把东西交给了常行，会怎么样呢？常行会获释吗？如果常行出来了，洛羿的处境肯定会变得很危险。

温小辉揪着头发，使劲搓了搓，他感到头痛欲裂。

有时候他会在恍惚之间，觉得自己现在的生活很不真实，他这辈子最崇尚的就是活得开心，可是从什么时候开始，他被说不清道不尽的烦恼纠缠，没有一天，哪怕一天，心里能真正的平静。而这一切都是因为洛羿，洛羿到现在都不能放过他，他如何不恨。

带着一点刻意的心态，他回想起洛羿对他做过的种种，虽然他从未想过，也不敢报复，但当自己亲人的安危和洛羿的利益相冲突时，他不该犹豫。

温小辉的眼神变得坚毅。他要尽快把他妈送回美国，最好再把罗睿弄去澳洲待一段时间，无论是常行的阴谋，还是洛羿的怒火，他一个人承受就足够了。

聊完之后，温小辉直接去了洛羿那儿。

他进门的时候，正巧曹海也在，两人在谈事儿。看到温小辉，洛羿原本严肃的脸顿时焕发笑容，就好像沉寂的花骨朵瞬间绽放了一般，璀璨得让人移不开眼睛。

"你回来了，我还以为你下周才回来。"洛羿夸赞道，"你今天穿得真好看。"

温小辉有些尴尬地看了曹海一眼，毕竟他和曹海曾经也算是撕破了脸皮，曹海还给他跪下过，见了面自然是别扭的。

曹海却表现得波澜不惊，朝温小辉道："好久不见了。"

温小辉也冲他点点头。

洛羿高兴地说："你是回来吃饭的吗？"

"不是，找你谈谈工作室的事儿，你们先忙吧。"

"好，你上楼等我，我很快就好了。"

197

温小辉转身就上楼了。

目送着温小辉的身影消失在楼梯口，曹海才道："洛羿，你确定要这么做吗？太冒险了，常行现在是孤注一掷了，他就算自己跑不了，也会把你一起拖进地狱。"

洛羿端起桌上的酒，啜了一口，缓缓道："曹海，你觉得我离地狱远吗——无论是过去还是现在。"

曹海愣了一下。

洛羿用笔尖一下一下地点着合同，低声说："你也算是看着我长大的吧，我知道你也是迫不得已才跟我合作，我这种人，连狗都养不熟。如果现在我死了，可能没人会为我掉一滴眼泪。"洛羿抬起脸，深邃的眼睛静静地看着曹海。

曹海深深皱起眉："我发现你什么道理都懂，人心你看得透透的，可你选的总是最偏执、最不正常的那条路。温小辉现在是什么状态，你难道看不出来吗，你越逼他越适得其反，你真的不明白？"

"我怎么会不明白，他心里想什么，我一清二楚，可我一点办法都没有。现在唯一能让我高兴的事就是看到他，但正好相反，他只有不看到我才会高兴。"洛羿嘲讽地笑了笑，他端起酒杯，轻轻摇晃，双眸深不见底，"我当然希望他高兴。"他将杯中酒一饮而尽。

曹海看着这个绝顶聪明漂亮的青年，看着他眼中疯狂而偏执的光芒，他原本应该有怎样一个精彩完美的人生，偏偏降生在这样的家庭。世间最大的憾事，莫过于一颗玲珑美妙的果实，内里已经烂透了。

温小辉上楼之后，重重喘了几口气才让狂跳的心脏平复一些。他把卧室门敞开着，这样他就能听到洛羿上楼的声音，然后，他开始在房间里翻找起来。

这个房间他曾住过好几年，再熟悉不过，他把适合放东西的地方沿着顺序翻找起来。

过了一会儿，他听到了脚步声，心里吃了一惊，赶紧把东西放回原位，坐到电脑前，打开早就准备好的电影看了起来。

洛羿上楼了，带着淡淡的酒味，从温小辉背后撑住了电脑桌，那带着笑意的声音简直丝丝扣人心弦："看什么呢？"

"这不是你下的片子吗？"

"给你下的,你不是喜欢动作片?"

温小辉把电影暂停了,回头道:"我跟你谈谈工作室的事儿。"

洛羿拉开另一张椅子坐下了:"你说吧。"

"现在聚星是什么情况?我回来之后还没和聚星的人联系过。"

"我倒是和聚星的控股方一直有联系,聚星现在发展得很好,但是琉星精力有些跟不上了。他离了婚,自己带两个孩子,非常需要有人帮他,如果你现在回去,什么都好谈。"

温小辉道:"但我现在想做自己的工作室,我计划把S市的人马搬过来。"

"你不想回聚星了?"

温小辉摇摇头:"我很喜欢聚星,但我想自由一些。"

洛羿笑了笑:"你做什么我都支持你,你想在哪儿开工作室?你说一个大致的地段和要求,其他我来帮你准备。"

"离家近一点吧,但不要跟聚星离得太近。"

"那还是国贸商圈吧,离罗睿的店不远。"

"好。"

"能为你做点什么,我真的很高兴。"

温小辉低下了头去。

"晚上想吃点什么,还是出去吃?"

"在家吧。"

"没问题。"

洛羿转身要下楼,温小辉突然叫住了他:"洛羿,常行的案子怎么样了?"

洛羿愣了愣,回过身:"还在审,怎么了?"

"他肯定会被判刑吗?"

洛羿点点头:"只是年限的问题。"

"多少年?"

"可能一辈子出不来,可能几年就放出来。"

"他出来之后,你就不怕他报复吗?"

洛羿阴沉地说:"只要他进去了,我会把他所有的势力连根拔起,就算有一天他出来了,也什么都不剩了。"

199

温小辉沉吟片刻："你们是亲生父子，一定要闹到这一步吗？"

"从他逼死妈妈，我开始计划复仇的那一刻起，我们俩就都回不了头了。现在不是他下地狱就是我下地狱，我不会放过他，他也不会放过我。"洛羿深深看着温小辉，"我不能让我做的一切到最后都变成一场空。"

温小辉眯起眼睛："你对我做的，是你自己的选择，这点别怪到别人身上。"

洛羿淡淡一笑："为什么突然问起常行了？"

"他早点判了，我也安心，他的势力那么大，我担心我妈的安危。"

"阿姨过段时间就要回美国了吧？"

"嗯，我会让她早点回去的。"

"早点回去好，需要我安排吗？"

"不用了。"

"我去做饭了。"洛羿走了两步，回头问道，"小舅舅，你很担心阿姨和罗睿，那如果有一天我消失了，你会不会担心？"

温小辉皱起眉："你想说什么？"

洛羿笑道："我只是好奇，毕竟我们认识快五年了，尽管你恨我，尽管你没有一天不想远离我，但是如果我真的不在了，你会伤心吗？"

温小辉本能地不想去思考这个问题。

洛羿很强，他聪明、年轻、有权有势，还有一颗冷酷的心。世界上好像没有什么事能打倒这样的人，所以他从来没有想过洛羿可能会消失。他不知道洛羿问这个问题是出于什么目的，想博取同情吗？不管是因为什么，他一点都不想思考。他想象不出来，没有洛羿的世界是什么样子。毕竟这个人在他生命中刻下的痕迹，就像一道裂谷。他扭过了头去："我看电影。"

洛羿看着温小辉的背影，淡淡一笑。

第十四章

绑架

——我们这样的人，留一个就够了

洛羿下楼之后，温小辉赶紧暂停了电影，继续找保镖说的那些东西。

把洛羿的房间都翻了一遍，温小辉一无所获，他决定等明天洛羿走了，去其他房间看看，别墅这么大，可有得找。

洛羿似乎对他主动回来非常高兴，吃完饭陪着他看电影，亲手剥了橘子，一瓣一瓣地往他嘴里送。温小辉窝在沙发里，昏昏欲睡。

"困了？"洛羿贴着他耳朵问。

温小辉点点头。

洛羿低声笑道："你怎么这么容易困，懒蛋？"

温小辉迷茫地眯着眼睛，看着不知道在放什么的电影、暖色的灯光、一桌子的零食，还有身边能感觉到温度和气息的人。他突然想起了洛羿那天从他家出来后，说的话。他曾经幻想过的生活，是不是……就是现在这样呢？

温小辉猛然感到一阵锥心地痛。

他彻底睁开了眼睛："睡觉吧。"

"嗯，去睡吧。"

温小辉从沙发上站了起来，径自走上了楼，也许是真的累了，他倒在床上就睡着了。只是想到他要去做的事，整夜噩梦不断。

第二天，洛羿早早就出门了，显然是去了公司，但他将早餐热好放在了桌上，一如既往地贴心。

听到大门被带上的声音，温小辉马上睁开了眼睛。他翻身下了床，套上衣服，下楼去了洛雅雅的房间。

洛雅雅的房间平静如往昔，桌前纤尘不染，显然常有人打扫，就好像主人从未离去，随时可能回来。他在这儿住了几年，很少来雅雅的房间，每次进来，都不免触景生情，这份怀念这么多年都平息不了。

"姐，打扰了。"温小辉双手合十，拜了一拜，在她房间里找了起来。

洛雅雅的房间里东西特别多，温小辉怀着一种罪恶感，不敢翻得太厉害，找了一会儿，他实在腰酸腿疼，就在沙发上坐下了。沙发正对面的墙上，就是洛雅雅的大幅照片，照片中的女人有着扣人心弦的美貌，只是眼里有着浓得化不开的哀愁。温小辉看着看着，突然感到一阵心虚。

他在他逝去的姐姐的房间里，翻找对她儿子不利的东西。也许，她也想向常行复仇，至少她不会想看到洛羿失败，而他却……

"姐，我该怎么办？"温小辉看着那照片，喃喃道。他捂住了脸，突然感觉无法直视洛雅雅的眼睛。洛雅雅对他的好，他这辈子没机会还了，他原本是想还在洛羿身上，谁知道事情会面目全非。在他最痛恨洛羿的时候，他想过，冲着洛雅雅，他唯一能做到的，也仅仅是不去害洛羿，可他现在做的事……

他挣扎了半天，想着他妈，想着罗睿，最终还是站了起来，继续去找。

姐，对不起……

温小辉用一上午的时间把洛雅雅的房间翻了个底朝天，还是没找到他要的东西，却意外发现了几本洛雅雅的日记。他拿在手里，挣扎了半天，最终用一种自虐的心态翻开了。

随手翻开的那一页，记录的就是跟洛羿有关的东西。看时间，那是洛羿差不多六岁的时候，洛雅雅在日记里担忧地写：为什么儿子这么不爱说话？是因为平时没人和他说话吗？他是不是自闭？是不是有什么问题？不但不说话，还喜欢用一种好像在观察什么东西的眼神看着别人，有时候，我觉得有点害怕。

温小辉只看了这一段，就"啪"的一声合上了日记，他有种预感，如果他真的看下去，他又会同情心泛滥。洛羿的童年始终是他刻意回避的话题，他不想从那昏暗的、沉重的故事里，为洛羿的今天找借口，也不想通过那段故事窥见雅雅心酸的过往。最好的方式，是不知道。

他把日记放回原位，确定所有东西都规整好了，才对着洛雅雅的照片鞠了一躬，安静地退出了房间。

人多半不会把重要的东西放在客厅，所以，最后就是四楼的储物室了。那个悬挂着常行被箭射得千疮百孔的照片的房间，也是洛羿不愿意让他去的地方，但他知道洛羿把四楼的钥匙放在哪儿。

打开储物室，温小辉忐忑地走了进去。

常行的照片还在，只是脸上插了太多箭孔，尤其是眼睛的位置，整张照片已经面目全非，看不出是何人。再次看到这幅照片，温小辉还是倒吸了一口冷气，那上面每一处痕迹，刻画的都是洛羿经年累月的憎恨。

他看着储物室里堆积的东西，一时有些不知如何下手，他喘了口气，继续翻找。

在找到常行的照片附近时，他鬼使神差地盯着照片看了起来，然后，他试图把眉心上的那支箭拔掉，看能不能稍微还原图像，他已经有些记不起常行的样子了。那支箭插得很深，而硬泡沫靶子不怎么受力，他用手按住靶子往外拽，箭拔出来的一瞬间，他感觉自己手按的地方在往里凹陷。

他愣了一下，轻轻移开了贴着照片的靶子。靶子后面的墙上，竟有一扇一本书大小的木质小门，上面有密码锁。

温小辉感到心脏狂跳了起来，这会是保险箱吗？不，太小了，放不了什么东西，那么就有可能是机关。他的指尖在那扇小门上摸索，最后停留在了密码上。

六位数的密码……他毫不犹豫地把洛羿银行卡的密码输了进去。

"咔嚓"一声，锁开启了，他颤抖着打开小门，果然在里面发现了一个机关扳手，他深吸一口气，扣下了扳手。

"轰隆"一声闷响，对面墙上沉重的实木书架往两边移开，逐渐露出了一个暗室。

温小辉傻眼了，入目所及的竟是半面墙的枪械、武器！他一眼就认出了他陪洛羿过第一个生日时，常行送给洛羿的那把枪！温小辉感到腿脚有点发软，他勉强走了过去，伸手轻轻碰了碰枪的枪管，冰凉的金属质感，让人心寒。

展架的下面有几个没上锁的箱子，温小辉打开一看，是码放得整整齐齐的金条和好几个国家的现钞。

那暗室不大，所有东西几乎一目了然，只有箱子里还能藏东西。他颤抖着把金条和钞票拿了出来，如果这里面还没有，他就真的不知道该去哪儿找了。可惜，他把两个箱子都翻了一遍，还是什么都没有。他沮丧地坐倒在地，脑子里烦躁不堪。他很后悔，他昨天下午就该不顾一切地捅了那个保镖，不管是捅死还是捅伤，都能避免那个浑蛋再威胁他。可是，他当时胆怯了。

"你在干什么？"

一道清冷的声音如炸弹一般在温小辉的心脏上爆裂开来，他浑身一颤，血液几乎倒流。他缓缓回过头，洛羿正倚靠在门口，面无表情地看着他。

温小辉咽了咽口水,从地上站了起来,暗室门大开,脚边还堆着金条和现钞,他该如何解释?

洛羿朝那些金子和票子抬了抬下巴:"你不会是想要这些吧?你知道这些东西你想要多少我都会给你。"

温小辉握紧了拳头,抿唇不语。

洛羿走了过来,每走一步,温小辉就跟着后退一步,他心脏狂跳,害怕得汗流浃背。洛羿给予他的恐惧不如保镖那样张狂、直白,但那种沉重的、仿佛故意收敛却又随时可能爆发的压迫感,更让人畏惧。

洛羿走到他面前,轻轻抬起了他的下巴:"你想要什么,嗯?告诉我。"

温小辉被迫抬起头,望进他深不见底的双眸,顿时口干舌燥。

"说呀,只要你开口,我一定给你。"洛羿低下头,口气无限温柔,"我什么都愿意给你。"

温小辉头皮发麻,恐慌像病毒一样刹那间感染全身,他几乎是条件反射般推开了洛羿,双目瞪得溜圆,胸膛剧烈起伏着。

洛羿静静地看着他。

温小辉咽了咽口水,越过洛羿就想跑,却被洛羿拦腰抱住,狠狠顶在了墙上,双脚几乎离地!

温小辉声音嘶哑地叫道:"放开我!"他觉得洛羿的眼神好像要吃人!

洛羿用血红的眼睛看着他:"告诉我你想要什么,常行的保镖让你从我这里拿什么?!"

温小辉瞪大眼睛,脑子里嗡嗡直响。

"你很惊讶吗?我早说过我派了人暗中保护你、你妈还有罗睿,你怎么不信?你以为常行不知道这点吗?常行给那保镖家里安排好后路了,所以他现在无所顾忌地卖命,想通过你打击我。就算被我知道了也没关系,他的目标早已经不是那些东西,而是我。你怎么能相信他的话!"

"因为我不相信你!"温小辉同样双目赤红,冲着洛羿狂喊道。

洛羿揪着温小辉的领子,眼球上的血丝好像随时会爆炸,狰狞的面孔最终被痛苦淹没。

两人怒瞪着对方,恨不能用眼神将对方扒个干净,看看对方心里面到底在想什么。可惜,他们之间隔着的岂止是衣服、血肉、骨骼,还有一次次欺骗与伤害后那难以填平的沟壑。

最后，洛羿慢慢松开了温小辉的衣领，将他放下了。

温小辉的脚板踩到地上，心却始终悬在半空，他慢慢蹲下了，疲倦地捂住了眼睛："我害怕，他如果伤到我妈……"

洛羿低头看着温小辉，看着那纤细的、好像不盈一握的脖子，他突然生出个念头，不如一起去死吧……那样他就没什么可烦恼的，也不用担心温小辉离开他了。

可是，他舍不得，他始终记得曾经温小辉对他露出的那无忧无虑的笑容，好看得不得了。他想把他亲手夺走的笑容还给温小辉，他想再看看那样的笑，即使不是为了他。

洛羿也蹲了下来："我会保护你和你重视的人，我会再增加多一倍的保镖。你如果实在不放心，就尽早让阿姨回美国吧。"

温小辉抱着脑袋，低声道："那个保镖怎么办？"

"我来处理。"

温小辉抬起头看着他："他说，他要的那些东西，是你从我家墙里挖走的，是不是？"

"是。"

"所以我爸妈知道那些东西……"

"你妈应该不知道，但你爸肯定知道。他是想保护你妈妈吧，我看了那些资料，不是一般人能搜集来的，至少当时才二十多岁的妈妈做不到，而你爸是特种兵退伍……那些资料藏了那么多年，直到妈妈走之前，常行才知道那些东西的存在，开始疯狂地找……"洛羿轻声道，"它们落到我手里是好事，如果是被常行先找到了，他不会放过你们母子的。"

温小辉想起自己的父亲，他父亲已经走了十年了，父亲的面容在自己的印象中都已经有些模糊。但他始终记得，他父亲是个刚毅、有担当的男人，即使当时把雅雅赶出门，也不可能对她的困难坐视不管，这确实像他父亲干的事。原来，早在十多年前，他就已经和他们的恩怨有了瓜葛。

温小辉抹了把脸，站了起来："我回家了，这两天把我妈送走。"他记得 Ian 的生日也快到了，他妈似乎没打算回去，他要去劝一劝。

"从现在开始你不要单独行动了。"洛羿道，"老吴在外面，他会二十四小时跟着你。"

老吴就是那个曾经救过他的常行的"司机",是洛羿很信任的一个保镖。温小辉皱起眉,他想问问洛羿是为了保护他还是为了防他,可他知道问了也没有意思,恐怕两者都有吧。他们之间已经没有任何信任可言,不只是他对洛羿。

温小辉回到家,就开始劝他妈回去给 Ian 过生日,他妈觉得自己刚回来没多久,不想这么快回去。最后,温小辉骗她说自己下个月也一起过去给 Ian 庆生,这才让她同意。温小辉立刻给她买了三天后的机票。

安排好了他妈,他又给罗睿打了个电话,说自己想去澳洲散散心,罗睿几次邀请他都说没时间,这次听说他要去,罗睿高兴极了。

罗睿兴奋地说:"我家在澳洲的大房子超级漂亮,请的是当地最好的设计师,前面是个小牧场,后面有河……"

温小辉含笑:"行了行了,显摆八百回了,这回我终于能去吃你的、喝你的、睡你的了。"

罗睿嘻嘻笑道:"你想什么时候去?"

"下个月吧,你先回去,陪陪你父母,然后给我准备准备,我过两个星期就过去。"

"行啊,正好我妈前几天打电话还说想我了,我也该去休息休息了。"

"那你赶紧去吧。"温小辉知道常行的二审最迟下个月就要判了,这段时间常行一定会像疯狗一样找办法自救。那个保镖找到他就是最好的例子,至少这段时间,一定要把他妈和罗睿送到安全的地方去,等案子尘埃落定了,他才能放下心来。有洛羿去收拾那个保镖,他应该能安全地把他妈和罗睿送走。

两边都确定下来后,温小辉感觉比去了一次健身房还累。想起在 S 市的生活,有一段时间他为了转移注意力,玩命地健身,回来之后,却一次都没运动过,现在,什么东西都不可能剥夺洛羿的存在感。

温小辉在家闷了三天没出门,他妈想出去买点东西带回美国,都被他以雾霾太重阻止了,说自己去的时候再给她带。罗睿速度很快,买了机票就飞走了,店里有成熟的经理人和西点师,他完全不用担心。

平时电话、短信不会断的洛羿,这三天没有一点音信。温小辉说不上心里是什么想法,隐约是有点担心吧。毕竟那个保镖是个危险人物,虽然洛羿更危险，但两人最大的不同在于那个保镖已是亡命之徒。他这三天一直在犹豫要不要打电话去问问洛羿情况，却又不想显出自己对洛羿的关心。

他和洛羿处在一种极其微妙的境地，他们生活在一起，他们表面上还有着亲情的羁绊，可只有彼此知道难堪的真相。只是，一种生活过得久了，难免就习惯了，他已经在潜意识里接受了这样的生活，毕竟他也没有别的选择。毕竟，以洛羿的偏执，也不会让多余的人来分割他的时间和关注。

他懒得再挣扎，只要有机会，谁都想活得轻松一些。

他妈回美国那天，他和老吴亲自去送。

上了车，冯月华还奇怪："儿子，你什么时候招了个司机啊……"她突然反应过来，"是洛羿的？"

温小辉假装漫不经心地"嗯"了一声。

"我就说嘛，你哪会买这种商务车！"冯月华想了想，"洛羿今天不来？"

"他有……"话音未落，温小辉的手机就响了，他拿出来一看，正好是洛羿打来的，他大概能猜到失联了三天的洛羿打来这通电话的用意。

果然，一接电话，那头便传来洛羿好听的声音："小舅舅，这个点阿姨该去机场了吧？"

"正在路上。"

"让阿姨接个电话。"

车厢里安静，洛羿的话冯月华听得一清二楚，温小辉扭头一看，冯月华已经伸出手准备接过手机了。他心里有些郁闷，把手机递了过去。

"喂，小洛啊。"冯月华轻咳了一声，大约是想维持威严，可就连罗睿都能看出来，冯月华对洛羿很满意。虽然心里有一层隔阂，也有很多让她不自在的因素，可单单对洛羿这个人，她满意。

"阿姨，不好意思，今天本来想去机场送您，可是公司临时有很重要的事，我走不开。"

"没事，你都让司机来了，再说我又不是不回来。"

"那是，您下次回来我一定亲自去接您。祝您一路顺风，您需要什么东西就跟小舅舅说，我给您寄过去。"

"好，不麻烦你。好，下次见。"

挂了电话，冯月华点点头："这孩子别看年纪小，真挺会来事儿，这点跟雅雅很像。"

温小辉心想，洛羿的心思，他们这些人加在一起再翻倍都追不上。所以他丝毫不意外冯月华会在见了洛羿之后态度大变。毕竟他们只接触了三个小时，而他和洛羿认识足足五年，也是到了最后一刻，才看清这个人。

路上，冯月华不住地嘱咐温小辉要照顾好自己，保护好自己，也许是为人母的直觉，令她有些不安心。

温小辉点头称是，那些话却怎么也听不进去。

把他妈一气儿送进安检口，温小辉才彻底放下了心。现在他妈走了，罗睿也走了，常行就是手再长，也伸不到国外去，现在只等案子的终审，他才彻底地从那团阴影中抽身。

回去的路上，温小辉看了半天老吴的后脑勺，终于忍不住问道："吴哥，洛羿这几天在干什么？"

老吴有些意外，但依然很镇定："我不太清楚，我这几天一直守着你们。"

"你不怕常行的保镖报复你吗？"毕竟当时是他挑了那保镖的手筋。

老吴淡定地说："干我们这行还能怕报复吗？"

"也是。"温小辉还想说什么，手机却再次响了起来，来电显示的名字让他心头一颤。

黎朔？

温小辉没想到黎朔还会打电话给自己，黎朔虽然又绅士又平和，但其实是个心气很高的人，他应该早对自己失望透顶了……在挣扎了十多秒后，温小辉接通了电话，艰涩地叫了一句："黎大哥。"

黎朔沉稳磁性的嗓音从电话那头传来："小辉，最近还好吗？"

"挺好的……你呢？"

"我也还好。寒暄的话就不多说了，我有件很重要的事要告诉你。"

"什么事？"

"我不知道洛羿会不会告诉你，但是我觉得以他的性格，他会瞒着。"

温小辉心脏一沉，握着手机的手攥得死紧："你说。"

"我是刚得到的内部消息，常行昨天跑了。"

温小辉脑中闪过一道白光，身体克制不住地狠狠抖了一下："什……什么，他……他怎么可能……"

"他是经济案，又是在保释期间，要跑太容易了。只是这么一跑，就是把所有退路都断了。我具体不清楚他和洛羿之间的恩怨，但既然你和洛羿走得那么近，还是小心点好。"

"谢谢你，黎大哥，我……"

砰！猛烈的撞击伴随着巨响，瞬间将温小辉从座位上弹了起来，狠狠撞在了车门上。温小辉感到半边身体剧痛，眼前天旋地转，他昏迷前听到的最后的声音，是黎朔在急切地叫他……

温小辉缓缓睁开了眼睛，他脑袋疼得好像要炸开了，眼球胀痛，浑身一点力气都没有。

他努力回忆了一下自己为什么会这样，然后他想起来了，他出车祸了。但是根据他曾经的经历，他觉得那不是意外，而是人为的。当初黎朔雇人从洛羿手里把他劫走，就干过同样的事，只不过当时那一下跟这个比，只能算"擦碰"。

他深深喘了口气，不用多想，他也知道自己的处境很危险。出了车祸不在医院，而在一个不知名的地方，一定是常行干的。他看着简陋的木质顶棚，仔细分辨外面的声音，猜测自己应该是在一个有水的地方。

他强忍着浑身的酸痛，撑起了身体，发现自己躺在一张脏兮兮的单人床上。他环顾四周，屋子不小，半边堆放着物资，似乎是个仓库，简单的生活用品应该是给仓库管理员准备的，只是从陈设上积的灰判断，这里应该很久没有人住过了。

这到底是什么鬼地方？

一想这些问题，温小辉就觉得头痛欲裂，他小心翼翼地摸了摸脑袋，还行，除了左脑门儿上贴着一块纱布，其他地方没有开瓢也没有血糊糊，估计是脑震荡的后遗症，胳膊腿也还在。这几年受伤的次数加起来比他过去二十年都多，希望他这次也能大难不死。

他咬着牙从床上下来，走到了门边，门果然从外面锁上了，他有气无力地拍打着门板："喂，有没有人？来人啊！"既然没弄死他，那也不打算饿死他吧？

叫了半天，终于听到了一阵脚步声，一个粗犷的男声在门外响起："干什么？"

"饿了，还想上厕所。"

男人走了，过了一会儿，温小辉听到钥匙转动的声音，他以为是开锁的，没想到黑漆漆的门板下面竟然打开了一个狗洞，一个托盘上盛着汉堡和矿泉水，被送了进来，还附赠了一句话："拉撒在屋里解决。"

"你们把我关起来想干什么？"他话还没说完，男人已经锁门打算走了，根本不想搭理他。他赶紧趴下，想看看外面到底是什么地方，可惜只来得及瞥见一点，狗洞的挡板就又被锁上了。不过，他已经看到他想看的了——一排废旧的集装箱，他在港口。他看了看表，如果现在还在他妈离开的同一天的话，那么他昏迷了七个小时，这个时间内他能到达的港口，好像有三五个啊。

温小辉拿着汉堡和水，坐回床上，机械式地咬了起来。

食不甘味。

常行想绑架他干什么？威胁洛羿，还是报复洛羿？或者说两者皆是，不管怎么样，他这次恐怕不会只是断个鼻骨那么简单了。就是不知道洛羿这次有没有留个后手了，否则，他真是凶多吉少。

不知怎么的，他竟然没觉得害怕。大概是因为担心这一天担心得太久，以至于都觉得不耐烦了，抱着一种长痛不如短痛的心态，早死早痛快。和洛羿在一起，他已经有这样的心理准备了，就连恐惧也已经麻木。幸好他妈和罗睿都已经出国了，只要他们安全，他无论怎么样，也只能认命。

他觉得自己这辈子都被洛羿给毁了，说不定最后还会因为洛羿英年早逝，想想真可笑。

他竟然连愤怒都感觉不到了，在这个安静的、潮湿的、破旧的港口小仓库里，他觉得万籁俱寂，脑子里一片空白。

吃完东西，他晕晕乎乎地又睡着了，中途醒了几次，都是疼醒的，睡到最后，已经不知道黑天白夜，他幻想自己在脑出血，说不定睡着睡着就过去了，那未尝不是一种解脱。

可惜天不遂人愿，他最后还是被人粗暴地叫醒的。

一只混杂着烟味的手在拍他的脸："喂，起来、起来。"

温小辉睁开眼睛，见是那个送饭的人，他问道："干吗？"声音干涩沙哑。

"起来吃点饭，别饿死了。"

"我睡了几天？"

"快两天了。"

温小辉还真有饿死的打算，可惜他一醒，就发现自己饿得受不了了，于是只好坐了起来。他也斜了男人一眼："你是什么人？为什么把我关在这里？你想干什么？"

"我只负责看着你，保证你活着，其他我一概不知道，你赶紧吃饭，吃完饭把药吃了。"

温小辉想了想，还是不想当饿死鬼，于是拿起汉堡咬了一口："你就不能换个口味？天天香辣鸡腿堡。"

"哼，事儿还挺多，吃你的。"

男人监督着温小辉把饭吃完，又把药吃了，才收拾东西要走。

温小辉在吃东西的时候偷偷观察了，看守他的人不止一个，门口还站着一个。就算是他活蹦乱跳的时候，也未必干得过这个虎背熊腰的汉子，现在这副病怏怏的样子，就更不用想了。他问道："那我要这么待到什么时候？"

"我说了，不知道。"

"那你至少告诉我今天几号吧！"

男人看了一眼手机："17号。"

"我在秦市，还是连市？"京城周边的话，只有这几个地方有港口。

男人冷冷看了他一眼，拿起东西走了。

温小辉发现这人嘴相当严，多一句废话都不和他说，他现在唯一知道的有用的事，只有两件：第一，他对常行还有价值，暂时死不了；第二，他被绑架已经三天了。

吃完药，再次醒来，温小辉感觉身体的疼痛缓解了一些，脑袋也没有那种要炸裂的痛了。他终于稍微清醒了一点，冷静下来，思考自己的处境和自救。

他把整个仓库翻了一遍，包括里面堆放的物资，那是一批大蛇皮袋。除此之外，仓库里没有任何能当作工具的东西，显然早就被人收拾过了。

他垫着蛇皮袋爬到高处，从通气口往外看去，终于看到了外面的情况。这里是一个大港口的一部分，但是处在新建港口的最边缘，应该是已经废弃了。远处，能看到起重机在作业，可他看不清集装箱上的字，还是不知道自己在哪儿。

其实他知道自己在哪儿也没什么意义，关键是洛羿知不知道。

从天亮再次等到了天黑，温小辉听到寂静的走廊里传来了一阵脚步声。他猛地站了起来，心脏跟着狂跳。这次不是一两个，而是好多人，难道是……常行？

紧锁的门被打开了，为首之人身形高大，五官英俊，年龄赋予他的除了岁月的痕迹，还有沉淀得越发浓厚的成熟沉稳，他穿着黑色风衣，眼神阴沉。

正是常行！

常行比以前瘦了一圈，两颊都有些凹陷，凸显得他的五官更加锐利和咄咄逼人。他看着温小辉的眼神，像鹰隼看着猎物。

温小辉咽了咽口水，再见到常行的一瞬间，恐惧再次袭上心头。

常行从口袋里掏出烟，放进嘴里，身后的人立刻给他点上烟，他抽了一口，上下打量着温小辉："你好像过得也不怎么样。"

温小辉点点头："不是拜你所赐吗？"

常行点点头："但归根结底还得算到洛羿头上。"

这句话温小辉不得不同意，可他不是来找认同感的，他道："常会长，你想把我怎么样？直说了吧，让我有个心理准备。"

"我会把你怎么样，全看洛羿怎么做。"

"你想让他干什么？"

"我要出国，需要他为我做点事。另外，他毁了我多年基业，不可能一点代价都不用付出。"常行微微眯起眼睛，"孩子不听话的时候，要给他一些终身难忘的教训。"

温小辉狠狠打了个冷战，拳头不自觉地握紧了。

"我来找你，是想和你商量商量，如果你愿意配合我，我可以保证你活命；如果你不配合……"常行笑了笑，"你们俩有一个一定要留在这里，你觉得他会选谁？"

温小辉咬紧牙关："你想……让我干什么？"

"给洛羿打个电话,按照我说的去做。"

温小辉摇了摇头,然后低下了头,脑袋差点沉到胸口。

常行这个可怕的怪物,比洛羿歹毒多了。

常行失笑:"到现在你还对他抱有希望?你看看你自己,你变成这样是因为谁?你有家不敢回躲了两年又是因为谁?你就不想从他手里彻底解脱吗?"

温小辉抬起头,死死盯着他:"你真的要杀自己的亲生儿子吗?"

常行吐了口烟圈:"我们这样的人,留一个就够了。"

我们这样的人,留一个就够了。

洛羿也说过一样的话,不愧是父子。

温小辉想起洛羿的脸,然后想起他妈、罗睿,他宁愿自己去死,也无法做这样的选择。

常行掏出了一部手机,抛给了温小辉,温小辉一看,正是自己的手机。

"给洛羿打个电话。"常行道,"说你在南舫酒店 8801 房,让他下午 3 点过来接你。"

温小辉握紧电话:"你们想把他怎么样?"

"这个不是你能关心的,打电话。"常行看着温小辉,"我不想对你动手,但我没有多少耐性。"

温小辉咬紧下唇,常行阴沉的眼神让他不寒而栗,他怕死,他也怕疼,可他也怕洛羿因为这通电话而遭遇什么他无法承受的事。这些痛苦孰重孰轻,他无法分辨,他现在真的希望那场车祸别让他醒来。

常行掐掉了烟:"我再给你最后一次警告⋯⋯"

温小辉的脑袋几乎垂到了胸口。电光石火之间,他突然想起来,洛羿习惯监控他的手机,即使他抗议过很多次也没用,说不定洛羿现在早知道他在哪儿了。他打这个电话,洛羿至少知道他是安全的!

他抬头看了常行一眼,拨通了电话,拨号音第一声都没响完就接通了,好像有人一直盯着手机在等电话一样。温小辉心脏发紧,用力呼了一口气。

"小舅舅。"洛羿阴沉的、沙哑的声音在电话那头响起。

"是我。"听到洛羿的声音,悬空的心好像得到了一丝安抚,温小辉强迫自己冷静下来,如果想活命,洛羿是他唯一的希望。

"你怎么样？受伤了吗？"

"脑震荡了，现在还算清醒。"温小辉看了常行一眼，在他眼神的示意下，道，"我在……南舫酒店8801房，你下午3点来接我。"

"好。"

"一个人来。"常行补充道。

听到常行声音的一瞬间，温小辉就感觉到电话那头的呼吸变得有些粗重，洛羿沉声道："好。"

"带着所有我需要的东西。"常行抽了口烟，淡笑着看着温小辉。

温小辉隐隐有些担心，洛羿不会真的一个人去那个酒店吧？洛羿一定早就知道他在哪儿了，可能会出其不意地来救他，如果洛羿独自落到了常行手里……

"按照我的话说。"见温小辉不说话，常行催促道。

"带着……常行要的东西。"温小辉越说越觉得不安，可他不敢惹怒常行。

"我知道。"洛羿轻声道，"我不会让你出事的，不要害怕好吗？"

温小辉鼻头一酸："你说这话有意思吗，我现在这样是因为谁呀？"

"对不起。"洛羿哑声说，"如果没有我，你原本可以有很好的生活。"

温小辉闭上了眼睛，睫毛都湿了。听着洛羿口气里的伤心，他突然不想再说任何苛责的话了。因为，万一这是他最后一次听到洛羿的声音呢。毕竟是他曾经重视的人，刻薄虽然是他的强项，可这个时候说这种话，其实更没意思。他叹了口气："你小心吧。"

"好。"洛羿主动挂掉了电话。

温小辉双眼通红地看着常行："这样可以了吗？"

"手机给我。"

温小辉把手机递了过去，常行接过来，一甩手扔到了门外的墙上，摔了个四分五裂。温小辉心脏猛颤，感觉那裂纹就像是裂在自己心上。

"好好待着吧，晚一点你就可以见到他了。"常行笑了笑，"最后一次见到。"

温小辉奢望这是一场噩梦，然而丝毫没有要醒的预兆。

第十五章

爆炸

——我说了我会保护你,无论如何都会做到

常行走后，温小辉经历了这一生中最漫长的等待，他渴望时间瞬息而过，又渴望时间就此停滞，他觉得自己要疯了。他不停地幻想最后的结果，无论是他出事，还是洛羿出事，越想越害怕得浑身战栗。

　　他想起上次洛羿说过的话，洛羿说如果自己消失了，他会不会在乎……他当时拒绝去想，因为哪怕只是开了个头，他都受不了；现在他却不得不去想，如果洛羿真的……他会怎么样？

　　温小辉想象了一下这个世界上再没有洛羿，再听不到他的声音，他彻底地、完全地、不留痕迹地消失，就好像他从不曾来过，这个世界上连一个可以共同追溯洛羿的人都没有，将永远地失去他……

　　不……不行……那一定会是地狱，他承受不了洛羿消失。

　　谁能来救救他、救救他们？为什么只有他们走得格外痛苦？如果没有常行，没有这一切……

　　温小辉控制不住地流了满脸的泪，在昏暗、破旧、散发着难闻霉味的仓库里，传来他压抑的哭声。

　　一分一秒的时间流逝都是痛苦的煎熬，眼看着太阳落山，一室昏暗，温小辉的心也跟着直往下沉。

　　天都黑了，至少是7点以后了，常行没有来为难他，洛羿也没有来救他，那就证明，洛羿恐怕是赴约了……洛羿落到常行手里了吗？他安全吗？常行会把他怎么样？温小辉快被这些问题折磨疯了。

　　四周格外安静，温小辉耳朵里充斥着远处的波涛声和自己的心跳声，他越来越绝望。

　　突然，走廊里再次传来了脚步声。

　　温小辉猛地从床上跳了下去，由于保持一个姿势时间太久，肌肉都僵了，他"扑通"一声重重跪在了地上。他顾不上疼，手忙脚乱地爬起来，冲向了门口。

　　仓库门被打开了，这几天给他送饭的男人率先进来，一把将他推离了大门："急什么？该你的躲不了。"

　　温小辉咽了咽口水，看着他身后的两个手下和他手里的绳子："你要干什么？"

217

"送你去个地方。"男人上来就把温小辉捆了起来。

温小辉没有丝毫反抗,他感觉自己快要能见到洛羿了。

他被捆着手、蒙着眼睛拽了出去,走过一条吱呀作响的木走廊,然后,他被推上了一条摇晃的船,腥咸的海风拂面,渔港的味道着实不好闻。

最后,他被粗暴地推进了一个船舱,摘掉了蒙眼的黑布。

船舱里站着几个人——常行和常行的手下,还有被绑在船舱角落的洛羿。

"洛羿……"温小辉的眼圈顿时红了。

常行嘲弄地看着温小辉:"你们手机里那点小伎俩,我会上两次当吗?"

温小辉感觉脑子里某根紧绷的神经绷断了,他朝着常行怒吼:"你还有没有人性!洛雅雅、洛羿,你还想害死多少亲近的人?!"

常行脸色微变:"我对他们不够好吗?他们却一个一个地背叛我,与其这样,不如我来亲手了结。"

洛羿轻声道:"小舅舅,不要说话了。"

温小辉满眼血红,恶狠狠地瞪着常行,他就像被逼到了绝路的小兽,再也无所顾忌了:"因为你是个魔鬼,没有人敢留在你身边,你害死我姐,现在还想害死自己的亲生儿子。你这种人,注定不得好死。"

常行眯起了眼睛:"温小辉,你胆子不小。"

"胆子大还是小有什么区别吗?常行,不管你做什么,你一定会付出代价。"

"我已经付过了。"常行露出阴森冷酷的笑容,"现在我要跟你们玩最后一个游戏。"

洛羿深深看了温小辉一眼,然后露出很温柔的浅笑,似乎想安抚他,那笑容让温小辉再次湿了眼眶。除了他们都能活下去,他已经不奢望其他任何事,他什么都可以妥协,只要……只要他们能活着。

常行居高临下地看着洛羿:"洛羿,你后悔吗?"

洛羿闻言抬起头:"我最后悔的,就是留你平白惹出这么多麻烦。"

常行冷笑两声:"你虽然不是我唯一的儿子,却是最像我的一个,我本来对你寄予厚望,所以对你格外宽容,才让你有机会对付我。"

洛羿寒声道:"你真的以为自己能逃出国吗?"

"你给我准备的东西,要在天亮之前到位,至于我能不能走得了,你不用关心,还是把时间花在告别上吧。"

洛羿微微眯起眼睛,没有说话。

"船舱外停着一艘摩托艇,你们两个之中的任何一个,都可以在爆炸之前离开这艘船。我很期待我最后会看到一个什么样的结果。"常行的笑容异常残忍,"当然,如果我天亮之前拿不到我要的东西,你们两个就都别想走了。"

洛羿直视着他:"我怎么能确定,如果我给了你想要的,你一定会放他走。"

"就把我们之间最后的一点父子情分,当作这件事的承诺吧。"常行低声笑道,"而且你也没有别的选择。"

洛羿看了温小辉一眼,低下了头去。

常行挥了挥手,带着人离开了船,船舱很快陷入了安静,只有一盏昏暗摇曳的灯,证明这里的空间并非静止。

温小辉靠坐在墙上,脑子里一片空白。他屁股底下坐着的是炸弹的引爆装置,他连换一个姿势都不敢。

过了良久,洛羿轻柔的声音响起:"小舅舅。"

温小辉没有动,甚至没有转头,他愣怔地看着头顶的灯泡,恍然间像在做梦,他哑声说:"怎么办?你有办法吗?"

"目前没有。"

"那我们就这么等死吗?"

"不会的。"洛羿扭头看着他,目光灼灼,"至少你不会。"

温小辉心脏猛地一颤,扭头看着他:"什么意思?"

洛羿没有回答,而是伸出了手,小声说:"让我摸摸你。"

温小辉看着他的手,他一直很喜欢洛羿的手,手指修长、骨节分明,是能一手抓起篮球的手,带着一种干干净净的性感。那做着邀请姿势的手,仿佛有魔力一般,促使他也伸出手,轻轻搭在了上面。

洛羿握紧了他的手,两人之间有一臂的距离,但因为掌心相贴,顿时就感受到了对方的温度。洛羿长吁一口气,就像落水之人抓住了浮木那般,僵硬的背脊略微放松了下来:"你的手好热。"

温小辉用后脑勺轻轻撞了撞墙,他明明脑袋时不时刺痛,晃一下都晕,可此时他需要疼痛刺激,让自己保持清醒。

洛羿捏了捏他的手掌："别撞了，你的伤还没好。"

温小辉转头看着他，眼睛血红血红的："你到底打算怎么办？会有人来救我们吗？你报警了吗？难道我们就这么坐着？"

洛羿笑了笑："我们难得有这样能平心静气说说话的时候。"

"你哪只眼睛看出我平心静气了？"温小辉低吼道，但他非常克制，不敢太激动，生怕自己不小心从感应装置上滑下去。

"别急，离天亮还有段时间，我有安排。"

温小辉听到这句话，乱蹦的心脏终于平复了一些，他也觉得洛羿不会这么眼巴巴地来送死的，如果乖乖就范，就不是洛羿了吧？洛羿肯定是留了后手了。他不自觉地压低了声音："会有人来救我们？"

洛羿温柔一笑："嗯，所以你不会有事的，别害怕。"

温小辉用力呼出一口气，不放心地说："保险吗？"

"我说了我会保护你，无论如何都会做到。"洛羿用两只手握住了他的手，细细摩挲着他每一根手指，就好像在用这种方式镌刻记忆。

温小辉感到有些别扭，但没有收回手，这种仿佛是生离死别一般的气氛，感染着他每一个细胞，让他不愿意再去想那些糟心的往事。毕竟只要一刻没有脱险，他们的每一句话，都很有可能是最后一句。

"五年半了。"洛羿突然感慨道，"我们从认识到现在，已经过去这么久了。"

"嗯，时间过得很快。"温小辉也不自觉地感慨，第一次见面，洛羿还是个十五岁的青葱少年，如今俨然已经是个高大矫健的男人。这两千多个日日夜夜，彻底改变了他们，从内而外的。他没有一刻不怀念从前，单纯的、美好的从前。

"这是我最有质量的一段人生，因为我认识了你，我知道我可以那么开心地活着……虽然我也知道，我们回不去了。"

温小辉感到心脏阵阵抽痛，洛羿的语气是那么平静，却带着一种快要满溢的哀伤。

洛羿突然笑了一下，眼神无比温柔："你还记得我们第一次见面吗？我把你刮倒了，我去扶你，你一抬头，眼睛发亮。我当时突然有点紧张，因为我一眼就认出你了，在那之前，我看过无数次你的照片。照片里你看起来很弱，可真正的你干干净净的，很好看。"

温小辉的另一只手绞紧了手指。

"后来我们一起回家了,我想你跟我也有一样的感觉吧?就是,虽然是第一次见面,但好像一下子就变得很近、很亲密,甚至你对我完全不了解,就接受了我,把我当成家人,对我好,只因为我是妈妈的儿子……"洛羿垂下了眼帘,"我很长一段时间都在自作聪明,觉得自己牢牢地掌控着你,你的情绪、你的生活、你的想法,都在按照我需要的方向发展。可是我算漏了自己的感情,不知不觉地,变成我放不开了。"

温小辉闭上了眼睛,眼圈顿时湿了。

"我原本想的不是那样的,我原本想把遗产弄到手,然后我给你三百万,我们就两清了。哪怕你最后多半会知道真相,又能怎么样呢?你确实不能怎么样,可我把自己绕进去了。当时我让你去给常行做人质,也许潜意识里是想向自己证明,我不在乎你,我只在乎我的目的。"

听到这里,温小辉已经有些受不了。洛羿说的话,无异于在把结痂的伤口硬生生撕开,怎么能不鲜血淋漓?他下意识地想抽回手,洛羿却牢牢握着。温小辉的眼泪顺着脸颊流了下来。

"我做事很少出错,我走一步算五步……可不知道为什么,在你的事情上,我却一错再错,甚至我明知道这么做不行,但就是无法回头。"洛羿的声音已然带了轻微的哽咽,"我知道……我知道我关着你、绑着你、逼迫你,只会让你更恨我,我知道我让你越来越痛苦,我知道你永远都不会原谅我,我知道只有我消失,你才能做回真正的你,我比谁都清楚。可是,我放不开你,只要我还有一口气,我就放不开你。"

温小辉泪如雨下,各种情绪拥堵在胸口,仿佛胸腔里郁结着一团毒气,侵蚀着他的血肉、神经,让他疼痛难忍,让他万念俱灰。怎么会这么痛?这么会这么苦?他这辈子没作过恶,为什么要经历这样绝望的感情?

洛羿把温小辉的手用力按在了胸口,就好像希望他的掌心能感受自己的心跳一般,他用力咬了一下嘴唇,用一种仿佛是要撕碎灵魂般痛苦的声音,颤抖着说:"还好,现在我想通了,我不该再缠着你,不该再为难你,我想让你像从前一样,安全地、无忧无虑地生活,想笑就笑,想做什么就做什么。希望你未来碰到的都是好人,希望你能有自己的家庭和孩子,就算有人要从我手中抢走你,只要那个人对你好,不会像我这样，我决不去为难你们。其实……"他声音抖得快要听不清，"黎朔……是个很好的人，他到现在还关心你，他跟我……完全不同，他是个可以信赖的朋友。"

温小辉咬着牙，口齿不清地说："你……你现在说这个……"

"现在说，应该也不晚。"洛羿的后脑勺抵着墙，不知何时，脸颊已经布满道道泪痕，线条完美的下巴上悬挂着晶莹的水珠，"啪"的一声轻轻落在胸口，摔得四分五裂。他用力喘息，仿佛每一次呼吸都用尽了全身的力气，"等你回去之后，就重新开始生活吧，我不会再……出现，不会再纠缠你，你这么年轻，就当作……从来没有遇过我这个人，像以前一样生活吧。"

温小辉感觉心脏疼得要爆炸了，洛羿说的每一句话都像是在告别，告别他们的曾经，告别他们之间的所有，爱、恨、怨、憎，好的、坏的、一言难尽的，所有的所有。洛羿要跟他一起抹除干净，他们要当作从未相遇，从今往后也不留痕迹，这就是洛羿亲口对他说的，这就是洛羿即将要做的。

这不是他一直以来期望的吗？彻底摆脱洛羿，过自己想过的生活，他挣扎了这么久，终于迎来了自己想要的，可为什么，他会这么疼？

洛羿抓着温小辉的手，用力地按在了自己的胸口上。

那起伏的胸膛、有力的心跳，都让温小辉跟着颤抖起来。

这是一个活生生的人，这是洛羿！

温小辉能感觉到滚烫的眼泪一滴滴地溅在他的手心，简直能灼伤他的皮肤，让他甚至没有勇气转过头去看洛羿一眼。他不知道该怎样面对洛羿告别时候的眼泪，他自以为无比期盼的这一天，来势如山倒，压垮了他的心。

洛羿抹掉脸上的泪水，轻声说："小舅舅，你该走了。"

温小辉难以置信地转头看着他："走？我走了，让你炸死？"

"没拿到需要的东西，常行不会让我死的，这个炸弹他肯定在远程控制，他这么做只是为了折磨我们。你走吧，我的人应该已经到港口了，他们会确保你的安全。"洛羿最后用力握了握温小辉的手，然后慢慢地松开了。

两只手分开的瞬间，温小辉顿时感觉温度从身体里被抽离了，寒意入侵,他颤抖了起来,咬牙摇头:"常行不是开玩笑的。"万一炸弹不能远程控制,也不能中止呢?

"炸弹可以远程控制,相信我。"洛羿朝着船舱角落的方向抬了抬下巴,"你仔细看那堆货物里,有监控摄像头。"

温小辉用力揉掉眼眶里的液体,仔细看了看,有红点闪烁,似乎确实是摄像头。可他还是不敢走,一旦他起身,一百秒后炸弹就会爆炸。只有短短的一百秒,有任何差池,都可能让洛羿永远葬身海底。在死亡面前,过往的一切恩怨都变得微不足道,他现在唯一的想法就是两个人能活下来!

洛羿催促道:"你走吧,只有你安全了,我才能放心和常行交易。"

温小辉摇头:"万一爆炸了呢?"

"万一爆炸了……只要你安全就够了。"

温小辉恶狠狠地瞪着他:"有一天我死了,我要怎么面对我姐?"

这种时候,洛羿竟然还笑了一下:"我会先下去告诉她,认识你我有多开心。"

温小辉心脏抽痛,用力闭上了眼睛:"你的人都到岸边了,为什么还不来救我们?"

"常行就在海上,他的船离我们最多只有爆炸安全距离,岸上的人过来会打草惊蛇。"

"他在等什么东西?"

"新的身份、现金、钻石。"洛羿道,"他在逃之前已经给自己规划好了路线,但是他的财产被冻结了,海外账户现在无法提现,没拿到身份和钱,他不会杀我。"

"拿到之后呢,你怎么脱身?"

洛羿顿了一下:"我的人会来救我。"

"你根本就没法保证吧,你以为常行会轻易放过你?他冒着被抓的危险把我们弄到这里来,就是要报复你!"

洛羿淡淡看着他:"就算是这样,你留在这里能改变什么吗?"

温小辉顿时语塞。

是啊,他什么都做不了,反而会成为累赘。

洛羿微微一笑:"小舅舅,这是我自己选的路,让我自己走完吧,不应该由你来承担我做的事的后果。所以你应该离开，远离我和常行，只有你安全，我才能安心。至于我和常行，就要在这里把恩怨了结。"

温小辉颤声道："我……我怕炸弹爆炸，我……"他无法说服自己站起来，他无法承担这其中的万一。

"我跟你保证，炸弹不会爆炸。"

"你拿什么保证？"

洛羿想了想，脱下了外套，用力朝着船舱角落里扔去，外套盖住了摄像头。

很快，寂静的海面上就传来了摩托艇的声音。摩托艇的噪声越来越大，不到两分钟，就停在了他们的船旁边，沉重的脚步声响起，几天来给温小辉送饭的男人举着枪小心翼翼地走了进来。

在看到两人还稳稳当当地坐在感应装置上时，他松了口气，粗声冲洛羿喊道："你想干什么？！"

洛羿冰冷地看着他："我想想怎么把你碰过小舅舅的手剁下来。"

男人用枪指着洛羿，厉声道："找死吧你！"

洛羿完全不为所动，只是阴毒地看着他。

男人似乎唯恐洛羿会跳起来，一边举着枪一边往船舱角落移动，然后把挂在上面的外套扔掉了。

"你没使过枪吧？"洛羿低声道。

男人脸色阴沉，没有说话。

"常行的人都被抓得差不多了，不知道上哪儿找来你们这乌合之众，他给你多少钱？"

男人喝道："再废话直接崩了你！"

"你敢吗？"洛羿冷冷一笑，"常行的账号被冻结了，海外账户现在支取不了，所以他现在拿什么付你的佣金？让我猜猜，他告诉你今天你就可以拿到钱或者钻石了对吧？那些东西是我给他准备的，到不到、什么时候到、到多少，都是我说了算，你实际上拿的是我的钱，我才是你的金主。"

男人愣住了，似乎被这番话震住了。

"我不仅能立刻付你翻十倍的佣金，还能保证你不会被抓。"

男人眼珠子转了转，他显然是真的心动了。

洛羿冲着摄像头的方向,露出一个意味不明的笑容,然后继续用磁性的声音蛊惑着:"你应该好好想一想,赚常行的钱,不仅危险,还没保障,而我的就不一样了。"

"常老板说……说你诡计多端,不能着你的道!"男人大声道。

"嗯,确实如此,但你现在回去,常行可能不会相信你了。"

"什么?"男人突然反应过来,看向摄像头,他们对着摄像头说了这么久的话,那头虽然听不到,但能看到他们的表情,而正因为听不到,反而更容易让人怀疑。男人知道自己现在的表情,一定有些心虚,想到这一层,就更心虚了。

"你说,如果我现在站起来,缠住你,百秒之内你能离开吗?"

男人后退了一步,紧张地说:"你不要乱来。"

"你猜常行会不会为了你中止程序?"

男人喉结上下滑动,额上冒出了冷汗。

"不会,对吧?他怎么会在乎你的死活?同样的,他最忌讳背叛,我们在这里聊了好几分钟,他肯定已经怀疑你了,你还敢回去吗?"

男人眼珠子几乎瞪出来,短短几分钟,洛羿就把他逼到了进退两难的境地。

这时,摩托艇的声音再次响起,很快,又一艘摩托艇停在了他们的船舱外,一个瘦子举着枪走了进来,戒备地看着他们:"你们聊什么聊这么久?"

男人面对枪口,一动也不敢动:"没……没什么,这小子想花钱让我放他走。"

"常老板不是说了,不能听他说话,摄像头弄好了就赶紧回去!"

"好。"男人临走前,回头看了洛羿一眼,神情相当复杂。

洛羿微笑不语。

两人走后,洛羿脸上的假笑消失了:"你听到了吧?炸弹有终止程序,控制键在常行那艘船上,甚至可能就在常行手里。"

温小辉不知心里是什么滋味。洛羿一个简单的举动加几句话,不仅几乎策反了一个敌人,还把重要信息套出来了。这样的智商,也只有如常行般老辣的人才能与之一战。在洛羿面前,他总像个白痴。他深吸一口气:"那……你真的有把握能脱身?"

225

"我能。"洛羿坚定地道,"你留下来不但帮不了我,还会阻碍我的计划,你必须尽早离开,我才能不用分心地对付常行。"

温小辉咽了咽口水,尽管内心还是惴惴不安,但他也想不出更好的办法,总不可能一直这么坐等下去,就算他们不渴死饿死,常行也会弄死他们。

洛羿低柔地说:"再相信我一次,相信我,好吗?你现在该离开了,直接走出去,开上摩托艇,去岸上。岸上常行的人一定已经被解决了,你会安全的。"

温小辉深吸一口气:"上了岸我要干什么?报警吗?"

"你什么都不要干,让他们送你回家,就当这件事从没有发生过。"

"那你……"

"不用管我,无论发生什么事,不要回头。"

温小辉心脏猛地一抖,尽管洛羿看上去颇有自信,但那种生离死别的沉重感还是挥之不去,毕竟他们坐着的是炸弹的感应装置!他咬着牙,终于找不到理由继续犹豫,只能说:"好。"

洛羿松了口气,冲着温小辉露出温柔到醉人的笑容:"等你回到家,好好睡一觉,第二天起来,你的生活就会回到正轨。我再也……不会去骚扰你,我把你的人生还给你。还有我曾经答应过你的,妈妈留给你的遗产,曹海已经准备好了,他会去联系你。"洛羿忍不住摸了摸温小辉的脸,"小舅舅,我能给你的,我会尽全力给你,只希望有一天你想起我的时候,能不再恨我,而是记起从前一些好。"

温小辉感到心脏阵阵揪痛,好像整个人都要溺毙在洛羿温柔的双眸里,他不知道该拿怎样的坚持去怀疑这样一双眼睛,因为它们实在太真、太真了。温小辉哑声道:"这些事,等你回来再谈。"

洛羿看着他,双目明亮如月,可他说话的语气如天边最孤寂的星星:"好,我们回来再谈。"

温小辉握紧双拳,坐了半天的双腿有些发麻,一想到他要从炸弹的感应装置上站起来,这双腿不仅麻,还开始发软了。

洛羿看着温小辉,眼圈红了,他颤声道:"走吧,以最快的速度离开这艘船。"

温小辉扭头看了洛羿一眼,眼泪下来了:"你会回来吧?"

洛羿含泪一笑："我一定回来。"

温小辉用力咬着下唇，右腿弓膝，准备站起来。

洛羿轻唤道："小舅舅。"

温小辉聚集起来的勇气差点崩盘，他又开始双腿发软，站不起来了。

洛羿闭上了眼睛，哑声道："走吧。"

温小辉眼前一片模糊。

"走吧，求你了，走吧。"洛羿带着哭腔的声音回荡在船舱内，像利剑一般，瞬间撕扯两个灵魂。

温小辉从喉咙里发出一声低吼，猛地跳了起来，头也不回地冲出船舱，身后，传来仪器倒数计时的声音……

冲出船舱，海面上果然停着一艘摩托艇。

温小辉眼泪狂流，视线模糊一片，他用力擦掉眼泪，跳上了摩托艇，用钥匙拧开了发动机。当摩托艇发动的轰鸣声钻进鼓膜的时候，他感到有什么东西击穿了心脏，他回头看了一眼船舱，他在这最要命的时间里犹豫了。他想回去，想拉起洛羿就跑，跑得越远越好，远离所有的恩怨和是非，威胁和痛苦，远离这段多灾多难的人生历程。他可以什么都不在乎，只要他们都活着。

然而现实并不容许他犹豫，即便已经离开了船舱，他仿佛还能听见炸弹倒数计时的声音。而同时，常行所在的那艘船也有几个人走出来了，显然是打算过来。由于月黑星稀，他看不清是谁，但他知道洛羿说对了，炸弹是能控制的，不然他们不会过来，很可能常行就在列。

想到这里，温小辉的心稍稍安定下来，他掉转摩托艇，朝着岸边开去，这个时候，他更不能拖累洛羿。

这玩意儿他只在小时候去三亚的时候开过一次，操作很简单，但由于心急，他开得太快，整个人连带摩托艇随着波涛颠簸起伏，差点飞出去。冬日的海水像冰疙瘩一样砸在他身上、脸上，他几乎无法睁开眼睛，漆黑的水域像要将人吞噬。

一百秒过去了，炸弹没有爆炸，温小辉长吁了一口气，尽管两人都还没有脱险，但他相信洛羿，以洛羿的智慧和手段，一定能活着回来！

终于，他靠近了岸边。扑通一声，他从摩托艇上跳了下去，刺骨的海水瞬间淹到了他的大腿根。他蹚着海水奋力朝岸边走去，他的牙关冻得上下磕碰,浑身直抖,眼泪就像挂在脸颊上的冰碴子。

刚走到岸上,就见两个黑影跑了过来,温小辉心慌不已,不知道是敌是友,保险起见,他往远处跑去。

"温先生?"对方试探性地叫了一声。

温小辉忙答道:"是!"他对这个声音有点印象。

走近了一看,是洛羿曾经派来看着他的手下之一,温小辉顿时浑身虚软,差点跪在地上。

那人一把抓住他的胳膊,急促地说:"我们赶紧离开这里。"

"洛羿呢?"

"不知道,老板让我们接到你就马上离开。"

"但是他怎么办?有人去救他吗?"

"我们不清楚。"

温小辉挣开他的手,颤声道:"你们怎么会不清楚?他没有什么计划吗?万一他……"

轰——

一声巨响划破寂静的夜空,废旧昏暗的港口一瞬间被照得亮如白昼,爆炸产生的热浪,甚至岸上的人都能感受一二。

温小辉僵住了。身体的温度在刹那间被抽离得干干净净,心脏被一击重击打得几乎停止跳动,呼吸也在瞬间停滞了。

洛……羿……

温小辉双膝发软,跪在了沙滩上,整个人都无法动弹分毫。

洛羿……不……

洛羿的两个手下也一言不发,都倒抽了一口冷气。

温小辉不敢回头,哪怕火光已经照亮了整个港口,哪怕燃烧的声音疯狂钻进耳膜,可他还是不敢去看,他绝望地幻想只要自己没看到,就不算是真的。

洛羿不可能死,他那么聪明、那么强、那么年轻……不,他不可能死,不可能、不可能。不可能。

温小辉就像瘫痪了一般,慢慢歪在了沙滩上,身体聚不起一丝一毫力气。

有人试图把他拉起来,他软软地推开了,他用尽全身力气慢慢地、慢慢地转过了身去。

海面上火光冲天，那艘船已经变成了燃烧着的一堆破木头。

温小辉觉得自己疯了。他几乎是跪爬着往海边冲去的，但没跑几步就被人拽了回来。

"温先生，我们必须走了。"

温小辉的嗓子就像突然被打开了一般，撕心裂肺地吼道："洛羿——"

洛羿！

你说你不会死！你说你会回来！

你到最后还在骗我！

温小辉疯了一样想往海里冲，泥沙划破了他的皮肤。他一头栽在海里，呛了满嘴满鼻子的水，眼泪狂流，他嘴里含混不清地喊着，仿佛只要他用力喊，洛羿就会出现，奇迹就会出现。

温小辉突然觉得后颈痛了一下，而后失去了知觉。

第十六章
保重

—我的人生中不能没有你，但你的人生中不该再有我温小辉睁开眼睛,发现自己躺在医院的病床上。

他的头很晕,全身酸痛,迷茫了几秒后,记忆蜂拥而至,他心脏一阵剧痛,猛然想起了那燃着熊熊大火的船!

洛羿!

温小辉猛地从床上坐了起来。

"小辉。"

温小辉扭头一看,才发现曹海也在屋里,他声音抖得不成样子:"洛……洛羿呢?洛羿呢?"

曹海垂下了眼帘,拉了张椅子坐在了温小辉床边,沉声道:"我是来处理洛羿的……遗产的。"

温小辉跟豹子一样蹿起来,一把揪住了曹海的衣领:"你说什么?洛羿在哪儿?什么遗产,洛羿在哪儿?!"

曹海抓着他的手,慢慢掰开了他的手指,把他按回了床上:"洛羿和常行都在船上,他们……就以这种方式了结了。"

温小辉瘫软在床上,双眼失去了焦距。他感觉整个世界都变得不真实,他分不清自己是活在现实中还是梦里。

洛羿死了?洛羿怎么会死呢?洛羿是那么鲜活、那么厉害,他怎么会死?想起两人在船上的最后一面,洛羿说想看看他,回忆起洛羿当时的眼神,温小辉心痛得要疯了。

曹海的声音在空荡荡的病房里响起,就像从另外一个世界传来的:"洛羿在这之前已经找我做了资产转移和遗产公证,他的所有东西都留给了你,还有一封信。"曹海将一个信封递给了温小辉。

温小辉机械地接了过来,用颤抖的手展开了。

那封信只有寥寥几个字。

我的人生中不能没有你,但你的人生中不该再有我,保重。

——洛羿

温小辉喉咙里发出一声痛苦的嘶吼,心脏疼到仿佛要从身体里被拽出来。

"小辉……"

"滚、滚、滚——"温小辉疯了一般狠推了曹海一下，自己重心不稳地掉下了床，摔得天旋地转。

曹海要去扶他，被他一脚踹开，他使出全身力气想爬起来，双腿却跟没了骨头一样，根本支撑不起身体，于是他朝门口爬去。

洛羿、洛羿、洛羿，他脑子里只剩下这两个字，只剩下那个人。那被他刻意压抑、尘封了多年的感情如同出闸的猛兽，势不可当。他记起他和洛羿过往的点滴，无论是好的还是坏的；他忆起那少年的笑容，就像他心爱的姐姐一般温暖又好看，是镌刻在他生命中难以磨灭的印记。哪怕被欺骗、被利用，哪怕已经再也无法信任和原谅，可他也无法接受洛羿从这个世界上消失，他对洛羿的感情已经刻进了骨髓血脉，永远、永远都不可能忘怀。

可一切都太晚了，他甚至不能当着洛羿的面，说出原谅，他甚至不能再有一次机会——给洛羿一个机会。

为什么？为什么会变成这样？为什么他的人生会是这样？他当初应该留在船上，在爆炸中瞬间消亡，也好过这地狱般的痛！

病房的门被打开，几个穿着青白衣服的人冲了进来，将他双手双脚都按在了地上，他拼命挣扎，一切阻止他去找洛羿的人，都是他的敌人！

"放开我！洛羿——"温小辉瞪着血红的眼睛嘶喊。

尖利的针管刺进了他的皮肤，一阵困倦袭来，他的视线再次模糊了……

温小辉感觉自己醒不来了。他明明睁着眼睛，可仿佛被某种无色无形的壳包裹起来，与全世界隔离，外界的一切都与他无关，他活在一个孤独的地方。

他没有力气做任何事，他不知道自己是醒着还是睡着了，不知道白天黑夜，不知道何年何月，他的时间好像静止了，又好像无限制地飞逝，他跟外界的一切联系都好像被切断了。

他脑子里面只有一个认知，就是这个世界上没有洛羿了，没有洛羿的世界……跟他有什么关系？

渐渐地，他眼前出现了一些熟悉的面孔，曹海、罗睿，他们在对他说话，他好像听见了，但又听不懂，他也不想懂。

他每天都被各种各样的人围着，可他始终感觉自己还在那个壳里，他不想离开。他怕自己一旦离开，就要回到那个没有洛羿的世界里，他不想接受那个宣判洛羿已经死了的世界，那个世界太冷了，太假了。

为什么洛雅雅用自己的死想要换取洛羿的安全，最后洛羿也没能逃过这悲怆的命运？如果他的出现注定要改变什么，为什么他不能拯救他们？

不知道过了多少日夜，他变得很虚弱，似乎很久没吃东西了，却感觉不到饿。他知道自己这样下去大概也会死，可他好像不在乎。

他不知道自己还要怎么度过今天、明天，以及以后的每一天……

最终穿透那层壳，钻入他灵魂深处的声音，来自他妈。

他就像是长眠之人被唤醒，瞬间从一个虚幻的境地回到了现实，周围所有的声音、画面、温度、感知一刹那像涨潮一般将他淹没。

他睁大了眼睛看着眼前这张带泪的面孔，仅仅是睁大眼睛这个动作，似乎就消耗掉了他大量的体力。

"儿子……"冯月华哭泣不止。

温小辉张了张嘴，发出猫一样细小的声音："妈？"

冯月华的情绪瞬间起伏得更加强烈，她紧紧揪住了温小辉的衣袖，眼神痛心而又愤怒。

长梦乍醒，温小辉艰涩地问道："妈，洛羿呢？"

冯月华捂住了嘴唇，眼泪唰唰地掉。

"洛羿呢？"温小辉红着眼圈，又问了一遍。

冯月华摇了摇头。

温小辉抬起无力的手，捂住了眼睛，小声呢喃着"洛羿呢"，不知是在询问，还是自问。

冯月华摸着他的头发，心痛得不知道该说什么，她这辈子只有两次感到无能为力到绝望，第一次是面对丈夫的绝症，第二次便是现在。

她轻轻抱住了温小辉，轻柔抚弄他头发的手也加重了力道，就好像安慰也能跟着更有力地传递进心里。温小辉侧身回抱住了她，被压抑的哽咽逐渐释放开来，他痛哭出声，打破那个虚无的壳的他，就像一个重生的稚子，脆弱而毫无防备。他终于回到了这个世界，这个没有洛羿的世界。

肝肠寸断。

冯月华出现后,长达一个星期靠营养液过活的温小辉,开始摄入流食。她和罗睿轮流在医院陪护,但温小辉看起来仅仅是还活着,却没有半点生气。

黎朔来过,他在床头坐了一个小时。临走的时候,温小辉像是才发现他一样,轻轻点了点头,双目无神,黎朔重重叹了口气,心里难受不已。

曹海也来过,不止一次,但温小辉稍微状态不适合谈话。

温小辉的灵魂好像被抽走了,只剩下一个躯壳。

在医院住了一个多月,他被接回了家。

这个曾经他生活了二十几年的家,在他踏进屋子的那一刻,想起的却是这翻新的每一寸装修,都出自洛羿之手。

他的生活里到处都有洛羿的影子,洛羿在他的大脑里无处不在,可在现实中却再也不能触摸,再也没有什么比这更绝望。痛苦像吞噬人血肉的寄生虫,已经在他的身体里筑巢,也许有一天他会被掏空。

有一天洗脸的时候,他偶然发现镜中的自己,头发已经快要长到了胸口,消瘦的面孔苍白到毫无血色,一双眼睛灰白得像死水。他刚逃离洛羿去 S 市的时候,也颓废过一段时间,那个时候他及时醒悟,现在他的情绪却没有什么起伏。好像没有什么需要他在乎了,这辈子大概也就这样了吧。

不知道又过了多久,罗睿来得不那么频繁了,也许是因为即使他说再多的话,也得不到什么回应。只有冯月华一直守在儿子身边,电视几乎二十四小时开着,否则家里就不会有任何声音。

一天,曹海又来了。

冯月华不让他进门,怕他的出现又刺激温小辉,但温小辉在里面听到了声音,难得地从房间里出来了,淡淡地说:"妈,让他进来吧。"

冯月华无奈,只好放他进来了。

曹海看上去状态也不怎么好,一脸疲倦,他进门后就盯着温小辉看了好几秒,然后不易察觉地叹了口气。

温小辉坐在沙发上看着他,不说话,就那么看着,直把曹海看得发毛。

曹海轻咳一声:"小辉,你身体好点了吗?"

温小辉好像没听见,喃喃道:"第一次我和洛羿见面的时候,你在想什么？"这是自他在医院醒来后，说得最长的一句话。

曹海猛地一愣，顿时紧张起来，就连冯月华的表情都变了。

温小辉对冯月华说："妈，我跟曹律师单独说两句好吗？"

冯月华深吸一口气，担忧道："小辉。"

温小辉看着她，眼神坚定。

冯月华警告地看了曹海一眼，起身进屋了。

温小辉重新转向曹海："你知道他所有的计划，可在他的威逼利诱之下，你还是为他工作。当时看着我，你在想什么？"

曹海咽了咽口水："我……太久了，不记得了。"

"是很久，六年了。"温小辉品味着这个数字，好像很长，但又好像极短，短到不留余地，"但我不相信你不记得，你当时到底在想什么，可怜我吗？有点愧疚吗？"

曹海低下了头，半晌，像是下定了决心一般，说："没有。"

"为什么？"

"我们都觉得洛总的那笔遗产不属于你，你对我们来说是一个不相关的人，给你三百万加一套房子，已经足够了。"曹海双手交握，手指缠在一起。

"但是你没料到最后会变成这样吧？现在呢？你可怜我吗？有点愧疚吗？"

曹海似乎鼓起勇气看了他一眼，温小辉的双眼平静得就像无风的海，却无法预料下一秒会不会掀起巨浪。他皱起眉，点头道："有，洛羿注定不会有正常的人生，可你是无辜的。"

"你把我卷进不相干的事里，然后毁了我的人生，现在想用钱打发我，有这么简单吗？"温小辉看着曹海的眼神变得凶狠和冰冷，他无处发泄的痛苦和恨意仿佛要破笼而出了。

曹海低头不语。

温小辉艰难地换了口气："常行呢？"

"死了。"

"都死光了，一了百了是吗？他也是，姐姐也是，洛羿也是，就这么走了，把我留下来？"温小辉咬住嘴唇，"留着活着的人干什么？洛羿以为钱能做什么？让你上赶着把钱送到我面前，到底有什么用？"温小辉朝着曹海吼道。

曹海抹了把脸："洛羿希望你能好好生活……"

温小辉露出比哭还惨淡的笑，"好好生活？洛羿从来没希望我好好生活，他做的每一件事，都跟'希望我好好生活'背道而驰。你以为他死了，把钱留给我，是希望我会原谅他？怎么可能！他是要让我一辈子都活在他的阴影里，哪怕他死了，他也能永远控制我！你自以为了解洛羿，你觉得呢？"温小辉泣血般说完这一番话，死死盯着曹海。

初春乍暖还寒的时候，曹海脸上的汗像三伏天一样往下淌，他的头埋得更低了，似乎找不到语言反驳。

"这就是洛羿。"温小辉突然失笑一声，失神地说，"这才是洛羿，他说只要他还有一口气，他就不能放过我。事实证明，就是死了，他也没打算放过我……"说到最后，尾音开始发抖。

曹海叹息道："你比我想象中更了解他。"

"我了解他，所以从来不敢相信他，他是个为了目的，连自己都能牺牲的人。"温小辉不自觉地抓紧了衣角，颤声道，"洛羿所有的目的，都达到了。"

他自以为用冷言冷语抵抗洛羿，以洛羿每一丝痛苦汲取扭曲的、报复的快感，他以为洛羿就算囚禁他，只要他的心还在反抗，他就永远棋胜一着。时至今日他才明白，这其中从来没有输赢，即便有，他也没有赢。赢的始终是洛羿，洛羿才是那个求什么得什么的人，而他甚至不知道自己要什么，最终输得一塌糊涂，失去所有。

他不敢去想，如果他当初给洛羿一个机会，会不会就不是现在的局面；他也不敢去想，假设洛羿还活着会怎样。这些想法哪怕刚冒个头，都会被他强行熄灭在心里，无论是后悔过去，还是做虚伪的未来美梦，都是自己拿着刀子往心口捅，除此之外别无他用。

他对所有事情都失去了欲望，事业、钱、外貌、未来，他已经不期待任何东西、任何事。他大概会一辈子这样活下去，而这样活下去，他的一辈子估计也不会有多长。他感到自己很对不起他妈、罗睿，以及很多关心他的人，可他已经没有办法了。

因为一个人，他提前耗尽了一生的力气，现在只能勉强往前挪着走，但随时可能倒下。也许这就是当初洛雅雅不打算让他接触洛羿的原因吧。

曹海看着他心如死灰的模样，眼中闪过不忍，他握了握拳头："小辉，任何伤痛都会过去的。"

"我的伤痛不会，因为这就是洛羿要的结果，他计划好的，一切就会按照他的计划进行。"温小辉用一种令人胆战的冷静对曹海说，"你走吧，不要再出现在我面前，就算我偶尔想起你，也一定是在诅咒你，所以别再让我想起你。"

曹海用力叹了口气，站了起来，提起公文包往门口走去。

温小辉失神地看着窗外明媚的阳光。

曹海走到门口的时候，顿住了脚步，犹豫了足足三秒才轻声说："你说洛羿总能得到自己想要的，你知道洛羿拼了命也志在必得的是什么吗？"

温小辉微微愣怔，缓缓扭头看着他。

曹海没有回头，打开门走了。

曹海走后，温小辉在客厅里呆坐了很久。

曹海的话和说出这番话时的语气，让他感到有些不安，似乎在那句话之后，欲言又止。

洛羿真正想要的……是什么？其实他知道，可洛羿明明已经做不到了，因为洛羿死了。

他死了，然后呢？他会有葬礼吗？能在茫茫大海中，找到他的……尸身吗？温小辉一直不敢去想，洛羿那张完美的脸蛋被火药撕碎是什么样的场景。

最后的那几分钟，到底发生了什么？曹海说常行死了，那么当时上船的一定是常行，常行明明已经停止了炸弹的程序，从他离开到爆炸，早就超过了一百秒，为什么最后还是爆炸了？控制在常行手里的炸弹，为什么会把他自己炸死？

时隔两个月，逐渐找回神志的温小辉，终于敢去回想那天发生的一切。尽管他依旧怕得浑身发抖，痛得内脏痉挛，可他阻止不了回忆。他幻想那天他走后，在船上发生了什么事；幻想他再也没机会见到洛羿的最后一面，是什么样子的；幻想如果当时他不走，洛羿是不是就不会死。

他曾经发誓绝对不会再相信洛羿说的任何一个字，可最后他居然还是信了。他信洛羿会平安回来，而洛羿留给他的最后一样东西，是一个谎言。

他终于想不下去了,哪怕他脑海中似乎有什么思绪在乱闪,他可能马上就要抓住了。可他到极限了,他心痛如绞,呼吸困难,身体虚软地往沙发上倒去。

冯月华出来了,紧张地询问他怎么样。

温小辉瞪大眼睛看着她,看着她眼中的心疼,心中充满了难言的愧疚。

曹海的一次造访,让他缓了一个星期才勉强回到能正常进食的状态。冯月华因此对访客充满了戒备,所以当黎朔来的时候,她耐着性子回绝,最终因为黎朔实在太温和而绅士,而无奈地让他进来了。

温小辉见到黎朔,脸上没有什么波澜,就像那天在医院一样,轻轻点了点头。

黎朔看着他:"你看起来好多了。"

"嗯,谢谢你,黎大哥。"

黎朔吁了一口气:"你还能跟我说话了。"

那如释重负的语气,让温小辉心里微酸,他勉强扯出淡笑:"不用为我担心。"

"我真的不想为你担心,我尊重你的选择,而且希望你开心,没想到……"黎朔微垂下头。

"你真是个好人。"温小辉仔细扫过黎朔的眉眼,眼前这个男人曾经很熟悉,现在他却觉得很陌生,因为他跟所有人都好像相隔了几千米的距离,哪怕他们实际伸手可及。他想起洛羿在船上说过的话——黎朔是个好人,洛羿那种人,居然会夸赞自己讨厌的人,简直就像是早就知道会……

温小辉脑中闪过一道白光。

洛羿,是不是真的早就知道自己会死……不,大概是他想多了,在那种情况下,连他自己都没有把握能活着回去,洛羿做好了死的准备,也并不奇怪。

"小辉?"黎朔连叫了三声,发现温小辉呆住了。

温小辉回过神来:"怎……怎么了?"

"其实我这次来,还有件挺重要的事。"

"你说。"

"警察在你住院期间来过几次，你记得吗？"

温小辉皱起眉，回想了一下，好像确实有，但他印象很模糊。

"他们逮捕了常行的手下，希望你协助调查整件案子，但是看你状态太差，来了三次都无功而返。他们还没有放弃，有几个绑匪需要你指证。"

温小辉张了张嘴，还未开口，冯月华道："小辉现在的情况，同样不适合，你看他……"

黎朔点点头："负责办案的警察是我的朋友，你被绑架的时候，我是第一个报警的，我劝他们暂时不要来刺激你，给你一点时间。所以，我先来看看你，和你聊聊。"

温小辉沉默片刻："他们要我做证？"

"对，我知道这对你来说很艰难，但是，你也不希望那些人因为没有足够的证据而减刑甚至被释放吧，他们必须受到惩罚。"

温小辉点点头："但我不确定我能不能帮上忙。"

"警方希望你出庭做证，我觉得你还是不要见他们比较好。医院可以给你开具证明，证明你的身体状况不适合出庭，但是你还是可以协助警察搜集证据和指证。"

温小辉再次点头："好。"不把常行的那些毒瘤拔干净，他也寝食难安。

黎朔忍不住握住了温小辉的手，轻轻捏了捏，掌心传来的温度，给温小辉注入一丝力量，黎朔轻声道："你准备好就告诉我，他们会等着。"

温小辉深吸一口气："那就今天吧。"

黎朔惊讶道："你确定吗？"

"确定。"再过十天百天，他跟今天也不会有任何区别。

黎朔跟冯月华交换了一下眼神，在得到无奈的首肯后，他打了个电话。

不到半个小时，就来了两个警察。

黎朔和冯月华坐在温小辉两旁，左右有所支撑，温小辉尽量把腰身挺直，他想让自己看起来是一个能为自己说出的每一句话负责的男人，而不是一个精神状态有问题的病人。

警察打开录像机对准了他，做了一番陈述之后，询问起温小辉从被绑架到被救出的那三天时间里发生的一切。

温小辉绞着手指，从他因为车祸昏迷，醒来后发现自己被关在废旧港口的仓库里说起，一直说到他被迫和洛羿坐在装有炸弹的船上。

冯月华和黎朔都是第一次听说这些，两人脸色铁青，连呼吸都变得艰难。

说到这里，温小辉已经耗去了大半的精力，而接下来的内容，他的声音开始发抖，接着身体也开始发抖，脸色苍白如纸。

冯月华忙道："我儿子太累了，还是改天再问吧。"

警察有些失望，急切地问道："温先生，你最好再仔细回想一下那天所有的细节，由于洛羿和常行的尸体到现在还没打捞上来，我们的证据收集工作进度非常缓慢。"

温小辉浑身一震，猛地抬头看着警察："什么……他们还没……"

黎朔轻咳一声，提醒警察注意体谅温小辉的情绪。

警察皱了皱眉，似乎还是没找到合适的话语："毕竟船都被炸碎了，人肯定也……我们没有发现洛羿和常行的遗体或残骸，但是那片海域经常出现涡流。就是因为涡流港口才废弃的，爆炸后被涡流卷走了也很有可能，不管怎么样，找不到……尸体，就难以定罪。"

温小辉愣怔地看着警察，心里燃起一簇奢望的火苗，但下一秒就被他自己掐灭，他害怕希望，哪怕是零星一点。

黎朔故意转移话题："之前抓的常行的人呢？他们没有参与绑架事件，但是协助常行做了不少违法的事，最后还协助常行在保释期间逃跑，他们应该很快能定罪吧？"

"他们的案子很快就能开庭了。"警察打开一个文件夹，指着一张照片问温小辉，"这个人你认识吧？他说他认识你。"

温小辉瞄了一眼，正是那个打断他鼻骨的保镖，他点了点头："他威胁过我。"

"他干的事已经足够定罪了，所以如果你不想，我们不勉强你去指证他。"

温小辉忍着头疼，皱眉说："他曾经跟我说过，常行已经给他安排好身后事，让他去卖命，他是不是有家人？"

"有，都在泰国，我们正在监控，顺着他们也许能查出常行的海外账户，他还告诉过你什么？"

"没什么特别的了……"温小辉问道，"常行为了逃跑是不是计划很久了?"

警察点点头:"他保释时间长达半年,一直很规矩,每次都准时去报到,让所有人放松了警惕,很可能从他被起诉的那天起,他就着手准备这一天了。"

常行准备得这么充分,最后却失手在了自己弄来的炸弹上?当时在船上到底发生了什么?就算洛羿意图和常行同归于尽,常行又怎么会真的跟他一起死呢?

而且,唯独他们俩没有被找到……

温小辉越想越觉得心发冷。就像警察说的,这很可能是个巧合,他们被涡流卷走了。可万一不是呢?万一洛羿和常行都……

一阵尖锐的疼痛划过温小辉的心脏,他脸色惨白地弓下身,蜷缩了起来。

冯月华严厉道:"我儿子太累了,你们别逼他了!"

黎朔抱歉地说:"让小辉去休息吧。"

两个警察见今天显然是问不出什么了,才拿着资料告辞了。

温小辉被扶回了房间,他躺倒在床上,瞪大眼睛看着天花板。

不,不要想万一,不要想那个可能,这世界上最能击溃人的,未必是绝望,而是绝望之中的那一点希望。就像浩瀚星空中的小小一颗星辰,最亮,却最能杀人不见血。

入冬之后,天总是灰蒙蒙的,这天难得是个大晴天。冯月华想带温小辉出去走一走,毕竟他快三个月没有出过门了。

温小辉开始不愿意去,罗睿来了,也跟着劝他,他无奈之下只好答应了。

他们买了个一次性的烧烤架和食材,去公园野餐。在草地上铺上野餐毯,摆上吃的喝的和充电的小音箱,仰躺着看着天,太阳晒得人暖洋洋的,微风轻拂,不但感觉不到寒意,反而清爽怡人。

罗睿打了个哈欠:"没想到会这么暖和,简直不像冬天。"

"中午嘛,晚点就冷了。"冯月华翻烤着五花肉,看上去心情不错。

难得温小辉会同意出门,她真的担心在那个小房子里,会把人憋出病来。

罗睿翻了个身,扭头看着温小辉:"冷吗?"

温小辉正闭着眼睛假寐,闻言轻轻摇头:"不冷。"三个月以来,他一直不敢踏出家门,对接触外界始终有着排斥,原来走出来也并不难。天还是那样的天,空气还是那样的空气,而且,今天很舒服。

罗睿捏了捏他的脸:"你多久没敷面膜了?入冬了很干燥的。"

"嗯……忘了。"

"晚上咱们去做脸,我办了张特贵的卡。"

温小辉微微一笑:"好。"

罗睿迟疑了一下,小声说:"警察前天来找你了?"

温小辉睁开了眼睛:"黎大哥告诉你的?"

罗睿点点头:"他没告诉我警察和你说了什么,只说警察现在很需要你的帮忙,但是你现在的状态实在不好,下次就拒绝吧。"

温小辉摇摇头:"我总不能让那些人逍遥法外。"

"唉,也是。"

温小辉转过了身,定定地看着罗睿的眼睛,欲言又止。

"怎么了?"

温小辉小声说:"警察告诉我,至今没有找到洛羿和常行的尸体。"

罗睿吃了一惊:"这么久了都没找到?"

温小辉摇摇头。

"难道他们……"罗睿一把捂住了嘴,话到嘴边他硬给咽了回去,他不敢说,他怕刺激温小辉。

温小辉低下了头,沉默了。

罗睿叹了一口气:"Baby,你还是别多想了,交给警察去处理吧。"他不忍心说,炸弹都把船炸成碎片了,人又能有什么生还的机会?

温小辉轻轻颔首,心头一阵酸涩。

失去重要的人,一开始会痛彻心扉、茶饭不思、无法入眠,每时每刻都像有一把刀子在剜心,在接受了世间无他这个事实后,就会开始麻木。对所有人、事麻木,温小辉现在已经流不出眼泪了,他不知道这是好是坏,至少,这样他妈和罗睿能少担心一点。

肉和蘑菇都烤好了,三人围着烤炉吃了起来,他们开了几罐啤酒,还干了杯。罗睿想找些合适的祝酒词,却尴尬地发现说什么都不合适,因为似乎没什么值得庆祝的,温小辉举了举易拉罐:"为今天的好天气。"

"为今天的好天气。"

三人碰杯。

正午太阳最炽烈的时段很快就过去了,他们也开始觉得有点冷,罗睿提议回去,正好去美容院。

冯月华开始收拾东西,温小辉打算去趟厕所。

这个公园依山而建,占地面积非常大,由于植被茂密,加上是冬天,游客稀少,温小辉总有种整座山里只有自己的错觉,他走了好几分钟才找到厕所。

从厕所出来,太阳突然被乌云遮住了,原本通透的光线顿时变得阴沉,温小辉抬头朝着太阳的方向看了几秒,莫名地觉得有些头晕。他甩了甩脑袋,面对着眼前的三条岔路,突然想不起来自己是从哪条路来的了。

他的方向感虽然不能算很好,但也不至于刚走过的路就忘了,刚才来的时候,他脑子几乎是放空的,都不知道自己想了些什么,总之,现在他确实分辨不出了。

他犹豫片刻,打算去研究一下路牌,至少路牌指示了出口的方向,不行就和他们在出口见。

刚走了过去,他就看到右侧的岔路上,一个人正骑着单车朝他相反的方向走。那人穿着一件军绿色的外套,蓝白条的校服裤和白球鞋,瘦高,头发漆黑,两条白色的耳机线挂在脖子上,隐约可见。

温小辉感觉自己的心脏被一箭刺穿了。

那个背影,好像……

他的大脑还没做出反应,身体已经先他一步行动,朝着那个背影追了过去。

洛羿!洛羿!

"洛羿——"温小辉朝着那人大叫。

可对方似乎完全没听见,以很悠哉的速度往前骑,尽管速度不快,可温小辉依然追得相当吃力。他的身体状态还不太好,已经许久没做这样剧烈的运动,刚跑出去三百多米,就已经气喘吁吁,胸肺好像都要炸开了,每跑一步好像能把内脏吐出来。可他没有停,他拼了命地想追赶那个背影。

他的眼前变得模糊,自行车原本空荡荡的后座,逐渐幻化出一个人,那是年轻时候的他，留着挑染的短发，穿着Oversize（超大尺寸）的潮服，开怀大笑，倚靠着那个背影，看上去无比甜蜜。

数不清有多少个白天和黄昏，他和洛羿就这么骑着自行车逛来逛去，太晒了他会涂防晒霜，下雨了他会打伞，天冷了他就抱紧洛羿。像他这么虚荣的人，却从来没要求洛羿换上跑车来接他，因为他喜欢。他喜欢就这么坐在洛羿的自行车后座，两人一起享受炽热的阳光和清凉的风。

那时候的每一天，怎么会这么幸福？幸福到简直成了原罪。

温小辉被什么东西绊倒在地，身体狼狈地往前扑去，手机、钱包也跟着摔了一地。他撑起身体，朝着那个逐渐远去的身影哭喊着："洛羿！洛羿——"

不要走，洛羿，求你不要走，回头看看我，别把我一个人留下，别让我一个人面对这个世界。求求你，回头看看我，不要走……

前方传来刹车的声响，温小辉透过模糊的泪眼，看到那辆自行车停下了，他的呼吸也跟着停滞了。

骑车的人单脚支地，回过了头来，一脸茫然地看着温小辉。

一个清秀的少年，可他不是洛羿。

温小辉感觉自己再次经历了整个世界在眼前分崩离析的痛，他发不出声音，只有眼泪狂流。

大概是他的样子太狼狈，少年被吓到了，转头就跑了。温小辉的视线模糊了，只能勉强看着那个背影消失，彻底地消失，幽静的长长林荫路上，终究只剩下了他自己。

只剩下他自己。

他栽倒在干燥的石子路上，却感觉自己被海水灭顶。

眼前发黑，手脚变得异常沉重，好像被什么东西扼住了咽喉，他既无法动弹，也发不出声音。他怀疑自己会死在这里，他放弃了抵抗，仰躺在地上，看着头顶的蓝天，双目逐渐失去了焦距。

似乎有脚步声在靠近他，一下一下，叩击着石子，沉稳而有力。有人来救他了吗？太难看了，不过是跑了几百米的路而已，他的身体究竟差劲到了什么程度？

一个背光的黑影出现在了他的视线里，可他已经什么都看不清了，只觉得这个人好高啊。

接着,他被抱了起来,他闻到一股消毒水的味道,住院的那一个月,他也像每天浸泡在消毒水缸里一样,鼻端充斥着这样的气味。他被抱了起来,那臂膀很有力,那胸膛很温暖,可他只觉得天旋地转。

昏迷前,他想,是不是洛羿回来了?哪怕只是在梦里。

那就让他不要醒来……

温小辉睁开眼睛,绝望地发现自己又躺在医院了。已经不知道多少次,他昏过去再醒过来,睁眼就是这压抑的白,他虽然不是五大三粗的汉子,可从前身体素质极好,现在成了十足的林黛玉,弱柳扶风,难看死了。

冯月华果然在他床边,见他醒了,眼神既欣慰又痛苦。

温小辉看着他妈,曾经那么漂亮的女人,如今脸色蜡黄、眼睛充血,短短三个月,她老了何止三岁,是他把他妈变成这样的,她原本应该多么幸福。

"妈,对不起。"温小辉哽咽着说。自洛羿走后,他一直活在自己的世界里,不走出去,也不让任何人进来,他无所不用其极地想保护自己,却忘了保护对他来说最重要的人。

冯月华摸着他的头发,含泪摇头。

"我怎么会来医院?"

"你在公园里摔到了,晕过去了,有人把你送到了公园的医务站。"

温小辉愣了愣:"什么?"

冯月华一副心有余悸的样子:"我们等了你半天你都没回来,去找你的时候发现你不见了。好不容才在医务站找到你,你手机电池都摔出去了,根本联系不上……"

"送我去医务站的,是谁?"温小辉心脏狂跳起来,他昏迷前记得有个人把他抱了起来……

"不知道,我们去的时候人已经走了,也没留个联系方式什么的,应该好好谢谢人家的。"冯月华摇摇头,愧疚地说,"我们不该逼你出门,只是想让你散散心。当时到处都找不到你,我们还以为你……"

冯月华抽泣起来。

温小辉握住她的手,轻声道:"妈,你放心,我不会干蠢事的。"他知道失去所爱是什么滋味,他不能让他妈再尝一遍。

冯月华扑在他身上，低声呜咽着。

温小辉抚摸着她的后背，发现她的身体单薄了很多，心疼和愧疚占满了他的心脏。

他劝他妈去休息，他妈见他醒了，似乎没大碍了，这才回去睡觉。

他睡了太久，现在却睡不着了，脑海中反复想着在公园里发生的一切。送他去医务站的，究竟是谁呢？只是经过的好心路人？

他摸索着手机，想给公园打个电话问问，结果发现手机摔坏了，开不了机。他叹了口气，觉得是自己想太多了。当时追着那个骑单车的少年猛跑，就已经够蠢了，他还要用不切实际的奢望逼迫自己到什么时候？

他还有妈妈，他不能一辈子这样，是时候该重新站起来了。输了两天营养液，温小辉出院了。这两年进医院的次数比他前二十年加起来都多，他感觉不能更倒霉了。

出院之后，温小辉决定开始运动。他从未感觉身体如此差过，每天都觉得脑袋昏昏沉沉，全身无力，就算下楼扔个垃圾上来都开始喘，吃不下饭，也睡不好觉，再这么下去，他就要完蛋了。每天他都能透过他妈的眼神，看出自己的状态有多差，他不想再让他妈担心了。

听说他要运动，冯月华高兴坏了，马上办了两张健身卡，说每天陪他去锻炼，显然是不放心让儿子离开自己的视线了。

温小辉尽量坚持每天运动，早睡觉，多吃饭，按时吃药。就像当初他在 S 市的时候，疯狂健身一样，人一旦累起来，就很难再胡思乱想，他发现这个方法真是不错。

第十七章

活着

——这个世界上不会有人像洛羿这样伤他,但也一定不会有人像洛羿这样依赖他

FU JIA

YI CHAN

有一天从健身房回来，温小辉冲了个澡，累得躺倒在床上，脑子浑浑噩噩，居然一下子想不起来自己这段时间都干了什么。是啊，他这段时间都干什么了？吃饭、睡觉、运动，然后呢？没了，什么都想不起来，竟然没有任何值得记住的，唯一让他还反复思考的，是那次在公园……

手机响了起来，温小辉拿过新买的手机，接通了电话："喂？"

"喂，温先生吗？"

"是，哪位？"

"我是公园卫生站的人。"

温小辉吃了一惊："你好……"

"我们今天大扫除的时候，发现了一个充电宝，上面有英文缩写'WXH'，翻了下记录，就你的名字比较符合。"

"哦，我的。"

"那你有空来拿一下吧。"

"好，谢了。"

对方刚要挂电话，温小辉猛地想起什么，叫住了他："等一下。"

"怎么了？"

"我妈说那天有个人送我去医务站，是个什么人？"

"我不太清楚，那天不是我值班。"

"你帮我问问好吗？"

"你等一下啊。"

温小辉不自觉地坐了起来，紧张地用手指抠着桌角。

过了一会儿，一个年长的男人接了电话："喂，你是那天昏倒的游客？"

"是，我想知道是谁送我去医务站的，我想谢谢那个人。"

"是个挺年轻的男的，戴着墨镜看不清脸，也没留联系方式。"

温小辉的心脏好像被重重捶了一拳，他换了口气，声音开始发抖："什么……什么样的年轻男人？多高？头发是什么样的，肤色呢？声音怎么样，嘴唇是不是有点……"

"先生、先生。"男人阻止他，"你一个一个问行吗？我们每天事儿也不少,哪能记得那么清楚啊?"

"哦……"温小辉把手指放到嘴边咬了一下,强迫自己冷静下来,"那人大概多高?"

"说不准,反正挺高的。"

"有没有什么明显的特征?"

"没注意,穿着件黑风衣,戴着墨镜,应该长得挺俊的,皮肤也挺白。"

温小辉感觉自己快要喘不上气来了,他结巴着追问:"还有……还有什么……什么特征?"

对方开始不耐烦了:"先生,我真不记得了,你有空来拿你的东西吧。"说完就挂了电话。

温小辉把手机摔到了床上,他抱着脑袋在床上滚了两圈,一个翻身跳下了地,抓起外套就冲了出去。

冯月华正在跟Ian打越洋电话,见他突然冲出来,吓了一跳:"怎么了你?"

"妈,我把充电宝落在公园的医务站了,我去取一下。"

"哎呀,一个充电宝,算了吧。"

"定制限量版的,挺贵的。"

"你又乱花……唉,不说了,那你也不用去,让医务站的人快递过来吧。"

温小辉一时语塞:"哦,我说了,医务站的人特别不耐烦,说他们没空,让我自己去拿。"

"真是的,那我陪你去。"

"不用了妈,我自己去就行,我不开车,你放心吧。"

冯月华摇头:"不行,我得陪你去。"她和Ian匆匆说了两句,就挂了电话。

温小辉无奈,只好和她一起出门了。

公园离市区有四十多公里,两人先坐了地铁,下了地铁又打车,赶在公园管理员下班之前到了。

"妈,医务站里味道不好闻,你在外面等我一会儿吧,我拿了就出来。"

"好。"

温小辉走进医务站，快下班了，里面只剩下两个人，正在拖地。

两人抬头，年长的男人"嚯"地叫了一声："这么急着来了？我还想一会儿给你打个电话，要地址给你寄过去呢。"

温小辉几乎忘了充电宝的事，他焦急地问："大哥，我拜托你仔细回忆一下那天送我来的人的特征，这对我真的很重要。"

"咋了？是不是他袭击你了？"

"不是，大哥，你就把你能想起来的尽量告诉我吧。"温小辉瞄了一眼他的拖把，一把抢了过来，"你说，我帮你拖。"

"哎哎，不用不用。"男人抢了过去，他皱着眉头想了一会儿，"行，我想想啊。那天下午，大概3点，我正在值班，有个男人抱着你走了进来。我们检查了一下，没什么大碍，就是体质虚，让你在床上休息。让他登记，他不肯，只说让我们广播通知一下，你身上什么都没带，肯定是和朋友一起来的，于是一广播，你妈就来了，整件事就这样。"

温小辉的心脏怦怦直跳："那他的长相……"

"不是跟你说了吗？黑风衣，一身黑，还戴了副挺大的黑色墨镜，衬得皮肤特别白，身上有点消毒水的味道，瘦高，看着很年轻。"他突然想起来什么，"哦，他一伸手我看到了，手腕上缠着绷带。"

"能调到园区的监控吗？你们这里也有监控吧？"

男人戒备地看着他："你要监控干什么？那不能随便给人看的。"

"怎么才能看到？"

"医务站没有监控，但是外面有，除非有警察证明，不然我们不随便给游客看。"

"他……他袭击我。"温小辉差点咬到舌头，"这理由可以吧？"

男人戒备地看着他："小哥，你到底是要干什么？你要说他袭击你，你报警去，跟我说没有用。不过，我可提醒你啊，跟警察撒谎可是要承担法律责任的。"

温小辉叹了口气，狠狠捶了一下额头，沮丧到了极点。

男人摇了摇头，把充电宝递给了他："你的东西。"

温小辉接过充电宝，这个是洛羿给他买的，他看着看着，眼前就有些模糊。

这时，冯月华进来了："小辉？怎么这么半天？"

"没事。"温小辉背对着她揉了揉眼睛,挥了挥手里的充电宝,"拿到了,走吧。"

两人走出医务站没多远,医务站里一个小姑娘跑了出来,叫住了他。

温小辉疑惑地看着她。

姑娘喘了两口气,道:"我那天也在,我想起来一点事。"

温小辉瞪大眼睛:"你说。"

"那个人穿的黑风衣下面,好像是病号服,他伸胳膊的时候我看到了,衣服我认识,是人民医院的,我大学的时候在那儿实习过。"

温小辉一把抓住了她的肩膀,语无伦次地说:"谢谢!谢谢!"

姑娘被吓了一跳。

冯月华不明就里:"怎么了?小辉?"

温小辉尽量镇定地说:"没什么,就是想谢谢那天送我来的人,找不到就算了。"

"哦,他也不留个联系方式……"

回家之后,天已经黑了,温小辉把自己关在房间里,反复回想着今天得到的所有信息。似乎现在有越来越多的信息让人质疑洛羿的死,这些不是他的幻觉吧?不是他想太多吧?他已经压抑不住心头的念想,一天不去求证他就不能安心。事到如今,他都不知道死心和无法死心,究竟哪个更残忍了。

就这么睁着眼睛挨到了天亮,温小辉一声不吭地去人民医院了。他到了医院前台,就按着洛羿或者曹海的名字查询,但是没有找到,他想按住院时间查,护士把他赶走了。他在前台呆站了几秒后,决定自己去找,26层楼,数不清的病房,他开始一间一间地找。从太阳初升找到烈日当头,又找到斜阳西下,一整天下来,他只喝了两瓶水,可惜一无所获。

颓丧地走出医院,他掏出手机,拨通了一个他以为他这辈子都不会再拨的电话。

"喂,小辉?"

"曹律师。"温小辉的声音有气无力。

曹海很是惊讶:"你找我有事吗?"

温小辉抿了抿唇,轻声道:"警察告诉我,洛羿和常行的尸体至今没找到。"

"嗯，那处海域有涡流，他们很可能已经被卷走了。"

"那为什么其他几个人的尸体找到了，唯独他们的不见了？"

"巧合吧，那些人也只是找到了……一部分。"曹海的声音听上去有些急躁，似乎想快点结束这次对话。

温小辉沉默了一下："我现在在人民医院。"

曹海的呼吸停滞了一下，温小辉敏感地捕捉到了，他急忙道："怎么，你对这个医院很熟悉吗？"

"还好，离我家不远。"

温小辉握紧手机："那天我在公园昏倒了，迷迷糊糊的时候，有人送我去了医务站。医务站的人说，送我来的人瘦高，很年轻，皮肤很白，但是他……"

"温小辉。"曹海打断他，声音平静无波，"你到底想说什么？"

温小辉顿住了，好半天，他才用小心翼翼的、却又充满控诉和痛苦的声音问："洛羿……会不会还活着？"

电话那头是长达三秒的沉默，而温小辉的心也几乎跟着停止跳动。

曹海缓缓开口："过去这么久了，你还是想开点吧。"

温小辉咬牙道："你这算是回答我的问题了吗？"

"洛羿希望你好好活着，开心、幸福地活着，最好有新的人生，新的开始……"

"你忘了那天在我家我说了什么吗？你一点都不了解洛羿，临走的时候，你问我知不知道洛羿真正想要的是什么，你来回答我，洛羿真正想要的是什么！"

"他想要你好好生活。"

温小辉逼问他："即使这生活里没有他吗？"

"我只负责他的遗产过户，至于他的想法，轮不到我……"

"曹海！"温小辉的声音瞬间哽咽了，"你正面回答我，洛羿是不是还活着？"如果那个人真的是洛羿……他受伤了？

"不是。"曹海一字一顿地说。

温小辉背部抵着墙，防止身体往下坠。尽管他早知道会得到这样的答案，可心里还是抱着一点期望，这一点期待将他折磨得心如刀割。他感觉自己比三个月前的状态还危险，因为当时他接受洛羿已经不在了，现在却始终抓着那一丝丝可能,反复逼迫自己。不见到洛羿的尸体,他就无法相信,他会骗自己多久?一年?十年?一辈子?难道他要永远活在这无望的希望里,消耗掉生命中的每一分力气吗?那样的人生,光是想想已经让他疲倦得想要止步。

他已经不知道该怎么办。

曹海不知道什么时候已经挂了电话,温小辉听着话筒里的忙音,脑海一片空白。他不能这样下去,如果他既不能确定洛羿已死,又不能证明他活着,那他该如何自处?他真的会发疯。

假设洛羿还活着,假设那个把他送去医务站的人就是洛羿,那绝对不是巧合,洛羿一定在跟踪他,按照洛羿的脾性,会掌握他所有的行踪甚至是监控他的电话。他要想办法把洛羿引出来,一个只要洛羿还活着,就一定会现身的办法……

温小辉一回家,冯月华就埋怨说:"出门不跟我说一声,知不知道妈妈要担心的?"

"我就出去溜溜弯儿,没事儿的。"温小辉心不在焉地坐下吃饭。

"明天Ian回国,他前段时间太忙了,早该来看看你的。"

"没事,他确实很忙。"温小辉道,"妈,我现在好多了,等Ian回来你就过去陪他吧。"

"不行,我要陪着你。"冯月华毫不犹豫地说。

温小辉笑了笑:"明天一起吃饭吧,吃完饭你陪他回去收拾收拾房子,那边大半年没人住了。"

冯月华点点头:"确实得收拾收拾。"

"我明天租辆车,帮你搬搬东西。"

"用得着租车吗?"

"妈,我那跑车装不了什么,你最近买的东西,至少要收拾出两三个大箱子。"

"哦,行吧。"

第二天一早,温小辉去车行租了辆结实的帕拉丁,他检查了安全带和安全气囊、车身以及车窗,车虽然有点旧了,但是状况很好。

下午,他和他妈把要收拾的东西都搬到了车上,然后一起去跟Ian吃饭。

几年没见，年逾五十的 Ian 看上去比以前还要精神焕发，谈吐风趣而开朗。他在美国的事业发展得很好，有希望进入董事会，温小辉很为他高兴，也为他妈高兴。

席间，大家都默契地没有提起洛羿，Ian 不停地说着身边的趣闻，每次说完一段儿，就殷殷期盼着温小辉的反应。若是温小辉笑了，他就会露出如释重负的表情，那份贴心和时而表露出来的天真，是温小辉最欣赏的。

他们聊了很久，从餐厅出来的时候，已经九点多了。温小辉开着车把他们送回了家，把行李搬上楼，又喝了杯茶歇了歇，从公寓出来的时候，快深夜了。

温小辉坐进刚租的车里，轻轻抚摸着方向盘，脸上露出迷茫。

真的要这么干吗？会不会太蠢了？万一那个人不是洛羿，万一洛羿真的已经……

可是，若不亲自去验证，他永远都无法解脱，他不能一直活在连洛羿是死是活都不知道的世界里，那太可怕了，赌一把吧，就赌这一把……

温小辉发动了车，直接驶向了郊区。这个时间，大路一片畅通，越往外环开，人车越是稀少，温小辉沿着这条昏暗的道路，车速越来越快。渐渐地，他发现后面有辆车在跟着他，从四环开始跟到了六环，他试探着走一些岔路，那辆车始终不远不近地跟着。

前方一座天桥正在施工，道路坑洼不平，温小辉拐了过去，从副驾驶拿过准备好的安全帽，扣在了头上。前面出现了低洼的路基，跟水泥路面的落差至少有二十厘米，温小辉放慢了车速，故意开了过去，左前轮刚陷下去，车身侧歪，他咬紧嘴唇，猛往左侧急打方向，整辆车不出意料地侧翻了！

车身触地，整个世界跟着旋转，左侧的安全气囊弹了出来，温小辉感觉脑袋被锤子猛砸了一下，还好有安全帽挡着，他只是蒙了一下。身体因为冲撞而有些疼痛，但他几乎是在车快要停下的时候把车弄翻的，并无大碍，很快就清醒了过来。

他摘掉了安全帽，还想解开安全带，但是瘪掉的安全气囊糊在他身前，他摸了半天都没摸到安全带扣。

这时，车外传来跑动的脚步声，不止一个人。

温小辉僵住了，尽管光线昏暗，他从后视镜里看不清人脸，但那身形和跑动的姿势，是那么熟悉……他有种心脏骤停的错觉。

有人爬上了右侧车门，拼命想要打开，几次尝试无果后，开始疯狂地踹击，一下一下，震得整辆车直颤。温小辉动弹不得，他尽力摸索着手边的操控台，把能摸到的按钮都按了一遍，"啪"的一声，车门锁开了。下一秒，车门被猛地打开！

温小辉的心脏快要跳出嗓子眼，他颤抖着拨开棉花一样缠在身前的安全气囊，然后，对上了一双记忆中的眼睛。

深邃的、美丽的，仿佛能把人吸进去的眼睛。

洛羿……

洛羿！

温小辉看着眼前的人，一瞬间，他所有的感官都被剥夺了，他只是那么看着，一动也不敢动，生怕这是一场梦，不堪半点纷扰。

洛羿也在看着他，眼中是浓得化不开的痛。

洛羿颤抖着朝他伸出手："小舅舅……"

温小辉的眼泪不知何时已经爬了满脸，他张着嘴，却发出不似人类的哀叫："畜生……洛……你……畜生！"

洛羿眼圈红了，他钻进了车里，摸到了温小辉的安全带扣。

温小辉仿佛瞬间找回了身体的力气，他对着那张他以为这辈子都不会再见到的脸，狠狠地挥出了一拳。那是用尽他所有力气的一拳，打得洛羿的脑袋狠狠撞在了挡风玻璃上。

洛羿被打蒙了，身体难以维系平衡，几乎摔在了温小辉身上。

温小辉的拳头疯了一样往洛羿身上招呼，每一拳都在宣泄着他难以形容的痛苦。洛羿既不反抗，也不吭声，他低着头，沉默地让温小辉发泄。

车外的人吆喝着要把侧翻的车扶正，已经拿出拖车绳系住了车底盘，而两人浑然不觉，对此时的他们来说，整个世界也不过就是这一个小小的车厢。

"对不起、对不起……"洛羿呢喃着道歉，他用尽全力想要抱住温小辉，哪怕一次次被温小辉打开。

温小辉此时完全像个疯子，他疯狂地打骂，任何歇斯底里的行为，都表达不了他这三个月经历的所有。

马达的声音和轮胎擦地的噪声同时响起，车身一阵晃动，洛羿一把压下他的胳膊，将他护在了怀里。

砰的一声响，侧翻的车被拽了回去，车里的两人同时撞到了车顶，又是一阵天旋地转。

外面的人七手八脚地将他们从车里拖了出去。

温小辉吸进一口冷冽的空气，大脑清醒了很多，他一把揪住洛羿的衣领，怒吼道："你到底想干什么？你是不是想玩死我才甘心？！"

洛羿脸上冒出了细汗，表情看上去有些痛苦，他哑声说："不是，我以为我不在，你会更好……对不起……"

温小辉狠狠推开他，整个人好似要爆炸了。

有人冲了上来，扶住了洛羿，急忙叫道："他的伤还没愈合呢，你悠着点儿！"说完扯开了洛羿的大衣。

温小辉瞪大眼睛一看，洛羿身上穿着的病号服，被血浸湿了一大片，他脑子"嗡"的一声，顿时无法动弹了。

洛羿的嘴唇白得几乎跟脸一个色，他皱着眉看着温小辉，似乎想开口说什么，但有些喘不上气，温小辉想着自己刚才一通乱打，两只手都跟着发抖。

洛羿想抓住他，手却抬不起来，最终晕了过去。

温小辉看着安静地躺在床上熟睡的洛羿，到现在还觉得精神恍惚。

三个月没见，洛羿瘦了很多，皮肤病态地苍白，锁骨凸起，嘴唇毫无血色，就像一尊美丽而不真实的雕塑。只有微颤的鼻翼和轻轻起伏的胸口，能证明这个人活着。

活着。

洛羿，活着。

温小辉不敢相信这三个月自己都经历了什么，他在最绝望的时候发现了一根稻草，他不顾一切地抓住，结果他真的冲出了黑暗的水域，终于能够呼吸。

他的胸腔充斥着愤怒、悲伤、憎恨，可又有着喜悦和感恩，他快被折磨得精神分裂了。

不管怎么样，洛羿活着。在他看到洛羿活生生地出现在自己面前的时候，他的心就跟着活了过来，再也没有什么比失而复得更珍贵。

可他也无法不愤怒，洛羿活着，却刻意隐瞒他，这噩梦一般的一百天该由谁来埋单？

手机突然响了起来，温小辉拿过来一看，是他妈打来的："喂，妈。"

"小辉，你又上哪儿去了？"

"出门转转。"

"哦。"冯月华松了口气，"下午过来吃饭吧，我们打算吃火锅。"

"我不去了，跟……朋友聚聚。"

"哦？朋友？好啊。"冯月华很高兴，"你多跟朋友玩玩，但是不要喝酒，喝多了给妈妈打电话，知道吗？"

"好的。"温小辉挂了电话，心烦意乱，他还没有从洛羿还活着这件事的震惊中缓过劲儿来，他甚至不知道洛羿再醒过来，他要如何面对。他想来想去，给罗睿打了个电话，让罗睿过来陪他。

罗睿一听说要去医院，紧张地问："怎么了？你怎么了？"

"我没怎么，你别紧张，你来了再说，慢点开车。"

罗睿很快就到了，温小辉下楼去接他。

两人一碰面，罗睿就扑上来把他前后左右都看了一遍，见他好像确实没什么事，才放下心来："究竟怎么回事啊，来医院干什么？"

温小辉感到难以启齿，他领着罗睿往电梯走去："嗯……看一个人，也不是，就当陪陪我吧。"

"看谁啊，谁在医院啊？啊，难道阿姨……"

"不是，我妈好好的。"温小辉叹了一声，"我跟你说件事，你不要太惊讶。"

"好，你说。"罗睿口头上答应着，却已经紧张得汗都流出来了，医院总归是个没太多好事的地方。

两人已经走到了洛羿的病房前，温小辉抓着门把手，深吸一口气："洛羿还活着。"

罗睿瞪直了眼睛："啊？"

"洛羿，还活着，就在里面。"

"活着！"罗睿暴喊一声。

温小辉做了个嘘的动作："这里是医院。"

罗睿的反应跟他刚发现洛羿还活着时差不多，只不过没那么疯狂，但也是满脸怒意和震惊："他活着？那他为什么诈死？！"

温小辉有那么一瞬间想说洛羿受伤了，但又觉得这不是理由，他也不该为洛羿辩解。从曹海在船爆炸第二天就出现在医院要和他交接遗产，以及后来一系列事情都证明，洛羿是刻意隐瞒的而且是在爆炸之前就已经决定这么做了，他不傻，他了解洛羿，洛羿就是故意的。

温小辉疲倦地说："我说不清，但他是刻意瞒着我的。"

"他到底想干什么？！"罗睿怒道，"他知不知道你这三个月是怎么过的？现在为什么回来？"

温小辉摇头："我不知道，他伤没好，现在还在睡着。等他醒过来，我会问清楚。"

罗睿咬着嘴唇，不死心一般地推开了门，走进病房转了一圈，在看到床上躺着的确实是洛羿后，心情极其复杂，不知道该作何反应。

他带上门走了出来，靠着墙深深换气，然后看着温小辉："你打算怎么办？"

温小辉坐在门口的长椅上，木讷地摇摇头。

"人活着是件好事，但是……他这不是耍你吗？"

温小辉一言不发，他无法回答罗睿，甚至无法回答自己。

罗睿蹲在他面前，逼他直视自己的眼睛："小辉，他醒了之后，你打算怎么办？"

"我不知道。"温小辉反问道，"你觉得我该怎么办？"

"从你跟他在一起，我眼看着他一点点剥夺了你很多东西，把你变成了一个跟你完全不像的人，还让你经历那么多的危险和痛苦。任何人都看得出来，洛羿是一个你应该远离的人。我知道你对他不可能完全没感情，他死了你很痛苦，但是现在他还活着，皆大欢喜，你不用再难受和愧疚，你应该没有负担地去过真正属于自己的生活了，不是吗？"

是这样吗……罗睿说得似乎没有错，可是，真的是这样吗？

病房里传来一声响动，温小辉的心脏跟着一颤，洛羿醒了。

罗睿也紧张地朝病房看去。

温小辉站起来，把罗睿也拽了起来，抓着他的手说："你别走。"

"我不走，我等你，你进去吧。"

温小辉用力做了个吞咽的动作，推开门走了进去。

洛羿正试图去够床头的水杯，两人的目光在空气中接触，又同时僵住了。

温小辉真正体会到了什么叫一眼万年。

洛羿缩回了手，似乎累得气喘吁吁。

温小辉找回了自己的意识，他走上前去，拿起水杯，递给了洛羿。

洛羿颤抖着接了过来，喝光了水。

大概是昨晚把所有激烈的情绪都发泄完了，大概是盯着洛羿的睡脸看了一个晚上，温小辉现在觉得很累，也很平静，他只想聊一聊，于是他坐在了床头的椅子上。

洛羿喉咙里发出一声痛苦的呻吟，大概是他的动作牵动了伤口。温小辉静静地看着他，看着他调整到适合对话的姿势。

"那天在船上发生了什么事？"温小辉一字一句清晰地问道。

洛羿扭头看着他："我的人在水下潜伏着，你一走他们就上来了，还带了常行要的东西。"

"然后呢？"

"我们在船上交易，他拿了东西，先离船，把属下留在船上，阻止我们去追他。但是我知道他想干什么，他想把我们都炸死，他一离船，我们就打了起来，我和我的人跳船了。常行一走出爆炸范围，就启动了炸弹，我们都被炸伤了，后来被救上了岸。"洛羿说起那一晚的惊魂种种，口气却平静得像是在说天气。

温小辉握紧拳头，咬牙切齿："那常行呢，他还活着？"

"只要他去领取他户头上的钱，就会立刻被捕，只是时间问题。"洛羿似乎对于常行的事感到不耐烦。

温小辉停顿了一下，哑声说："这都是你计划好的吧，你早就决定要诈死。"

洛羿也沉默半晌，小声说："我不知道自己会真死还是假死，我只知道，我会在你面前消失。"

温小辉恨不能咬碎后槽牙："为什么？为什么要干这种事？"

温小辉恶狠狠地瞪着洛羿。

洛羿强撑着身体凑过来，握住了他的手："对不起、对不起。"

温小辉闭上了眼睛，疲倦地说："洛羿，别装了，现在的结果，不就是你一步步铺垫好的吗？"

洛羿愣住了。

"咱们相识相知这么多年，我要是还不了解你，也白遭那么多罪了。"温小辉轻轻推开他，"你猜到了是吗？你猜到我会因为你的死而痛苦，你故意要下这一剂猛药，对吧？"

洛羿轻抚着他的脸："不是。"

"你在背地里看着我痛苦万分，心里很得意吧，一切都照你希望的剧情发展。"温小辉说着说着，竟觉得背脊发寒，这样的执念是该让人感动，还是该让人毛骨悚然？

洛羿连连颤声道："不是、不是。"

温小辉背脊僵直，用眼神描绘洛羿的每一处五官、每一寸皮肤，只为了确认这个人真的就在自己面前。那神似洛雅雅的容貌，让他心中生出极致的悲伤和欢喜。姐，你看到了吗？尽管你不在了，可你的儿子还活着，洛羿他还活着，至少还活着啊。

温小辉眼泪顿时如线一般掉了下来，他咬牙切齿地说："洛羿，你知不知道我有多恨你。"

洛羿用指腹抹去他的眼泪："我知道。"

"我以为你死了，以为你死了！"温小辉嘶吼道，"我以为我再见不到你了，死了！"

洛羿满脸痛心。

温小辉哭得不能自已，眼泪宣泄着长久以来的痛苦和悲愤。这个世界上不会有人像洛羿这样伤他，但也一定不会有人像洛羿这样依赖他。

✳ 第十八章

养病

——小舅舅，你是真的回来了吗

FU
JIA

YI
CHAN

他累了，累到不想再去纠结对错、得失，只想获得一点平静和快乐。如果把这些重担都抛弃，他就能舒服地活着，哪怕是苟且地活着，他也认了。

他哭了很久，差点趴在洛羿身上睡着，直到他感觉洛羿的呼吸有些沉重，才想起来洛羿还受着伤。"

温小辉抹掉眼泪按了铃。

医生带着护士走了进来，给他检查身体，洛羿始终看着温小辉，好像怕一眨眼人就会不见。

医生扭身对温小辉说："他的伤很重，现在刚刚开始愈合，你们不要随便进入病房打扰病人。"

温小辉的心揪了一下，他朝洛羿点点头，拉着罗睿退出去了。

正巧曹海从电梯走出来，和他们打了个照面。

曹海看着温小辉哭得红肿的眼睛，叹了口气："我这辈子没见过比你们更多灾多难的！"

温小辉道："洛羿的伤怎么样了？"

"爆炸的时候，船体碎片插入了身体，幸好有肋骨挡着，不然就把胃刺穿了。伤虽然不致命，但也很严重，很长一段时间都在接受治疗，幸好他身体健壮，恢复得比常人快很多。"曹海抱胸倚在墙上，"洛羿是我见过最疯狂的人，我不想为他辩解什么，他确实在拿自己的命在赌，他……真是够可怕的。"

"你一直是他的帮凶，你也很可怕。"罗睿瞪着他。

曹海苦笑："我是逼不得已的，对，我拿了洛羿的钱，洛羿也拿了我的把柄，所以我必须为他卖命。幸好常行跑了，否则常行收拾完洛羿，下一个肯定是我。"

温小辉疲倦地说："你们没一个好东西。"

"这倒是实话。"曹海哈哈大笑。

温小辉和罗睿下楼买了汉堡，坐在候诊大厅吃了起来，刚咬了两口，手机就响了，一个陌生号码发来短信：你走了吗？

温小辉一看就知道是洛羿发来的，他回道：没有。

洛羿很快回了：想见你。

温小辉回道：等会儿。

罗睿乜斜了一眼："洛羿吗？"

"嗯。"温小辉大口咬着鸡肉，哭了一场，真够饿的。

"你们这就……和好了吗？"罗睿语气有些低沉。

温小辉顿了一下："你是不是觉得很不可思议？"

罗睿点点头："但我可以理解。"

温小辉站起身："你回去吧，我上去看看他就回家。"

"好，你有什么需要就给我打电话。"罗睿淡淡笑着看着他，"你什么时候能变回来？"

温小辉揉了揉他的小鬈毛："快了。"

温小辉上了楼，推开病房门，洛羿正偏头看着门的方向，显然在等他。洛羿的伤口被重新处理过了，但看上去还是有些虚弱。

温小辉在他床边坐下了，他的情绪冷静了不少，也终于能平静地面对"死而复生"的洛羿。

洛羿抓住他的手，小声说："真怕你不见了。"

温小辉有些不自在，低声道："好点了吗？"

"没事，我现在有理由快点好起来了。"

温小辉看着他，有种恍如隔世的感觉。

洛羿殷殷看着他："你来陪我躺一会儿好不好？"

温小辉犹豫了一下，点了点头。他脱掉鞋，爬上了床，躺在洛羿旁边。

洛羿无法侧躺，只能紧抓着他的手，偏头看着他，满眼温柔的笑意。

温小辉看着这张他又爱又恨的脸，心情相当复杂。

洛羿凑过来小声说了一句："我觉得像做梦一样。"

温小辉轻声说："我也觉得。"

"我知道你怨我，我会用一辈子来补偿。"洛羿的眼神透出坚定，"你能再相信我一次吗？"

温小辉看着他："洛羿，我们之间已经没有什么信任了，所以别谈信任了。我知道这一次你会老实地装成一个好人，装上几十年，这就行了。"

洛羿握紧他的手，颤声道："好，你给我一次机会，就足够了。"

温小辉闭上眼睛，心想他们到底算什么呢？朋友？家人？不，比那些都要浓烈，非要说的话，就是至深的依赖吧，需要依靠对方才能呼吸的依赖。

温小辉待了一会儿，见洛羿昏昏欲睡，就悄悄地想下床。

他一动，洛羿就猛地睁开了眼睛："你去哪儿？"

温小辉吓了一跳："我妈让我回去吃饭。"

洛羿松了口气。

"怎么了？"

"刚才迷迷糊糊的，觉得自己在做梦，梦到你在旁边，结果你要走……"洛羿叹了口气，"我这样真烦人，我怎么会变成这样？"

温小辉看着他的样子，有点难受，他迟疑片刻，道："我明天再来。"

洛羿温柔地看着他："小舅舅，你是真的回来了吗？"

有那么一瞬间，他确实有一丝犹豫，但对上那双盈盈的眸子，他心神一颤，最终还是点了点头。洛羿苍白削瘦的脸有种病态的美，显得……楚楚可怜。他拍了拍洛羿的脸："好好休息，我回去了。"

"我给你发短信你会回吗？"

"看到的话。"

"电话呢？"

"听到的话。"

"明天几点来？"

"我睡醒了就来。"

"你想吃我做的早餐吗？"洛羿笑着说，"我也想早点给你做。"

温小辉抓了抓头发："还真有点想吃，尤其是蛋包饭。"

洛羿眼眶微酸，看着温小辉的眼神满含深情。

温小辉顿时有些心软，他揉揉洛羿的头发，声音放轻了："我走了。"

"嗯。"

回家路上，温小辉一直在想，要怎么对他妈解释，想来想去，他觉得他妈看到洛羿躺在医院的样子，应该也会理解，尽管他知道事实并不那么简单。

他回家洗了个澡，换了身衣服，然后赶去了 Ian 的公寓，他妈在等他去吃饭。他在路上经过商场，给Ian买了根高尔夫球杆，庆祝他升职。

Ian收到礼物后，开心得大笑，冯月华埋怨温小辉乱花钱，但脸上的笑容掩都掩不住。

他们其乐融融地吃了顿饭，Ian接了电话，谈公事去了。娘俩在客厅看电视，冯月华一口一个地吃着温小辉递过来的葡萄。她欣慰地说："你这段时间好了很多，我终于放心点了。"

温小辉笑道："妈，我以后再也不让你担心了。"

"那就好，可别再折腾我了，你看我这段时间，皮肤都不滑了。"

温小辉在她脸上亲了一下："你尽管去做保养，刷我的卡。"

冯月华低笑不语。

"妈，我想跟你说件事，但是你别太惊讶了。"

"哦，怎么了？"

温小辉酝酿了一下情绪："我昨天知道的时候，也很震惊……其实我现在也挺乱的。"

"怎么了？你别吓唬我。"冯月华放下了手里的水果。

"妈。"温小辉直视着她的眼睛，表情似哭似笑，"洛羿还活着。"不知道为什么，他说完这句话，眼泪就情不自禁地涌出来了，明明他已经哭够了、发泄够了，可在自己母亲面前，就是难以控制。

冯月华瞪大了眼睛："什么？洛羿还活着？"

温小辉抹掉眼泪，点了点头："他受了伤，在医院躺了好久。"

冯月华一时也震惊得不知道该拿什么表情面对，她搓着手，半天反应不过来："这……他为什么不早告诉你？难道伤得很重？"

温小辉点点头："挺重的，爆炸的时候，他差点被船体刺穿内脏。"

冯月华捂住了嘴，眼眶也湿了："天哪，这孩子，摊上这么个爹，到底是造的什么孽？"

温小辉不敢说常行没死，怕他妈更担心，只是说："他现在已经没有生命危险了，他年轻、身体好，应该能恢复好。"

冯月华重重吁出一口气："让我缓缓，这……这太离奇了，他怎么不早点告诉你？让你难受了这么久？所有人都跟着你一起遭罪啊。"

"妈，对不起。"温小辉愧疚不已。

"唉……不管怎么样，活着是好事儿……都赶上拍电视剧了，怎么

265

会这样呢？"冯月华看上去心烦意乱，一时还难以接受这个事实，她的反应跟罗睿如出一辙。

　　Ian打完电话出来，见两人都哭了，吓了一跳，在知道原委之后，一整晚都在惊呼上帝，还说要和冯月华一起去探望洛羿。

　　温小辉觉得让他们去看看也好，这样他妈才能安心。

　　那天晚上他住在了Ian家，洗完澡躺在床上，他才想起来看看手机。果然，全是洛羿的短信，他挑一条回：我刚洗完澡，早点睡吧，明天我妈和Ian想去看看你，你让保镖离远点，别吓着他们。

　　洛羿几乎是秒回：好，我也很想见他们。

　　温小辉回道：睡吧，我也睡了。

　　洛羿打了电话过来，接通之后，洛羿小声说："睡前想听听你的声音。"他身处在安静得落针可闻的病房，让他的声音听上去格外孤寂。

　　"睡吧，晚安。"

　　洛羿笑道："晚安，明天等你们来。"

　　第二天一早，三人出发了，冯月华和Ian买了很多水果和补品。Ian要买花，被冯月华喝止住了，说那种东西没用，Ian无奈地朝温小辉扮了个鬼脸，温小辉忍不住笑了。

　　三人到了医院，果然保镖和护工都不在，温小辉轻敲两下房门，里面传来洛羿的声音："请进。"

　　推开房门，洛羿换了身病号服，这套衣服看上去比昨天的至少大了两号，显得他格外瘦削，他偏头躺在床上，苍白的脸色和随时好像会晕过去的表情，让他看上去非常虚弱。

　　温小辉忍不住腹诽，又开始演了。

　　冯月华一看他这样就有点受不了了："洛羿啊……"

　　"阿姨……"洛羿挣扎着想坐起来，可一动就开始上气不接下气，如果不是温小辉昨天见他状态还不错，真的会相信他快"挂"了。

　　"哎，你别动，你躺着就行。"冯月华连忙上去扶住他，让他躺平，"唉，你这孩子，也是命不好。"

　　洛羿淡淡一笑，很是无奈。

　　温小辉介绍了一下Ian，Ian显然也被洛羿的状态吓到了，连说话都非常小声。

洛羿安慰他们:"我的伤已经好多了,只是最近没胃口,吃不下饭,现在食欲也好了不少,过段时间就能下床了。"

"那就好、那就好。"冯月华欣慰地说,"你这样,小辉也难受,我也难受,你快点好起来。"

洛羿感激地看着冯月华,苍白的脸上那双明亮的眼睛显得格外动人:"阿姨,谢谢您这么关心我,我能再见到你们,我……"他说着说着,就有些哽咽。

冯月华眼圈也红了:"活着就好,活着就好,你这么年轻,肯定会好起来的。"

冯月华和Ian安慰了洛羿半天,弄得温小辉半天都没插上话。他很想提醒洛羿别装大发了,洛羿演技太好,他看着都难受起来。

怕影响洛羿休息,待了半个小时,冯月华就告辞了。她嘱咐温小辉多来陪陪洛羿,开导他,让他早点好起来,温小辉尴尬地应和着。

夫妻俩走了,病房里只剩下了洛羿和温小辉,温小辉眯着眼睛看着他。

洛羿勾唇一笑:"你来得比我想的早。"

温小辉"啧啧"叫了两声:"你影帝啊,用得着这样吗?"

"我怕阿姨责怪我为什么不早点……"洛羿话到嘴边,又不敢吐出来了。

"为什么不早点告诉我,就看着我痛苦了三个月?"温小辉讽刺地哼了一声,"道理你都懂,你只是比谁都狠。"

洛羿愧疚地看着他。

温小辉扒了扒头发:"不说了,你有的是时间向我赎罪,现在赶紧好起来,别成天瘫在床上。"

洛羿抓住他的手,放在脸边蹭了蹭:"我一定会很快好起来,我想给你做早餐,想和你出去玩。"

"你不用工作了?"

"工作不重要。"

这话听在耳朵里,还是很受用,温小辉忍不住扬起浅笑:"那我还要工作呢,我要把S市的工作室搬过来。"

"好,我让人去处理。"

"我想把小艾挖过来。"

"好。"

"我的店要开在国贸路,和罗睿做邻居,离得越近越好。"

"好。"

"可要是那样我肯定天天吃蛋糕,会胖死吧……"温小辉想着他和罗睿在一起的场景,大半时间都在吃吃吃。

"你要是胖了,我带你运动。"

温小辉点点头:"好。"

"等我好了,我们去环球旅行。"

"会不会很累啊?"温小辉想想就有些兴奋。

洛羿笑道:"有钱就不累。"

温小辉忍不住扑哧一声笑了。

第十九章

快乐

——我们还有很长很长的时间，去看不同的风景

FU JIA YI CHAN

洛羿住院的这段时间,温小辉帮着警察把他能提供的证据都提供了,而且他愿意出庭做证,那些浑蛋判得越久他越高兴。

在酝酿了好几天之后,他给黎朔打了电话,约黎朔吃饭。黎朔并不意外,言辞中,他听出罗睿已经把洛羿还活着的事告诉了黎朔。他知道黎朔还默默关心着他,这份人情他恐怕是永远还不上了。

跟黎朔吃饭的那天,温小辉认真收拾了一番。他对着镜子给自己修了修刘海,把及肩的头发扎了个小马尾,然后修眉毛、刮胡子,看着镜子里焕然一新的自己,他心情也跟着好了起来。他想不起来上一次收拾自己是什么时候了,他曾经以为自己哪怕是七八十岁了,也一定会精心收拾过再出门,可有时候生活的境遇能把人折磨得连洗脸的力气都没有。他希望黎朔看到的是好好的他,这样才能放心吧。

到了餐厅,黎朔果然是最早到的那一个,这种细节上的体贴造就了黎朔的完美。

黎朔见到他,眼前一亮,似乎松了一口气:"看到你这样,我就放心了,不管以前发生过什么,只要你现在快乐就好。"

温小辉看着黎朔,眼中充满感激。

两人一边吃饭,一边聊那场爆炸。温小辉提起这件事,还是心有余悸,洛羿虽然活着,却受了不轻的伤,而常行至今还逍遥法外。虽然洛羿对抓到常行极有自信,可他始终惴惴不安。

黎朔安慰他道:"我从朋友那儿得到内幕消息,常行的行踪已经被锁定了,现在要把他在泰国的联络人钓出来,一网打尽。"

温小辉咬牙切齿:"他一定没有好下场。"

"不要再想他的事了,你已经被他耽误了太多好时光,现在过好自己的日子最重要。"

温小辉轻叹一声,点了点头。耽误他好时光的,严格来说并不是常行,而是常行的儿子……但他既然已经决定放过往事,那就放过。

"对了,今天怎么没叫罗睿来?"黎朔转移话题。

"我想单独见你,好好跟你道谢。"温小辉诚恳地说。

两人聊了些轻松的话题，黎朔见温小辉精神很好，温小辉见黎朔依旧潇洒，彼此对对方都放心多了。

吃完饭，温小辉把一后备箱的好酒都给了黎朔，这才各自告别回家。温小辉感到一身轻松，他和黎朔终于能做普通的朋友，而不用顾忌洛羿去刻意疏远。

想起洛羿，他翻出手机。果然，吃饭期间来了好几条短信，他回了几条，嘱咐洛羿早点睡觉，想着洛羿抱着手机等短信的样子，嘴角不自觉地扬了起来。

本来想回家睡觉，温小辉改了主意，直接开车去了医院，不知道为什么，突然有点想见洛羿。

病房部已经熄灯了，走廊只有昏暗的光线，温小辉感觉有些瘆得慌，可当他转过拐角，发现洛羿病房的灯还亮着的时候，顿时就感觉一股力量注入了胸口。

他推开门，正在看书的洛羿抬起头来，似乎并不意外。

温小辉道："我来了，你怎么不惊讶？"

"我猜到你会来。"

"你怎么猜到的？"

"不知道，就是感觉得到。"

"我今天见了黎朔。"温小辉说。

洛羿愣了一下，神情微动，但还是装作若无其事地说："哦，怎么样？"

"请他吃个饭，跟他道谢，挺好的，我从你的酒窖里拿了不少酒送给他。"

洛羿笑了笑："好吧。"

"心疼？"

"不心疼，你高兴就好。"

"我打算过几天回趟S市，跟曹海一起处理一下工作室的事，顺便见见朋友。"

"你等我半个月，我跟你一起去好不好？"

"你能下床？"

"其实我早就能下床了……"

洛羿欲言又止，温小辉想起那天自己照着他一顿打，把人又打回床

271

上了，他"哦"了一声："你确定吗？出行容易累。"

"没事，在医院里待了这么久，我也想出去走走了。"

"好吧，那就一起去。"

洛羿不愧年轻力壮，又常年运动，身体恢复得很快。拆纱布的那天，温小辉站在床边，两只眼睛一眨不眨地盯着，眼看着洛羿左肋处露出一道狰狞的伤口，他的心跟着一紧，表情凝固住了。

洛羿拿过衬衫穿上了，边扣扣子边安慰他："没事了，等结痂掉了就好了。"

温小辉抱胸站在一旁，心里很是难受，不想说话。

洛羿让医生出去了，然后站起身，走到温小辉旁边，笑着说："我告诉你一个好消息。"

"什么好消息？"

洛羿深吸一口气，道："常行抓到了。"

温小辉一惊："真的？"

"真的，下个月就会引渡回国。"

温小辉咬牙道："他一定会被判死刑的！"

洛羿摇摇头："他的保镖把所有事情都揽到了自己身上，他们早已经串好口供了，可能不够量刑标准，但是我保证他这辈子出不来了。"

温小辉深深换了口气，有些疲倦地说："这次是不是真的没事了？"

"真的没事了。"洛羿摸着他的脑袋，"以后我再也不会让你经历危险、让你受苦。"

温小辉感觉长久以来悬在心头的那把狰狞的刀，终于轻轻地放下了。

洛羿摸着温小辉头的手顺势落到了他背上，皱眉道："小舅舅，你得长长肉了。"

温小辉也觉得自己太瘦了，最近也在尽量多吃，但还是嘴硬道："这叫空气感。"

"再瘦下去真成空气了，一定是没吃我做的饭，阿姨做的饭不好吃吧？"

"是不好吃……"温小辉抬头看着他，"你这段时间老实休息，我怎么都饿不着。"

"做饭这么轻松的事，不就是休息吗？"

温小辉忍不住笑了："行了，回家再讨论这个问题。"

"对。"洛羿高兴地说，"我们回家。"

回到别墅后，温小辉让洛羿去休息，他准备叫外卖。

洛羿突然提议把罗睿还有他妈、Ian 叫过来一起吃火锅。

温小辉跟看怪物一样看着他。

洛羿失笑："怎么了？"

"你不是不让别人来这里吗？"他和洛羿认识那么久，除了清洁工、曹海和不请自来的常行外，真没什么人来过，洛羿不拍照、不让外人进入自己的生活，对隐私保护到了极点，他没想到洛羿会主动邀请他们。

洛羿支着下巴看着他："你的家人、朋友对我来说不是外人。"

温小辉心脏微颤，轻笑起来："好，我让罗睿买东西。"

"他拿得过来吗，我让司机去接他？"

"没事儿，他最喜欢干这些了。"

温小辉打完电话，就去厨房切水果，准备迎接客人。

洛羿走进厨房，刚要开口，温小辉就抢道："说了让你休息就休息，你不是说什么都听我的吗？"

洛羿笑道："那我就这么看着你干活行吗？"

温小辉回过头，两人近距离对视，忍不住都笑了。温小辉道："你这不是帮倒忙吗？"

"我唱歌给你听？"

"不要。"

"那我陪你聊天，免得你无聊。"

"明明是你怕无聊，你去玩游戏吧，或者看电影。"

洛羿眨了眨眼睛："你什么都不会干，把厨房点着了怎么办？我得看着你、指导你。"

"行，那你好好指导吧，大厨。"温小辉边说边从客厅搬过来一张椅子，命令道，"坐。"

洛羿乖乖坐下了。

"坐着不要动啊，动嘴就行了，伤口再裂开就不知道什么时候能好了，你不是还要跟我去 S 市吗？"

273

"哦,放心吧。"

温小辉满意地笑了笑,转过身继续切水果。

洛羿在他背后轻轻哼起了歌,温小辉听着那熟悉的旋律,忍不住也跟着哼了起来,厨房里响起轻柔的曲调,洋溢着满满的喜悦与温情。

太阳刚落山,客人们都到了。

罗睿拎着大包小包,满脸好奇地在客厅里左顾右盼,冯月华和 Ian 也在参观。

洛羿微笑着来迎客人,马上被冯月华推到沙发上休息。

"妈、Ian,你们来啦,小妈,买什么了?"温小辉端着一盘水果和茶放在了茶几上。

"什么都买了,这一袋都是你爱吃的,这些是阿姨爱吃的,葱、姜、蒜、胡椒、腐乳、牛肉酱、湿纸巾、柠檬水……蘸料我买了八种不知道你们喜欢什么。哦,Ian 这个芝士你应该会喜欢,产自俄亥俄州的。"

"哦,这是我家乡的。"Ian 特别高兴。

温小辉看着一地的东西,无奈道:"我就少说一句,我们才五个人。"

"吃不完你们留着吃嘛。"罗睿自信地说,"让我准备东西,保证你要什么有什么,我连蜡烛都准备了预防万一断电,对了蛋糕我带了十六种口味,不知道你们喜欢哪种。"

"够了啊罗小妈,赶紧来帮忙收拾收拾。"

"好嘞。"

冯月华笑盈盈地说:"罗睿这孩子还是这样,跟个小老妈子似的,他要是女孩儿呀,保证就是我的儿媳妇。"

洛羿笑着说:"罗睿哥是很贴心。"

两人在厨房听到了,温小辉叫道:"妈,罗睿就是你儿媳妇啊。"

罗睿大笑起来。

两人忙活了半个小时,总算把东西都摆上了桌。这些东西看上去都够十个人吃了,洛羿不能吃刺激性的食物,温小辉单独给他煮了碗面条,他倒也吃得开心。

他们聊天、涮锅、喝啤酒,气氛很是热闹。

Ian 酒量不好,喝了两杯就开始兴奋,拉着冯月华在屋子里跳起了舞,乐得像个少年。

吃完饭，他们帮忙把厨房收拾了，罗睿负责送夫妻俩回家。

事处理得差不多了，温小辉就和洛羿去了S市。

洛羿去跟曹海处理温小辉工作室的事，温小辉则自己去了李程秀那儿做客，两人聊聊天、叙叙旧，很是温馨。

回到家，洛羿炖了一锅鸡汤等着他。

"嗯，好香啊。"温小辉一进屋就叫，"在酒店你也做饭啊，我不是让你别干活吗？再说我刚吃完。"

"只是炖了汤，南方的冬天潮，喝点汤去湿气。"洛羿端了一碗放在桌子上。

温小辉明明撑得不行，可是闻到那个味道还是没忍住，坐过去喝了起来。

洛羿就这么笑呵呵地看着他。

温小辉喝到一半，抬头道："干吗呀，多瘆人。"

"今天去见朋友，怎么样？"

"挺好呀，程秀做饭是一绝。"

"跟我比呢？"

"不是一个路数，都好吃。"温小辉道，"你以后要是有了家，有了孩子，肯定能把小孩儿养成胖墩儿。"

"我不会结婚的，也不想要孩子。"洛羿毫不犹豫地说。

温小辉嗤笑道："你才二十岁，话可别说得太早。"

"我是认真的，我永远不想要孩子。"

"为什么？"温小辉好奇道。

"我这样的血脉，没有传承下去的必要。"洛羿的表情在那一瞬间有一丝阴鸷，"这种血液里一定有野兽的基因。"

温小辉一时不知该说什么，想想常行，再想想洛羿，他觉得很有道理。

"但我希望你以后能有孩子，然后给他最好的家庭和教育。"洛羿笑着说。

温小辉想起洛羿的童年，顿时有些心痛，他放下汤勺，抓着洛羿的手道："我现在年轻，没考虑那么多，但以后也许真的会想要孩子，到时候我们一起培养他。"

275

洛羿看着温小辉，眼里是浓得化不开的笑意。

曹海出马，让工作室的租金违约金省了小二十万，温小辉挺高兴，把钱发给那些不打算跟他去京城的员工当遣散费了。

最后愿意跟着他走的只有七个人，但他觉得足够了，他开工作室又不是全为了赚钱。

把工作室的一系列事情都处理完了，两人跑到了海边的度假村，打算在这里避寒，顺便好好养养洛羿的身体。

北方刚下雪的时节，这里阳光普照，舒适宜人。

两人从超市买了一大堆东西，有时候在客房里自己做点东西吃，有时候让酒店餐厅送过来。总之，那半个月时间，他们几乎没踏出过度假村，天天睡到自然醒，白天晒的时候就上网、看电影、打游戏，太阳下山了就去海边跑跑步、吹吹风，晚上要是饿了就在酒店的沙滩上撸个串儿。他们几乎什么都不思考，日子过得相当散漫，这对他们来说，是一次必要的心灵上的休息，过去的几年太累了，各种意义上的累。

在这样的环境下，洛羿的身体恢复得很好，伤口掉痂后，露出鲜嫩的淡粉的肉。温小辉轻轻摸了摸，非常软，好像一下子就能戳破。那毕竟是人身体最脆弱的几个部位之一，温小辉光是看着也觉得疼。

"现在可以碰水了。"洛羿高兴地说，这几天净看着温小辉游泳，他很眼馋。

"还是再等等吧，游泳池的水不干净。"

"那我去海里。"

"海里也未必干净，你洗澡的时候也小心点。"

洛羿笑了笑："不过，我觉得有点可惜。"

"可惜什么？"

"这里的海这么美，我却不能亲自感受一下。"

"等你好了我们再来，又不差这一时。"

"也是。"海风迎面吹来，洛羿舒服地眯起了眼睛，"我们还有很长很长的时间，去看不同的风景，对吧。"

"对。"温小辉也笑着，用笃定的口吻说，"对。"

度假还没结束，曹海那边就传来消息，说租赁合同已经签了，新工作室就开在和罗睿的甜点店同一条街上,相隔不过百米。温小辉得到这个消息后,马上买了机票,然后给罗睿打电话,两人叽叽喳喳兴奋地讨论着要怎么装修,甚至连两店联合的促销活动都商量好了。

两人提早返回京城。

下飞机吃了顿饭,温小辉就迫不及待地拽着洛羿去他的新店。

店里还在装修,看上去相当乱,但往窗外看去,对街矗立着好几栋高档写字楼和大型百货,繁忙的商业区车水马龙,地理位置好极了,温小辉已经开始想象自己坐在老板办公室里精明的样子了。

罗睿接了电话就跑过来了,兴奋地围着温小辉转悠,讨论起找什么设计师,装什么风格,进什么器材。

洛羿在一旁含笑看着他们。

他们看完新办公室,就跑到了罗睿店里吃甜品。这么多年了,京城里各种新鲜好吃的甜品店开了无数家,罗睿的店依旧生意很好。

太阳落山后,他们在后厨吃起了火锅,就像洛羿上学时那样。那时候罗睿的店是他们俩的一个据点,也是最常来的地方,在这里有数不尽的青葱回忆,全都像橱窗里的蛋糕一样清甜迷人。

吃完饭,罗睿将他们送出店,不知何时,天上已经飘起了雪。

洛羿仰头看着簌簌飘落的雪花:"我们走一走吧,消消食。"

"好啊。"

洛羿把自己的围巾围到了温小辉脖子上,然后抓着他的手,塞进了大衣口袋里,两人沿着街道慢慢走了起来。

温小辉感受着雪花在脸上融化那一瞬间的冰凉,跟大衣里温暖的手形成了鲜明的反差。

"少了点什么东西。"温小辉突然说。

两人对视一眼,异口同声地说:"自行车。"

洛羿露出好看得让人目眩神迷的笑容:"在家呢,等不这么冷了,我就载着你出去玩。"

"咱俩加起来都年过半百了,还玩小清新啊。"

"有什么关系。"

温小辉想了想，扑哧笑了："也是，毕竟我长得这么嫩。"

洛羿轻声说："小舅舅，我觉得很快乐。"

温小辉的心脏微颤，轻轻"嗯"了一声。

"在认识你之前，我甚至不知道'快乐'是什么，人为什么非要快乐呢，完全没有道理。"

温小辉轻叹道："你呀……"

"你教会了我很多，很奇怪吧……你连大学都没有上，却教了我很多让我完全陌生的东西。"

"喂，你这是夸我啊。"

洛羿笑道："当然是夸你。"

温小辉笑骂道："成天显摆智商。"

在冬日下雪的街头，两人的笑容驱散了冬夜的寒冷，产生的热量瞬间融化了周身的雪花。这股热度也终将伴随身侧，破除横亘在他们之间的、过去遗留下来的每一道坚冰。

有些事情积重难返，便不要回头。毕竟，他们还有机会创造新的回忆。

"我觉得很快乐。"温小辉在洛羿耳边轻声说。

✹ 番外

——那道光

FU JIA YI CHAN

近几年，温小辉赶上了短视频平台崛起的红利期，把自己的美妆账号打造得风生水起，已经成了颇有名气的网红。

随着商业变现的机会越来越多，温小辉不得不雇人来处理日常事务，同时还谈了几个有意向签约的机构。但是他这个人呢，虽然聪明又机灵，却缺乏社会经验，对人不太设防，洛羿明面上说不管他做什么，只要他高兴，实际上事事都要把关，可又怕他察觉到自己过强的控制欲，所以还要管在暗处、管得小心翼翼。

所以温小辉雇的人是洛羿筛选过的，温小辉最终决定签约的机构，是洛羿帮他分析之后引导他选的，其实早已通过代理人偷偷入了股，以确保他的事业有稳定的发展，又不会被压榨时间和健康。

其实温小辉对很多事也是有点察觉的，可他并不想深究，毕竟现在的日子这么舒服，只要洛羿在身边，他就被这种无与伦比的安定感包围着。

不过，当温小辉发现洛羿在他直播间匿名刷火箭时，他有点忍不了，这一天终于憋不住了："不是……你知不知道我们公司也想安排人给我造势，但我没同意，那种大额打赏很多是假的，是为了引导粉丝消费。我不想赚这种钱，你花这冤枉钱干吗。"

洛羿挑眉一笑："被你发现了。"

"你这么刷，我怎么可能不发现啊。"温小辉白了他一眼，"我一个男的美妆博主，男的女的对我都没有幻想空间，谁会这么给我花钱啊。"

"我啊。"洛羿理所当然地说。

"对啊，你啊，只有你啊。"温小辉靠在沙发的一头，拿脚丫子踹洛羿的腰眼，笑道，"我知道你怕我热度低会难过。我才不会呢，我每天可开心了，做自己喜欢的事并且一直有收获，我很满足。"

洛羿笑看着他，眼神一贯地温柔："那就好，我只希望你开心。"我会想尽一切办法让你开心。

温小辉朝他飞了个吻，然后开始报菜名。小到做饭，大到照顾他生活的方方面面，洛羿就像只属于他的阿拉丁神灯，会满足他所有的愿望。

过了一段时间，温小辉在一次直播时又收到匿名账号的大额打赏。

下播后他给正在出差的洛羿发了条微信：不是让你别给我打赏了吗？

洛羿很快回道：我没有啊。

温小辉也没怎么在意，毕竟偶尔确实会碰上一两个"土豪"。可接下来的事有些出乎他意料，那个账户接连给他打赏了一个礼拜，金额也越来越夸张。他心中觉得蹊跷，这个账户是一个全黑的头像，名字是一串没有规律的数字，且不曾发布过任何作品，一看就是新注册的，似乎它的存在就只是为了给自己花钱，却一句话都没有对他说，这实在太诡异了。

温小辉忍不住给那个神秘账户发了条私信，善意提醒对方别给自己刷这么多钱，他不需要。

不久，对方回了条信息：我只是希望你能看到我，我的目的就达到了。

温小辉更好奇了，回道：你是谁啊？

对方回道：你的一个忠实粉丝。周六可以约你吃个饭吗？

温小辉刚想拒绝，突然想起周六是自己的生日，他灵机一动，觉得自己识破了什么。他想起洛羿说要谈一个很重要的并购案，没办法回来陪他过生日，他根本不信，洛羿一定会偷偷回来给自己惊喜，对面这个人肯定就是洛羿，洛羿就爱玩儿这些神秘的把戏。

温小辉决定不拆穿他，同意了这个邀约。

周六那天，温小辉用心装扮好自己，高高兴兴地出门了。

到了餐厅，服务生将他引入一个安静的包厢，他一路上都在猜测洛羿会给自己准备什么礼物。

推开门，屋内那个年轻英俊的男子闻声抬起头来，略微愣怔后，冲温小辉优雅地一笑。

温小辉下意识地堆起笑，可在仔细看清对方的面容后，笑容却凝固在了脸上，并渐渐消失。

眼前的人根本不是洛羿，却着实和洛羿长得有几分像……

服务生在离开时贴心地为他们带上了门，温小辉却感到一阵寒意，他察觉到了危险，尽管眼前的人看起来颇友善。

"你是谁？"

"我是你的粉丝啊。"那人笑道，"你这个表情，好像见鬼了，我长得很可怕吗？"

"不是，你、你长得……"温小辉的心脏猛跳起来，他明白自己的生物本能为什么报警了，与其说这个人长得像洛羿，不如说他长得像——常行。

这是巧合吗，只是巧合吗？！

如果说有粉丝因为自己长得像洛羿而对他感兴趣，似乎也说得通，可是，洛羿根本就没有在自己的自媒体上露过脸！尽管温小辉的粉丝们都知道他家里有一个超级大帅哥，会偶尔配合着试个口红、做个发型什么的，可洛羿一直有面部遮挡，只能看到局部。

不对劲、不对劲，温小辉愈发心慌。

"坐吧，今天是你的生日，我给你准备了……"

"你到底是谁？"温小辉非但没有坐，反而警惕地贴着门边，随时准备走人。他虽然不安，可也并不害怕，在人来人往的餐厅里，对方能把他怎么样。

那人把手中的礼物放在了一边，看着温小辉的眼睛，淡定地说道："哦，忘了自我介绍，我叫常星意，是洛羿同父异母的哥哥。"

温小辉深吸一口气，反手握着门把手，冷冷地看着他。

"怎么，你不会以为像常行那种人，只有一个私生子吧。"

"你想干什么？"温小辉寒声问道。

常星意坦然道："想看看你。"

"为什么？"

"好奇，人是好奇的动物。"

"看完之后呢？"常行留给温小辉的阴影一辈子也散不去，这个人究竟抱着怎样邪恶的目的突然出现？！他现在只想马上见到洛羿。

常星意勾唇微笑："你不要这么紧张，我真的只是想看看你，看看你是个什么样的人。"

"你想干什么！"温小辉咬牙道，"想报仇吗，还是想对洛羿不利，还是……"

手机铃声突然响起，温小辉低头一看，是洛羿打来的，他瞬间清醒过来——他必须马上离开这里，无论这人想干什么，都不是自己能对付的，他不能让自己陷入危险，那样会给洛羿拖后腿。他狠狠瞪了常星意一眼，一边接通电话一边离开包厢："洛羿，我……"

"你在哪儿！"洛羿的声音有些焦急。

"我在一家餐厅，我……"他走到堂食区，已经看到了正在进门的洛羿，他马上跑了过去。

"小舅舅！"洛羿几步跑了过来，一把抓住他的胳膊，声色俱厉，"你来这儿干什么？你见了谁？！"

"他……"温小辉深吸一口气，紧盯着洛羿的眼睛，"你是不是知道了？"

洛羿眯起眼睛："他在哪儿？"

"最里面的包厢。"

洛羿迈开长腿走了过去，当温小辉追上去，包厢里已经空无一人，只有那个礼物盒放在桌子的正中央。

俩人静默了一会儿，洛羿走过去，警惕地拆开盒子。温小辉紧张地凑过去，发现里面放着的只是一件普通的艺术品以及一张贺卡。

洛羿展开贺卡，盯着那行飘逸的字：一直期待见到你，生日快乐，温小辉。他将贺卡揉成一团，瞪向温小辉，压抑着怒火沉声道："为什么要见他？"

温小辉知道洛羿生气了，尽管平时洛羿对他有求必应，哪怕他发脾气、不讲理也是哄着，可洛羿真的生气时，他是立刻就怂，这叫"好汉不吃眼前亏"。他也有些委屈，小声道："我以为是你假扮的，想给我生日惊喜。"

"你……"洛羿气得咬牙，"你那天跟我说又有人给你大额打赏，我就留心查了一下，你没有一点警戒心吗，随随便便就同意陌生人的邀约！"

"我都说了以为是你嘛，而且，谁知道常行还有儿子，他找上我干吗呀？"温小辉越想越后怕，"他找过你吗？"

"还没有正面接触。"洛羿深深蹙眉，"我看不出他想干吗，但无论如何，我不会让他再有机会接触你。"

"你又要派人跟着我吗？"温小辉的脸色都变了，"还是不让我出门，时时刻刻看着……"

洛羿突然一把将温小辉拽进了怀里，紧紧地、紧紧地抱着，勒得温小辉骨头生疼。他一时说不清，洛羿是怕他跑了，还是怕自己会被情绪的洪流冲走。

洛羿深吸一口气，将温小辉的头摁在自己的肩窝里，不让他看到自己此刻挣扎的表情。

"小舅舅，我真的很害怕，在遇见你以前，我好像已经免疫了'害怕'这种情绪，可是有了你，我就天天害怕失去你，你明白吗？"

温小辉无奈地叹了口气，也环住洛羿的腰，轻轻抚摸着他坚实的背："我明白。

"我知道你讨厌我管着你、束缚着你，可是我承担不了任何一丁点你可能受到伤害的后果，在我弄清楚他的意图，解除这个威胁之前，你可不可以委屈一点，这段时间把工作放在家里做。"

温小辉心里再不愿意，也无法拒绝洛羿用这样惶恐的态度恳求自己，从他选择要和洛羿一起面对生活的那一天起，他就已经有了面对任何情况的准备。

见温小辉同意了，洛羿才稍稍放松下来，沉着脸说："今天是你生日，可惜被破坏了。"

"没有啊，你回来陪我一起过生日，这不是很完美嘛。"温小辉马上切换笑脸，营造轻松的氛围，伸手道，"礼物呢？礼物呢？"

洛羿伸出手，骨节分明的修长食指在温小辉的掌心画了个爱心："你一直想合作的那个品牌，我搞定了。"

"哇！"温小辉笑逐颜开，"我们家洛羿果然是无所不能。"

洛羿看着温小辉，目光盈盈。

作为主要靠互联网吃饭的职业，很多工作确实可以在家做，温小辉就开始在家做内容、拍视频。他也不是完全不能出门，只是每次洛羿都要陪着，眼睛恨不得长在他身上。

那天之后，常星意没有再给温小辉留过言，那个账号就像很多黑色头像的账号一样仿佛完全失活了。温小辉还在洛羿的授意下主动问过他，有什么诉求，是不是可以谈谈，通通没有回应。

很快，洛羿摸清了常星意的底细。

"他长居国外啊，怪不得以前没听过这号人，这次是为了常行的案子回来的？"

洛羿点点头："涉及常行的一些海外资产的合法性，他要配合调查。"

"他自己就没问题吗?"

"他肯定是有信心才敢回来。"

"你以前……知道这个人的存在吗?"温小辉迟疑地问,他知道洛羿最不愿意提及的人就是常行。

洛羿沉默片刻:"我从他的言辞中猜到过,虽然他和正妻的孩子不在了,但他不止一个私生子。"

"不知道常行是怎么'教育'他的。"

洛羿眯起了眼眸。

温小辉想到过去的种种,如果不是遇上自己,洛羿会变成一个极端危险的人,这都拜常行所赐。常行若是想要从自己的后代中挑选一个合格的继承人,很可能对每一个人都这么冷酷,那么常星意……恐怕有着和洛羿相似的经历。

所以洛羿的恐惧是有道理的,他知道自己的破坏力,自然也不敢轻视常星意的。

尽管常行已经进去了,而且多半这辈子都出不来了,但他的遗害依然能影响他们的生活,温小辉在心里第一万次诅咒他。

又过了几天,温小辉突然在直播间又接连收到大额打赏,打赏的人直接在公共评论区留言:我只是想和你们吃个饭,聊一聊,没有恶意,但他不同意。

底下的粉丝纷纷发出疑问。

温小辉没有心情直播了,提前下播,去书房找到了洛羿,只见洛羿眉头紧锁,不知道在思考什么。

见温小辉进来,洛羿几乎是条件反射地收起了那仿佛在蹲守猎物的凝重神色,眉心即刻舒展开来,脸上漾起微笑:"忙完了?是不是饿了,想吃夜宵吗?"

"他给我留言了。"温小辉闷声道。

"他的账号我已经……"

"屏蔽了?"温小辉把手机上的截图给洛羿看,"他想和我们见面,但你……"

"我同意和他见面,但我不会让他见你。"洛羿的声音变得冷硬。

"我觉得你们这样见面也不会有什么成效,只有先满足他的要求,他才有可能说出他的真正目的。"温小辉走过去，摸了摸洛羿的头发，"带我一起去吧，我和你在一起很安全。"

"不行。"洛羿抬头看着温小辉，眼睛微微有些发红，"我绝不让他碰你。"

"他没有能力伤害我，因为你在我身边。"温小辉的手挪到洛羿的脸上，轻轻揉了揉，温柔地说，"我相信你，我们是一家人，无论发生任何事，我们一起面对。"

洛羿的目光微微闪动着、挣扎着，饱含难言的深情。

"说好家里听我的。"温小辉捏起洛羿腮边肉，"这个家，小舅舅说了算！"

洛羿扑哧一声笑了。

那顿晚餐比温小辉想象中的诡异多了。三人坐下之后，洛羿和常星意互相戒备，又互相打量，打量又不明着看，你看一会儿别开眼，我再看一会儿别开眼，仿佛产生了某种默契，永远不会真正对视。温小辉觉得太好笑了，他们真像国际象棋里的王——王不见王。

"我说，你们就打算这么干瞪眼啊。"温小辉这种超级外向人格可受不了这种气氛，"不点菜啊，包厢有最低消费的。"

常星意看向温小辉，笑了一下，可那笑容中分明有几分失落，很复杂的表情，让温小辉完全看不懂。

"你想吃什么？"常星意温言道。

温小辉不客气地拿起菜单："你们不说话，要不要我帮你们传字条？"

洛羿开口了，声音毫无起伏："可以说说你回国的目的了。"

"我早就说了，我是回来配合调查的，你不相信。"

"你配合调查常行的案子，我们之间有往来正常，可是你为什么要接近温小辉？"洛羿从眼神到口吻，满是戒备和警告。

常星意耸耸肩："我也早就说了，我只是想见见他，我和你是有血缘关系但从未见过的兄弟，我对你们好奇也很正常吧。"

"现在你见到了，然后呢？"

常星意沉默了，他专注地看着温小辉，看得温小辉鼓起勇气反瞪他，看到洛羿已经要发作了，他才露出苦笑，缓缓开口："我想看看是什么样的人，会成为那道光。"

俩人都愣住了。

"我在网上关注了他一段时间，一开始只是想通过他调查你，可是看着看着就……"常星意的眼神黯然，"就希望我也有你这样的运气。你们放心吧，我没有恶意，我只是想看看。"

温小辉也静默了。他不知道该不该相信常星意的话，但他不禁去想，如果洛羿没有碰到自己，会变成什么样，他不敢说自己拯救了洛羿，至少在洛羿死死抱着他的时候，没有继续往地狱滑落。

洛羿僵直的肩膀也放松了，他垂下眼帘，喝了口水，沉声道："祝你找到自己的光。"

于是他们吃了普普通通的一顿饭，他们没有聊常行，而是聊自己的一些经历，尽管那些经历里少不了常行留下的阴影，可在温小辉的活跃下，他们捡了些值得回忆的碎片向对方分享，就像多年不见的老友。其实在座的每一个人都知道，这很可能是他们最后一次见面——洛羿决不允许任何人觊觎他的人。

回家路上，洛羿紧紧握着温小辉的手，温小辉也反握着他，两人很长时间无言。

看着窗外不断后退的风景，洛羿喃喃道："回家。"

温小辉却捕捉到了这求救一般的、沉默的呼喊："嗯，回家。今天的饭菜不合胃口，回家给我做夜宵吧。"

"好，你想吃什么？"洛羿转过脸来看着温小辉，目光闪烁，好像整个人都被点亮了，被只属于自己的这道光。

"蛋包饭。"

"好。"

温小辉回给他一个大大的笑容。

看着那仿佛能融化整个世界的微笑，洛羿突然颤声说："谢谢你。"

"突然说什么谢嘛。"温小辉知道洛羿此刻在表达怎样沉重的情绪，他的心脏在发痛，无论过去多久，他还是心疼洛羿，他狡黠地眨了眨眼睛，"把饭做香点。"

洛羿微笑着点头。

谢谢你，谢谢你看到我、照耀我、救赎我。

图书在版编目（CIP）数据

附加遗产.下/水千丞著.—广州：广东旅游出版社，2024.10（2025.2重印）

ISBN 978-7-5570-3283-8

Ⅰ.①附… Ⅱ.①水… Ⅲ.①长篇小说－中国－当代 Ⅳ.①I247.5

中国国家版本馆CIP数据核字（2024）第067296号

附加遗产.下

FUJIA YICHAN．XIA

出 版 人：刘志松
总 策 划：曾英姿
责任编辑：梅哲坤
责任校对：李瑞苑
责任技编：冼志良

广东旅游出版社出版发行
地址：广州市荔湾区沙面北街71号首、二层
邮编：510130
电话：020-87347732（总编室） 020-87348887（销售热线）
投稿邮箱：2026542779@qq.com
印刷：湖南天闻新华印务有限公司
（湖南望城湖南出版科技园 电话：0731-88387578）
开本：880毫米×1230毫米 1/32
字数：180千字
印张：9.25
版次：2024年10月第1版
印次：2025年2月第3次印刷
定价：38.00元

【版权所有 侵权必究】

本书如有错页倒装等质量问题，请直接与印刷厂联系换书。